Lion rebelle

Tome 3
Aloha Shifters : Les Perles du désir

Anna Lowe

Contents

Chapitre 1

Dell s'arrêta à mi-chemin pendant sa promenade habituelle du matin, de chez lui à la maison de la plantation, et enfonça ses orteils nus dans la terre. Il ferma les yeux et leva le menton vers le soleil tropical, faisant le plein de cette petite dose d'énergie dont il aurait besoin pour surmonter la journée. Un premier anniversaire, c'était ce qu'il y avait de pire.

Il prit une profonde inspiration. Le ciel était teint d'un bleu pastel parfait ; la température était idéale. Les palmiers se balançaient dans le vent et un oiseau chantait à pleins poumons. Pourtant, malgré la beauté de ce qui l'entourait, un nuage noir le suivait, et même réaliser sa routine de yoga à deux reprises n'avait pas aidé. Le chagrin ne disparaissait pas comme l'eau ou la poussière. Les regrets non plus.

Il ne cessait de vouloir crier : « Quentin, arrête ! »

Mais il était trop tard.

Il ferma les yeux, ce qui n'empêcha pas les souvenirs de lui revenir à l'esprit. Des souvenirs d'un autre endroit, d'une autre époque. Un lieu aux ruines bombardées et aux montagnes escarpées, où la seule couleur était le rouge d'un unique coquelicot qui avait fleuri au bord d'un champ abandonné.

« Je reviens tout de suite », avait dit Quentin.

Dell avait regardé son frère s'écarter de la route, en périphérie du village en ruines dont le nom lui échappait. Deux garçons avaient lancé un ballon d'un coup de pied et Quentin, toujours à jouer les héros, avait voulu le récupérer pour eux.

« *Ne t'inquiète pas, vieux* », avait dit d'une voix traînante le responsable des engins explosifs. « On a sécurisé toute la zone. »

Une démangeaison s'était fait sentir dans la nuque de Dell, et il avait agité les bras à l'intention de Quentin.

« J'ai un mauvais pressentiment, mec. N'y va... »

Il n'avait pas terminé sa phrase qu'une mine avait explosé, projetant Dell contre le Humvee. Il avait mis une éternité à se redresser sur les genoux, et quand il s'était enfin relevé en chancelant, Connor et les autres l'avaient retenu.

« Ne regarde pas, mec. »

« Reste ici. »

« Tu n'as pas besoin de voir ça. »

Mais il avait eu besoin de voir, sans quoi il n'aurait pas pu y croire. Les métamorphes n'étaient pas invincibles, cependant ils pouvaient supporter beaucoup de choses. Quentin s'en était sûrement sorti.

Malheureusement, ça n'avait pas été le cas. Après dix ans de service actif dans leur unité d'élite des forces spéciales, et à seulement un mois de leur retour à la vie civile, son frère était mort.

« Non ! » avait crié Dell sans relâche. « Non ! »

Il ne s'agissait pas tant de la mort, car c'était toujours une possibilité qu'ils avaient tous acceptée depuis le début. C'était plutôt le fait que le destin se soit trompé d'homme qui le bouleversait. Il avait pris le meilleur d'entre tous. Pourquoi n'était-il pas à sa place, à ce moment-là ?

— Quentin, murmura Dell en regrettant... et en regrettant tout un tas de choses.

À l'intérieur, son lion montra les crocs, cherchant quelque chose ou quelqu'un à griffer ou à estropier. Dommage que le destin soit trop lâche pour lui faire face.

— Dell ! Dell ! fit soudain la voix joyeuse d'un jeune garçon.

Il ouvrit les yeux, s'efforçant d'afficher son plus beau sourire.

— Joey ! Bonjour, petit.

Il ébouriffa les cheveux roux flamboyant du garçon.

— Tu as bien dormi ?

Joey hocha la tête avec enthousiasme et lui prit la main.

— Maman a préparé des pancakes et je t'en ai gardé un.

Le sourire de Dell devint plus naturel.

— Tu plaisantes. Tu en as gardé un pour moi ?

Joey était un garçon vraiment adorable qui aimait tous les métamorphes de la plantation de Koakea : Connor, Tim et Chase. Cependant les pancakes étaient un honneur réservé à Dell. Ce qui était vraiment mignon, mais effrayant aussi. Que se passerait-il quand l'enfant découvrirait qu'il vénérait la mauvaise personne ? Être capable de se changer en lion, c'était bien beau, mais si le garçon l'examinait de plus près...

Dell se gratta la barbe tout en marchant, tenté de lui révéler enfin la vérité.

Tu te trompes de mec, petit. Il n'y a pas de héros ici. Juste le petit frère décevant du véritable héros.

Et honnêtement, cela ne le dérangeait pas. Il adorait sa vie. Il adorait la liberté qu'il s'était efforcé d'obtenir, même si sa famille ne le comprenait pas. Au moins, il ne se sentait pas contraint de vivre selon les règles de quelqu'un d'autre.

Le problème, c'était que Joey avait besoin de héros. Il avait besoin de croire que Dell était capable d'exploits altruistes et surhumains. Son père avait été tué pendant un combat contre un dragon, et même si Dell ne connaissait pas les détails, il était évident que Joey et sa mère se cachaient à Maui pour échapper à un quelconque danger.

Alors, oui. Joey avait besoin de stabilité et de sécurité. Dell ne pouvait pas crever la bulle de cet enfant à présent.

— Ça alors, fit-il alors qu'il le tirait par la main.

— J'ai mis du sirop dessus et tout.

— Génial. Tope là, mec.

Joey sauta pour lui taper dans la main et Dell fit mine d'avoir mal.

— Dis donc, bientôt, c'est toi qui sauteras le plus haut dans notre troupe.

Joey rit.

— Maman dit qu'on forme un *weyr*.

Dell agita une main. On pouvait compter sur Cynthia pour utiliser un terme aussi démodé. Les autres dragons de Koakea appelaient leur petit groupe éclectique un « *clan* ». Tim et Hailey, les ours, s'appelaient ainsi également. Chase, le loup, ne corrigeait jamais personne, mais il préférait le mot « *meute* ». Quant à Dell...

— Les lions vivent en troupe, petit.

— Mais tu es le seul.

Dell éclata de rire. Non seulement il était le seul lion de Koakea, mais il était l'une des seules créatures capables de se transformer en lion au monde. Et il était le seul rebelle d'entre eux. Les lions étaient censés être de sang royal et de caractère responsable. Or ses cheveux étaient longs, sa barbe ébouriffée, et quand il riait, c'était toujours trop longtemps et trop fort. En d'autres termes, il ne ressemblait pas au roi de la jungle. Plutôt à un surfeur décontracté.

Dell fit sa blague habituelle pour changer de sujet :

— C'est déjà trop de perfection pour ce monde, tu sais.

Il désigna ses cheveux blonds pour faire bonne mesure, faisant rire Joey aux éclats.

— Maman dit...

Un raclement de gorge vif interrompit le petit garçon et Dell leva les yeux vers Cynthia, que le fusillait du regard depuis la marche supérieure du porche. Cette femme adorait ce perchoir, et elle adorait lancer des regards noirs, même si sa nervosité s'était atténuée au cours des cinq mois qui s'étaient écoulés depuis leur rencontre. À présent, ses regards acerbes étaient plus une question d'habitude que de principes.

Dell laissa ses yeux à lui étinceler, la provoquant.

Tu sais que je te plais. Admets-le.

Son sourire victorieux pouvait faire rougir et glousser la plupart des femmes. Mais Cynthia fronçait résolument les sourcils, aussi froide et dénuée d'émotions qu'un général aux nombreuses médailles. Ce qui était cohérent, au fond, étant donné qu'elle était co-alpha de leur troupe croissante de métamorphes.

— Salut, Cynth, lança Dell d'une voix plus enjouée.

Elle soupira.

— Bonjour, monsieur O'Roarke.

Elle disait la même chose tous les jours et utilisait le même ton affligé laissant entendre qu'il mettait sa patience à rude épreuve. Cela ne le dérangeait jamais, mais cette fois, sa voix ressemblait à s'y méprendre à celle de sa mère quand il était petit.

« Bonjour, Quentin », disait-elle à son grand frère comme s'il était son rayon de soleil, le pilier de son bonheur, la source de toute sa lumière.

Puis, elle se tournait vers Dell et soupirait.

« Bonjour, Wendell ». Comme si elle savait déjà qu'il gâcherait tout, tôt ou tard dans la journée, et qu'elle devait se préparer autant que possible à l'inévitable.

Dell prit une profonde inspiration. Il n'en voulait pas à sa mère. Il ne pourrait jamais aussi bien faire que Quentin. En réalité, il avait cessé d'essayer. Mais, bon sang. Elle l'avait aimé quand même. Cynthia, en revanche...

Joey gravit les marches quatre à quatre.

— Dell veut mon pancake.

Ce dernier fit glisser sa main sur la rambarde qu'il avait poncée lui-même. Quand ils étaient arrivés à Koakea, la maison de la plantation n'avait été qu'une ruine, et il avait fallu des semaines pour lui rendre sa gloire d'antan. À présent, elle était splendide. Joey et Cynthia résidaient à l'étage, tandis que la plus grande partie du rez-de-chaussée, dont la cuisine, le petit salon et l'énorme porche, était une zone commune. La plupart des métamorphes vivaient ainsi : chacun dans sa propre petite habitation autour d'un espace collectif.

— C'est tellement gentil d'avoir préparé ces pancakes pour moi, Cynth.

— Cynthia. Et je les ai préparés pour Joey.

Elle semblait suivre la règle personnelle consistant à ne jamais montrer de tendresse pour qui que ce soit d'autre que son fils. L'ami de Dell, Connor, avait une théorie selon laquelle elle venait de l'une de ces familles de dragons au sang bleu qui s'intéressaient plus au pouvoir et à la tradition qu'à l'amour. Dell y croyait. Chase était le seul adulte pour qui elle avait un faible. C'était le cadet des trois frères Hoving. Et il était là, assis à la table, en train de dévorer une pile de pancakes. Cela dit, tout le monde avait un faible pour Chase.

— Salut.

Chase prit une serviette et s'essuya rapidement le menton.

Ses manières étaient grossières et rustres, comme tout ce qu'il faisait en essayant d'imiter les humains. Il avait grandi comme seul métamorphe dans une meute de loups, et il n'était sorti de l'état sauvage qu'à la fin de l'adolescence. Ses demi-frères avaient beau avoir essayé de le civiliser, son passé se voyait dans ses manières.

Malgré tout, les femmes adoraient ça. Il y avait quelque chose dans son mélange d'intensité, de beauté négligée et de regard de chien battu qui les faisaient craquer. Sans parler de sa timidité et de sa sociabilité quasi inexistante.

« Oh, il est tellement charmant », disaient-elles en battant des cils.

« Mignon » et « adorable » occupaient la deuxième et la troisième places de ce vocabulaire. Chase pouvait avoir une fille différente tous les soirs s'il le voulait, mais il était trop timide et effacé pour cela.

Dell regarda l'heure sur la grande horloge murale à caractères gras que Cynthia avait accrochée pour essayer de maintenir un emploi du temps strict pour tout le monde. Heureusement, cet emploi du temps était devenu plus flexible depuis les premiers jours qu'ils avaient passés ensemble. Cynthia était responsable du domaine de la plantation, et Connor, l'aîné des frères Hoving, s'occupait de la sécurité. Le fait qu'il y ait deux alpha était peu orthodoxe, mais curieusement, ça fonctionnait bien.

Chase suivit le regard de Dell vers l'horloge et hocha la tête.
— Il va falloir partir travailler.

Dell acquiesça avec lassitude. La plupart du temps, ils travaillaient à l'heure du dîner dans un restaurant-bar du coin. Dell était barman et Chase videur. Mais c'était dimanche, et ils bosseraient à l'heure du brunch. Il n'avait donc pas beaucoup de temps devant lui... mais c'était tout aussi bien. Peut-être que travailler l'empêcherait de penser à Quentin.

Cependant, il en doutait. Même le bavardage amical de Joey n'y était pas parvenu.

— Super pancakes, commenta-t-il un peu trop fort entre deux bouchées, après avoir capté le regard de Chase.

Ce regard en coin très expressif qui lui demandait si tout allait bien.

Bien sûr qu'il allait bien. Après tout, c'était Quentin qui était mort.

— Tu veux un peu des miens ?

Chase désignait les restes de sa pile.

Dell secoua la tête. Il n'avait pas beaucoup d'appétit. Il mangeait celui de Joey uniquement pour ne pas décevoir le petit.

Ce dernier partit dans la cuisine en trottinant pour aider Cynthia à laver la vaisselle et Dell se laissa retomber sur une chaise, le regard perdu dans le vague. Après des années de service militaire dans les endroits les plus poussiéreux et désespérés du monde, Maui était un véritable joyau. Les nuances de bleus étaient plus profondes, les verts plus luxuriants que n'importe où ailleurs et les palmiers se balançaient doucement, calmes et sereins. Qui aurait cru qu'il finirait dans un endroit aussi agréable ? Il avait de la chance. Tout comme ses amis et les gens qui vivaient non loin de là, à Koa Point. Tous ces métamorphes aguerris avaient enfin trouvé un foyer.

Il ne manquait que Quentin.

— Salut.

Tim monta les marches d'un pas lourd, comme l'ours dont il était capable de prendre la forme.

Hailey, la compagne de Tim, fit un signe de la main.

— Salut, Dell.

Il était évident, grâce au regard morose de Tim, qu'il s'était réveillé avec la même pensée que lui. *Merde, c'est aujourd'hui.* Cependant, Hailey souriait, et tant mieux. Les sourires étaient faciles à simuler et on pouvait aisément se cacher derrière.

— *Aloha.*

Dell lui fit signe aussi joyeusement que possible.

— Belle journée, hein ?

Cynthia sortit de la cuisine, salua les autres et claqua des doigts à son intention.

— Retire tes pieds de la table, s'il te...

Tim avait dû adresser un regard mortel à Cynthia pour l'interrompre. Dell fit semblant de ne pas le remarquer tandis que ces deux-là avaient une conversation mentale silencieuse. Ils lui bloquaient l'accès à leurs pensées, néanmoins il pouvait deviner ce qu'ils se disaient.

Laisse-le un peu tranquille, Cynthia. Juste aujourd'hui.

Dell fixa l'océan du regard tandis que le silence gênant s'éternisait.

— Hé, fit doucement Tim. Tu veux quelque chose, mec ?

Dell ne put s'empêcher d'afficher un sourire doux-amer. C'était le problème, avec les amis qui vous connaissaient mieux que vous ne vous connaissiez vous-même. Ils devinaient ce qu'il y avait derrière le masque que vous vous efforciez de porter.

Est-ce qu'il voulait quelque chose ? Eh bien, oui. Son frère. Vivant.

Il se leva et s'étira paresseusement.

— Non. Juste une douche. Je dois aller travailler après.

Chapitre 2

Le trajet jusqu'à son lieu de travail fut calme, comme toujours avec Chase, le loup le moins bavard du monde. Dell monta le volume de la radio pour couvrir sa propre humeur. Non pas que les mélodies de ukulélé puissent lui remonter le moral, mais tant pis. Ça valait le coup d'essayer.

— Dell !

Un chœur de salutations résonna quand il entra au *Lucky Devil*, un bar qui se trouvait au premier étage d'un immeuble au bord de l'eau, dans le quartier historique de Lahaina.

Chase resta au rez-de-chaussée, montant la garde à l'entrée comme il le faisait toujours. Un service de sécurité n'était pas vraiment nécessaire pour le brunch, cependant les propriétaires aimaient avoir quelqu'un sur place. Tout cela faisait partie du show : un homme musclé à la porte pour s'assurer que personne n'ait de mauvaises intentions, et une jolie hôtesse pour montrer aux clients que le *Lucky Devil* était un endroit génial. En plus de servir des verres, le travail de Dell consistait à divertir les clients, et il était sacrément doué. Même un jour comme celui-là, et en particulier un jour comme celui-là, il donnait tout ce qu'il avait. Pour le brunch, il mélangeait plus de weinschorle avec du jus que du gin avec du vermouth, mais peu importe. Il jonglait avec les verres, retournait les flûtes et remplissait des chopes qu'il tenait à bout de bras. Puis il ajoutait un frangipanier ou un drapeau de pirate miniature pour décorer la boisson et la servait avec un clin d'œil à la personne qui l'avait commandée.

Chacun avait donc son rôle à jouer. Chase était le colosse sérieux à la porte, et Dell le plaisantin. Le type décontracté. Celui qui n'avait aucun souci dans la vie.

Si seulement ils savaient.

Candy, l'une des serveuses, battit des cils.

— Eh, chéri. Quand est-ce que tu vas enfin me laisser t'emmener surfer ?

Comme d'habitude, le ton sensuel de sa voix indiquait que son invitation s'étendait à d'autres activités plus intimes.

— Désolé. Je suis occupé à travailler sur ma cabane.

Candy fit la moue.

— Tu es tout le temps en train de travailler là-bas.

Elle n'était pas la seule surprise par les efforts que Dell déployait pour réparer la cabane abandonnée, près de la crique de Koakea. Peut-être était-ce l'effet que faisait sur lui une décennie à toujours être sur la brèche. Quelle qu'en soit la raison, son lion intérieur ne lui laisserait pas de répit avant qu'il ait fait quelques progrès. La précipitation apparente de la bête était troublante, on aurait dit qu'il était capital pour elle qu'il se construise une tanière avant une date imminente.

Ce qui était dingue, car il n'avait pas de délais imposés. Contrairement à la plupart des êtres capables de se transformer en lion, sa vie était libre et facile. Et il adorait cela. Mais pour une raison qui lui échappait, il travaillait d'arrache-pied sur la maison. Il avait construit une annexe, réparé la fuite du toit, installé d'énormes fenêtres et des portes coulissantes pour que la bâtisse renvoie cette impression d'aire ouverte que tous les métamorphes préféraient. Il avait hâte de terminer le projet suivant : ériger une grande terrasse dallée depuis laquelle il pourrait contempler le monde, sous forme humaine ou lionne.

— Il faudra organiser une pendaison de crémaillère quand tu auras fini, s'extasia Candy.

— Bien sûr.

Il sourit, même si c'était peu probable. Voire impossible. Il était hors de question qu'il invite un groupe d'humains à la plantation, d'autant que cet endroit était entièrement habité par des métamorphes. Toutes ses relations, et celles de ses amis, se déroulaient à l'extérieur. Avec Joey et Cynthia, préserver leur intimité était plus important que jamais. Non seulement ça, mais ses amis Connor et Tim avaient récemment trouvé des compagnes et il ne pouvait pas y avoir d'autres personnes en train de fouiner avec tous ces dragons et ces ours qui changeaient constamment de forme à la vue de tous.

En ce qui concernait Dell, il préférait être seul. Célibataire. Sans attaches et sans responsabilité, ou du moins aussi libre qu'un homme adulte puisse l'être.

— Nos premiers clients sont arrivés, lança Candy en se précipitant vers la porte.

Ils affluèrent sans discontinuer jusqu'à ce que l'établissement soit plein, ce qui permit à Dell d'oublier Quentin un moment. Parfois, il imaginait son frère à une table d'angle, en train de le regarder travailler. Sourirait-il ou secouerait-il la tête en signe de désapprobation ?

— Il me faut deux autres thés glacés à l'hibiscus, dit Candy, le faisant sursauter.

Avec un sourire, il se mit à agiter des verres à cocktail.

— Deux thés jamaïcains, ça arrive tout de suite.

Le rythme ne ralentit pas avant quinze heures passées, quand il commença à essuyer le bar pour passer la main au barman suivant.

— Il est tout à toi, l'ami, dit-il d'une voix traînante en sortant.

Chase conduisit sur le chemin du retour. Dell regarda par la vitre l'eau turquoise défiler lentement : le loup conduisait toujours en dessous de la limite autorisée.

— C'est une voiture de sport, tu sais, commenta Dell en frappant le tableau de bord.

Chase désigna le panneau indiquant que la vitesse était limitée à soixante-cinq kilomètres à l'heure, puis le capot rouge. Il conduisait la Ferrari, un véhicule de courtoisie prêté à long terme par Boone, leur ami métamorphe loup. La voiture était comme un aimant pour l'agent Dawn Meli, qui devait être en train de patrouiller, prête à leur coller une amende.

Pourtant Dell s'obstina :

— Quelqu'un doit respecter la raison pour laquelle ce bolide a été conçu. Et il ne faut pas compter sur Boone pour ça.

— Des jumeaux, murmura Chase avec un léger sourire.

Il communiquait toujours ainsi, quelques mots par-ci par-là.

— Oui, le pauvre.

Dell soupira.

— On dirait qu'il aime vraiment conduire ce monospace. Mais pas moi.

Chase lui jeta un coup d'œil et parla d'une voix si basse qu'il dut tendre l'oreille :

— Même si tu trouves ta compagne ?

— Certainement pas ! s'exclama Dell.

— Les lions n'ont pas de compagnes ? s'enquit-il en penchant la tête.

Dell haussa les épaules. Les métamorphes lions avaient bien des compagnons et compagnes, cependant ils les trouvaient comme son père l'avait fait : en attendant que la fleur de l'âge soit passée depuis longtemps et en faisant la fête autant que possible. C'était à ce moment-là qu'un lion mâle s'installait avec une femelle aimante qui prendrait soin de lui pendant ses vieux jours et lui donnerait un héritier ou deux. Une fois qu'il la trouvait, il était aussi loyal que le plus dévoué des métamorphes. Mais faire la cour était plus une affaire de trouver une gentille fille au bon moment qu'une affaire de destin.

Dell se gratta le torse.

— Je dois avoir encore *au moins* trente ans devant moi avant de penser à trouver une compagne.

Chase resta bouche bée, comme si c'était inconcevable, et Dell faillit le taquiner. Il montrait des signes d'affection pour une femme qui travaillait dans le food truck qui vendait des smoothies, à deux rues de leur bar. Ce n'était sûrement rien de sérieux, mais c'était bon de voir Chase s'intéresser d'une façon ou d'une autre au monde des humains.

Avant que Dell ne puisse lui lancer une petite pique à propos de la fille des smoothies, Chase tourna à gauche dans l'allée cachée qui menait à la plantation où ils vivaient. Tout à coup, une odeur le percuta. Chacun de ses sens se mit en alerte comme lors d'une bataille, indiquant que quelque chose de très important était sur le point d'arriver.

Son lion renifla l'air tandis qu'un picotement intrigué le traversait.

Ce ne sont pas des ennuis, murmura son lion. *C'est une bonne chose. Quelque chose de frais et de neuf. Exactement ce dont nous avons besoin.*

Dell grimaça. Il n'avait besoin de rien. Sa vie était très bien comme ça.

Un taxi bringuebalait dans la direction opposée et Dell tourna la tête lorsqu'il passa.

— Qu'est-ce que... ?

Il fit signe à Chase d'accélérer.

Personne ne se rendait jamais à Koakea en taxi. L'endroit était aussi perdu que possible dans le monde civilisé. Les rares visiteurs qu'ils recevaient étaient tous attentivement examinés au préalable. Que se passait-il ?

L'allée montait vers la crête d'une colline et le vaste panorama s'offrit à eux. Le domaine de la plantation était de couleur émeraude à certains endroits, sec et broussailleux à d'autres. Le terrain descendait en pente douce vers la mer, et un petit ruisseau traversait la propriété par son milieu. Au sud, elle se terminait par une falaise abrupte : le perchoir de dragon où vivaient Connor et Jenna. Au nord, la pente diminuait lentement pour s'ouvrir sur une minuscule plage. La maison de la plantation se trouvait sur un relief entre les deux, ce qui leur donnait une vue splendide sur tout le domaine. La maison de Dell était au sud, nichée dans un ravin rocailleux à côté de la crique.

D'habitude, son regard partait dans cette direction, mais ce jour-là, il se tourna vers le porche de la maison de la plantation, où plusieurs silhouettes se détachaient.

— Tu sais qui c'est ? demanda-t-il.

Chase secoua sèchement la tête tout en rejoignant le bout de l'allée, où il se gara. Avant qu'il ne tire le frein à main, Dell bondit hors de la voiture avec un empressement inexpliqué, impatient de découvrir qui était le visiteur. Chacun de ses nerfs était en alerte, chacun de ses sens le piquait. Il serra les poings. S'il s'agissait d'une personne appartenant au passé de Cynthia qui venait faire du mal à Joey...

Mais c'était impossible, tout le monde était trop calme. Dell s'obligea à ralentir, cessant de courir pour adopter un pas nonchalant. Les autres ne semblaient pas alarmés, mais il y avait une certaine anxiété dans l'air.

— Salut, dit-il en approchant du porche.

Tim baissa les yeux vers lui, croisant ses bras épais en signe de désapprobation. Connor était présent, lui aussi, ainsi que Jenna, Hailey, Cynthia et quelqu'un derrière elles que Dell ne reconnut pas. Les regards compatissants que tout le monde lui avait adressés ce matin-là avaient disparu. Au lieu de quoi, ils fronçaient les sourcils, et en les voyant, il sentit ses entrailles se nouer. Gravir les cinq marches du porche ne lui avait jamais semblé aussi long et menaçant.

Qu'est-ce que j'ai fait, merde ? marmonna Dell dans l'esprit de Tim.

À toi de me le dire, grogna ce dernier.

L'esprit de Dell accéléra. Il avait effectué toutes ses patrouilles, il ne s'était dérobé à aucune des corvées que Cynthia avait assignées aux membres de leur groupe. Sa nature détendue ne signifiait pas qu'il était fainéant... du moins pas en ce qui concernait la sécurité de sa troupe.

Hailey toucha l'épaule de Tim, essayant visiblement de calmer son compagnon. Dell ignorait pourquoi l'ours était en colère.

Jenna bougea alors, lui révélant leur visiteur. Au moment même où il vit la femme et où il sentit son parfum de jasmin et de noix de coco...

Son cœur bondit. Son sang redoubla de vitesse dans ses veines et une grosse caisse se mit à cogner au fond de son âme. Elle était belle, avec de longs cheveux brun foncé et des yeux en amande. Le problème, c'était qu'il n'avait jamais été attiré uniquement par le physique. Une femme devait être intéressante aussi, et il lui fallait généralement quelques minutes de conversation pour le décider. Alors, pourquoi était-il fasciné dès le début ?

C'était peut-être à cause de ce mélange unique à couper le souffle : sa peau au beau teint olivâtre indiquait qu'elle venait d'Inde ou qu'elle avait des origines indiennes. Son front était plissé par l'inquiétude. Son tailleur ressemblait à ceux que portaient les femmes au bureau quand elles étaient haut placées dans la hiérarchie. Le plus étrange, c'était qu'elle avait un torchon de cuisine sur son épaule gauche.

Dell la dévisagea, stupéfait, et elle lui renvoya son regard. Pendant une longue minute, personne ne dit rien et le mystère faillit bien l'achever. Enfin, ses lèvres écarlates s'ouvrirent lorsqu'elle parla et il s'avança.

Soudain un léger gargouillis se fit alors entendre, quelque part à hauteur de leurs chevilles, et la femme se pencha au-dessus d'une sorte de panier.

— Oh, poussin, murmura-t-elle.

Elle avait l'air si lasse qu'il eut envie de passer un bras autour de ses épaules et de la soutenir.

C'est alors qu'elle se redressa en tenant quelque chose.

Les yeux de Dell se tournèrent vers ce qu'elle portait. Quelque chose enveloppé dans une couverture rose. Toutes les synapses de son cerveau firent feu en même temps.

Du rose.

Une couverture.

Un bébé ?

— Tout va bien, murmura-t-elle en serrant le nourrisson contre elle.

Dell en resta bouche bée. Il n'avait aperçu l'enfant qu'une fraction de seconde, mais c'était suffisant. Ce bébé était le portrait craché de quelqu'un.

Le sien.

Il le fixa du regard pendant une éternité. Le bébé n'était pas assez âgé pour avoir beaucoup de cheveux, cependant les quelques mèches fines et clairsemées étaient de la même couleur dorée que les siens. Le menton ciselé, le nez arrondi et la fossette à droite reflétaient ses propres traits.

Il posa à nouveau son regard vers la femme, fouillant désespérément dans son propre esprit. Il avait eu des relations avec plus d'une femme au cours de sa vie, même si elles n'avaient pas été aussi nombreuses que le suggérait sa réputation. Il n'oublierait jamais aucune de ses partenaires. Dieu seul savait que son frère avait suffisamment insisté pour lui inculquer cette valeur.

« Tu dois respecter les femmes, même si elles ne sont à toi que pour une nuit. Chéris-les. Traite-les comme elles le méritent. »

Dell ayant suivi cette philosophie toute sa vie, il ne comprenait pas pourquoi rien ne lui venait à l'esprit. Et il avait toujours été prudent, *vraiment* prudent, en ce qui concernait les contraceptifs. Un homme comme lui n'était pas fait pour avoir des enfants. Il faisait donc face à une double impossibilité : une femme dont il ne se souvenait pas, et un bébé qui devait être le sien. Pas étonnant que tout le monde le regarde avec l'air de dire : « On savait que tu étais un raté, mais là, c'est le pompon. »

Il essaya de faire le calcul, mais rien n'y fit. Quel âge avait un bébé aussi minuscule ? Trois mois ? Quatre ? Il n'en avait pas la moindre idée. Il ne pouvait que bredouiller et balbutier.

Pendant ce temps-là, le bébé le scrutait de ses grands yeux innocents. Des yeux mordorés, comme les siens. Ses jambes potelées s'agitaient comme s'il voulait courir.

Tu ne peux pas être mon père, entendait-il presque l'enfant lui dire. *Pitié, pas toi.*

Dell déglutit. Connor avança d'un pas, grognant dans l'esprit de Dell. Mais la femme resta bouche bée, comme lui, et murmura :

— Vous êtes exactement comme lui.

Un bip résonna tout à coup et elle fouilla dans son sac pour sortir son téléphone.

— Désolée, murmura-t-elle en l'éteignant sans regarder qui l'appelait.

Le bébé émit un son joyeux et Jenna se pencha en avant.

— Est-ce qu'elle a faim ? Vous avez besoin de quelque chose ?

— Je crois qu'elle aura besoin de faire une sieste bientôt.

Elle berça le bébé dans ses bras.

Dell plissa les yeux.

— *Elle ?*

La couverture était rose, mais la femme avait dit que le bébé était « comme lui ». Alors, qu'était-ce donc ? Une fille ou un garçon ?

Un petit filet de bave coula des lèvres du bébé et elle, ou il, donna un autre coup de pied tout en se trémoussant dans les bras de la femme.

— Vous devez être Wendell, lui dit-elle.

Il cligna des yeux. On aurait dit qu'elle ne se souvenait pas non plus de lui.

— Dell. Dell O'Roarke.

La femme hocha la tête et se présenta :

— Anjali Jain.

Puis elle désigna d'un mouvement de tête le bébé niché dans ses bras.

— Je vous présente Quinn.

Elle laissa une seconde s'écouler tandis que l'esprit de Dell vrilla, essayant de comprendre l'indice. Quinn ?

Finalement, elle lâcha la bombe :

— Elle tient son prénom de son père.

Tout l'air s'évacua aussitôt des poumons de Dell. Ce bébé n'était pas le sien. C'était celui de son frère.

Il s'était attendu à être soulagé, pourtant il ne ressentit qu'un vide, une intense déception. Une pique de jalousie en voyant que c'était son frère parfait qui avait engendré un bébé parfait, et non pas lui.

— Quentin ? murmura-t-il.

La femme hocha tristement la tête et serra le bébé contre elle.

Un petit cri de stupeur franchit les lèvres de Tim, et Connor parut surpris, lui aussi. Leur regard sur Dell changea du tout au tout, et il sentit que la même pensée traversait tous les esprits.

Quentin était le type bien. Le héros. Un homme qui rendait sa famille fière de lui. En d'autres termes, un lion modèle. Il n'était pas le genre à mettre une femme enceinte et à l'abandonner. Il laissait ce genre de coups foireux à Dell.

Pas cette fois, murmura son lion intérieur en secouant la queue. *Pas cette fois.*

Chapitre 3

Anjali prit une profonde inspiration. Elle en avait besoin, car au moment même où elle posa les yeux sur Dell, son cœur s'immobilisa. Elle avait l'impression de voir un fantôme, le portrait craché de Quentin. Mais cela n'expliquait pas pourquoi son cœur s'emballait ni pourquoi ses doigts se crispaient sous l'envie de le toucher.

Bien entendu, elle venait de traverser l'Amérique du Nord et un tiers du Pacifique en avion avec un bébé agité sur les genoux, donc pas étonnant qu'elle se sente perturbée... et presque étourdie en voyant Dell.

Il ressemblait beaucoup à son frère, cependant plus elle l'observait de près, plus elle remarquait de petites différences. Quentin avait été grand, robuste, le genre d'homme qui faisait cent abdominaux avant le petit-déjeuner. Dell, en revanche, était un peu plus jeune et bien plus décontracté que son frère, avec son T-shirt hawaïen, ses tongs et son chignon négligé.

Quinn agita les bras et Anjali la serra contre son cœur, terrifiée à l'idée de laisser tomber le pauvre bébé. Même après s'en être occupée pendant une semaine, elle avait encore l'impression de ne pas savoir ce qu'elle faisait. D'un côté, elle voulait la confier à quelqu'un et partir, mais de l'autre, elle voulait étreindre la petite fille et ne jamais la lâcher.

— Joey, chéri, est-ce que tu peux ranger tes jouets avant qu'il fasse la nuit ? murmura la grande femme aux cheveux foncés à son fils.

Elle avait dit s'appeler Cynthia. Lorsque le petit garçon roux hocha la tête avec sérieux et partit en courant, Anjali prit conscience que tout le monde la fixait du regard.

— Oh. Attendez, bredouilla-t-elle en regardant Connor, Cynthia et les autres qui s'étaient présentés avant l'arrivée de Dell.

Ils pensaient que Quinn était *son* bébé.

— Attendez. Laissez-moi vous expliquer, dit-elle, même si elle ne savait pas par où commencer.

Elle hésita. Maintenant qu'elle était enfin à Maui, le stress des derniers jours la rattrapait, ainsi que ce chagrin qui aspirait son âme et l'envie pressante de trouver un parent proche de l'enfant. Elle jeta un coup d'œil à Quinn, inquiète comme toujours. C'était un bébé tellement minuscule et innocent. Tant de tragédies s'étaient accumulées en si peu de temps.

Quelqu'un passa un bras autour de ses épaules et la guida vers le canapé. En temps normal, elle aurait repoussé un tel geste, toutefois elle n'en avait pas l'énergie à présent.

— Venez là, murmura une voix grave et réconfortante.

C'était Dell, et il se laissa tomber à côté d'elle tout en maintenant un bras autour de ses épaules. De sa main libre, il toucha délicatement le pied de Quinn.

Le bébé avait été agité et sensible envers les inconnus pendant tout le vol, mais pour lui, Quinn gazouilla et sourit. Était-ce possible qu'elle sente qui il était ?

— Je vais aller vous chercher quelque chose à boire, dit l'une des femmes, disparaissant à l'intérieur de la maison joliment restaurée.

Anjali déglutit et leva les yeux vers tous les visages rassemblés autour d'elle. Elle avait fait des dizaines de présentations dans des salles de conférences, pour des transactions d'un million de dollars. Pourtant, en cette douce soirée à Maui, elle peinait à formuler une phrase complète. Ce ne fut que lorsqu'elle se concentra sur Dell en imaginant qu'il était son seul public que les mots sortirent :

— Je m'appelle Anjali Jain. Quinn n'est pas ma fille. Sa mère s'appelait Lourdes. Lourdes Russo.

Elle regarda autour d'elle, espérant voir une lueur indiquant qu'ils la connaissaient. Mais devant tous les regards confus, elle poursuivit :

— Lourdes était une vieille amie.

Elle ferma les yeux, comptant les années qui s'étaient écoulées depuis que Lourdes et elle avaient joué à la marelle ensemble pour la première fois. Elles étaient voisines et meilleures amies, même si elles s'étaient éloignées à l'adolescence, quand Lourdes avait commencé à faire l'école buissonnière alors qu'Anjali faisait partie des meilleurs élèves. Lourdes avait ainsi fréquenté des garçons et consommé de la drogue, tandis qu'Anjali s'était concentrée sur ses études. Elle était entrée dans les meilleures écoles et avait fini par faire carrière, avec succès. Malgré tout, au fil des ans, elles avaient réussi à rester en contact.

Anjali regarda Quinn.

— Je n'ai rencontré Quentin qu'une fois, mais il est plutôt évident qu'elle est de lui. Cela dit, j'ai un acte de naissance aussi.

— Lourdes comment ? demanda Dell. Quel était son nom de famille ?

De toute évidence, Dell ne connaissait pas son frère aussi bien qu'il le pensait. Anjali en était stupéfaite. Lourdes était peut-être la personne la moins responsable au monde, cependant Quentin avait semblé plutôt strict, donnant l'impression de suivre les règles à la lettre. En le voyant, elle avait supposé qu'il était le genre à ne pas avoir de relations sexuelles sans protection. Mais qui savait ? Beaucoup de gens semblaient différents de ce qu'ils étaient vraiment.

— Lourdes Russo. J'ai rencontré Quentin à l'automne dernier, quand Lourdes et lui sont venus à Chicago.

Lourdes avait été tellement enthousiaste à l'idée de lui présenter son nouveau petit ami, et Anjali avait été sincèrement impressionnée. Lourdes avait enfin trouvé quelqu'un pour l'aider à remettre sa vie sur les rails.

— Je crois qu'ils se sont connus en février de l'année dernière, conclut-elle.

— En février, murmura Dell, établissant de toute évidence une frise chronologique dans sa tête. Quentin a passé six semaines à Fort Bragg, à cette époque-là.

Elle hocha la tête. Quinn avait trois mois, alors elle avait dû être conçue juste avant que Quentin ne parte en mission.

Elle était née six mois après la mort de son père.

— Je suis tellement désolée, dit-elle doucement en regardant Dell.

C'était son frère, après tout.

— Lourdes a été dévastée quand elle a appris ce qui s'était passé.

À la seconde où les mots sortirent de sa bouche, elle regretta de les avoir prononcés. C'était stupide. Dell aussi devait être dévasté.

Les joues de ce dernier s'embrasèrent lorsqu'il regarda Quinn.

— Je pourrais jurer qu'il n'était pas au courant de l'existence du bébé. Lourdes ne le lui a pas dit ?

Anjali secoua la tête.

— Elle n'a su qu'elle était enceinte qu'après son décès. Croyez-moi, elle le lui aurait dit. J'en suis certaine.

— Elle n'a pas pensé à m'en parler ? demanda amèrement Dell.

— J'étais sa meilleure amie. Sa *seule* amie. Et elle ne me l'a même pas dit. Je n'ai pas eu de nouvelles entre cette courte visite et la suivante, il y a deux semaines, quand elle est venue me voir à mon appartement.

Elle ferma les yeux et serra Quinn contre elle.

— Pauvre Lourdes. Tout l'accablait. Le bébé. L'argent. L'avenir.

Elle avait mal au cœur rien que d'y penser. Certaines personnes, comme Lourdes, semblaient avoir pioché toutes les mauvaises cartes dans la vie. D'autres, comme elle, recevaient tous les as et tous les rois.

— Elle n'a pas essayé de contacter quelqu'un ? demanda Dell.

Anjali soupira.

— Honnêtement ? Je crois que c'était trop pour elle. Pendant une seconde, elle pleurait parce que Quentin était mort, et celle d'après, elle affirmait qu'il reviendrait bientôt.

Dell baissa les yeux et elle eut le sentiment qu'il savait exactement de quoi elle parlait.

— Lourdes m'a suppliée de lui donner un endroit où vivre en me disant qu'elle était en fuite. Elle a parlé de problèmes avec un ex-petit ami. Un autre type.

Anjali fronça les sourcils. Elle détestait donner l'impression que Lourdes était une traînée, mais que pouvait-elle bien faire ? Quentin avait été un court répit dans la tornade tourmentée de son existence. Tous les autres hommes avec qui Lourdes avait couché lui avaient marché dessus.

Elle prit une profonde inspiration, car la partie suivante était la plus difficile à prononcer à voix haute.

— C'était il y a deux semaines. Lourdes et Quinn sont venues vivre chez moi. Elle a dit que ce n'était pas pour longtemps. Mais une nuit, je suis rentrée à la maison, après le travail, et Lourdes avait disparu. Quinn était sur le lit et il y avait un mot.

— Un mot ? grogna Dell.

Elle grimaça. Oui, Lourdes était allée jusque-là. Quel genre de personne laissait un bébé tout seul ?

— Elle a écrit : *S'il te plaît, prends soin d'elle. Je reviendrai vite.*

Anjali ferma les yeux et secoua la tête.

— Mais elle n'est pas revenue vite. Lourdes a été absente toute la nuit et toute la journée suivante. Quand je suis enfin allée voir la police...

— Oh, mon Dieu, murmura l'une des femmes.

— Un suicide.

Les épaules d'Anjali s'affaissèrent.

— En tout cas, c'est ce qu'ils m'ont dit.

Dell arqua un sourcil et elle reprit :

— Le mot avait un post-scriptum qui disait : *S'il m'arrive quoi que ce soit...*

Elle déglutit.

Connor jura entre ses dents. Il était le plus imposant du groupe, même s'ils l'étaient tous, et dépassait les autres de trois ou cinq bons centimètres. Quelque chose chez lui indiquait qu'il était le chef.

— Que s'est-il passé ensuite ?

Dell lui toucha délicatement l'épaule et répéta les mots de Connor :

— Oui, que s'est-il passé ?

Anjali déglutit pour chasser le nœud dans sa gorge.

— Lourdes m'avait écrit d'emmener Quinn à son père s'il lui arrivait quoi que ce soit, car il était le seul à pouvoir prendre soin d'elle.

Après un reniflement, elle ajouta :

— Elle a dû écrire ça dans un de ces moments où elle n'avait pas les idées claires. Mais je me suis souvenue que Quentin avait dit qu'il avait un frère, alors j'ai retrouvé votre trace.

— Vous avez retrouvé notre trace ? bredouilla Connor.

Les hommes échangèrent des regards incrédules, comme s'ils savaient à quel point cela avait dû être difficile. Presque impossible, en réalité.

Elle agita la main.

— Ça n'a pas été facile. Mais quand j'ai retrouvé le commandant de Quentin et que je lui ai dit qu'il y avait un bébé...

C'était un petit mensonge, car elle n'avait pu joindre que l'assistante du général, qui l'avait d'abord ignorée. Cependant quand Anjali lui avait raconté l'histoire de la petite orpheline, le cœur de la femme avait craqué. Trois jours plus tard, elle l'avait rappelée pour lui indiquer où Dell se trouvait.

« Wendell O'Roarke », lui avait confié la gentille femme au téléphone. J'ai contourné tout le règlement pour obtenir ces informations, alors n'en parlez à personne, d'accord ? Voilà l'adresse. Mais, ma belle... »

La femme avait laissé sa phrase en suspens, soudain incertaine.

« D'après ce que j'ai entendu dire, Dell n'est pas comme son frère. Il pourrait ne pas être la bonne personne pour s'occuper d'un bébé. »

Anjali ignorait ce qu'elle avait voulu dire, quoi qu'il en soit c'était tout ce qu'elle avait. Il n'y avait pas de numéro de téléphone, juste une adresse. Par conséquent, elle avait réservé le premier vol à destination de Maui.

— Et l'idée, c'est de donner le bébé à Dell ?

Connor se gratta le front.

La bouche d'Anjali s'ouvrit et se referma. À Chicago, tout lui avait paru tellement clair. Emmener Quinn à son parent le plus proche puis retourner travailler dès que possible. Mais maintenant qu'elle avait passé quelques longues journées et nuits interminables à s'occuper de la petite, son cœur désirait autre chose. Était-elle vraiment prête à confier ce bébé à un inconnu avant de s'en aller ?

Ses yeux se tournèrent vers l'océan, où un long rayon lumière orange marbrait l'eau. Le soleil était bas et touchait presque l'horizon, prêt à se coucher.

— Dell ? railla l'autre homme, qui s'appelait Tim. Sérieusement ?

Le doute dans sa voix était assorti aux regards que tout le monde adressait à leur camarade.

— Quoi ? Qu'est-ce que tu veux dire ? protesta le principal intéressé.

Tout le monde s'agita en silence, mal à l'aise, et Quinn leva de grands yeux confiants.

— Un bébé, c'est beaucoup de travail, fit remarquer Cynthia.

Dell fronça les sourcils.

— Le travail, ça me connaît.

Anjali regarda ses cheveux ébouriffés et ses tongs. En était-il vraiment capable ?

— Moi, je travaille quatre-vingts heures par semaine, dit-elle calmement. Je dirige des campagnes de marketing à plusieurs millions de dollars. Mais ce n'est rien comparé à la tache que représente un bébé.

Anjali ne précisa pas qu'en dépit de tout cela, il suffisait d'un sourire de Quinn pour avoir l'impression d'être la reine du monde.

Elle essaya d'ignorer la bouffée de chaleur dans son cœur pour réfléchir posément. D'accord, elle s'était attachée à Quinn ces derniers jours. Cela ne voulait pas dire qu'elle allait tout laisser tomber et changer de vie.

La petite bâilla de cette manière adorable et caractéristique des bébés et toutes les femmes s'extasièrent. Anjali cacha son propre bâillement derrière sa main en prenant conscience qu'il était très tard. Peut-être pas à Maui, mais à Chicago...

Cynthia avait dû s'en rendre compte, car elle dit :

— Mais où sont passées nos bonnes manières ? Vous devez être fatiguée après un si long voyage.

Anjali voulait protester, dire qu'elle n'était pas fatiguée. Mais elle croisa le regard de Dell et ne put se résoudre à mentir.

— Je crois qu'un peu de repos ne me ferait pas de mal.

Ce devait être l'euphémisme de l'année, car Lourdes et Quinn avaient mis son monde sens dessus dessous au cours des deux dernières semaines. Avant cela déjà, Anjali travaillait souvent tard au bureau, arrivant à sept heures du matin pour rentrer après vingt-deux heures.

Ou plutôt vingt-trois heures, songea-t-elle en pensant au dernier mois. Puis elle retourna encore plus loin dans le passé et se rendit compte qu'elle le faisait depuis un an, depuis qu'elle avait été promue au poste de directrice adjointe. Toute une année, et elle se souvenait à peine des dossiers sur lesquels elle avait travaillé. Elle ne se souvenait que du stress, des réunions sans fin, des longues heures. Trois éléments qui semblaient tellement hors de propos dans ce petit coin de paradis serein.

Elle regarda autour d'elle. Travailler de longues heures à Chicago, c'était facile, car la ville était toujours animée. Une personne qui n'allait pas à toute vitesse semblait paresseuse. Mais Maui était le genre d'endroit où il n'était pas honteux de laisser le temps s'écouler lentement. Elle pourrait installer un fauteuil à bascule au bord du porche et se balancer tranquillement jusqu'à la retraite sans le regretter une seule minute.

Elle se secoua légèrement, essayant de sortir de sa torpeur, cependant un oiseau plana tout près, au-dessus du domaine de la plantation, renforçant cette sensation de paix. Un bougainvillier rose aux fleurs éclatantes était enroulé autour de la rambarde du porche, et le seul signe de précipitation venait d'une abeille qui butinait non loin de là. Elle cligna des yeux, essayant de garder les paupières ouvertes.

— Écoutez, je sais qu'il y a beaucoup de choses à intégrer, dit Jenna. Pour tout le monde. Et si nous en reparlions demain ?

— Est-ce qu'on peut vous emmener quelque part ? demanda Connor. Je veux dire, avez-vous réservé une chambre d'hôtel ?

Elle secoua la tête, ravie que personne à Gleason Associates ne soit là pour voir les nombreuses lacunes qu'elle avait laissées dans ses plans établis à la va-vite. Non, elle n'avait pas réservé de chambre d'hôtel. Elle n'avait pensé qu'à trouver l'oncle de Quinn. Et maintenant, elle ne savait plus quoi faire.

Elle afficha un sourire épuisé.

— J'improvise un peu.

— C'est comme ça, élever un enfant, répondit Cynthia avec un sourire.

Anjali baissa les yeux quand Quinn agrippa son petit doigt. Élever un enfant ? Pendant des années, sa mère lui avait rappelé constamment qu'elle devait trouver un homme bien et avoir des enfants. Beaucoup, comme ses petits frères et leurs femmes. Bien entendu, ses parents l'avaient aussi poussée à se plier en quatre pour être la première de sa classe et gravir les échelons professionnellement. Elle ignorait comment elle était censée combiner cela avec le fait d'avoir des enfants. Jusqu'à présent, elle avait choisi de se concentrer sur le travail.

Le problème, c'était que dix ans s'étaient écoulés. Les seules personnes qu'elle rencontrait étaient du bureau, et aucun de ces hommes ne l'intéressait. Ils étaient tous ennuyeux, comme s'ils sortaient du même moule. Et puisqu'Anjali n'avait pas de temps pour quoi que ce soit en dehors du travail...

Sa mère avait essayé de lui arranger des rendez-vous un nombre incalculable de fois, mais après une dizaine de sorties de ce genre, Anjali avait abandonné. Si le destin ne lui apportait pas la bonne personne... Eh bien, tant pis.

— Bon sang, elle a vraiment ses yeux, murmura Dell en se penchant.

Elle a vos yeux, faillit-elle dire, essayant de ne pas se perdre dans son regard. Les iris de Dell étaient splendides, d'une mordorée, plusieurs tons plus foncés que ses cheveux. Des yeux profonds et expressifs qu'elle aurait été ravie de contempler pendant très, très longtemps.

Des alarmes fusèrent aussitôt dans son esprit et elle se détourna. Cet homme était trop séduisant pour être honnête et des yeux aussi beaux pouvaient pousser une femme à oublier la prudence la plus élémentaire.

Quinn sourit et gazouilla. Anjali en eut mal au cœur.

Ce n'est pas mon bébé, se rappela-t-elle. *Bientôt, je serai seule à nouveau.*

Son téléphone vibra dans sa poche et elle retint un juron. Elle avait pris deux semaines de congé d'urgence, et pourtant, cent nouveaux messages inondaient déjà sa boîte de réception.

Dell se gratta la tête et regarda autour de lui.

— Et si vous restiez ici cette nuit ?

— Ici ? fit sèchement Cynthia.

— Ici, grogna Dell.

Tout le monde le regarda et Anjali vit les yeux de Cynthia s'enflammer. De toute évidence, elle n'était pas habituée à recevoir des ordres. Du moins, pas de la part de Dell.

— Et demain matin... poursuivit ce dernier.

Un millier d'alarmes s'enclenchèrent dans l'esprit d'Anjali lorsqu'elle regarda Quinn. Que se passerait-il le lendemain matin ? Ne vaudrait-il pas mieux faire demi-tour et retourner directement à son ancienne vie ?

Elle voulait partir. Elle *devait* partir. Mais quand elle ouvrit la bouche pour protester, le « Non, merci » refusa de sortir.

Dell agita la main, cherchant ses mots.

— On verra ce qu'on pourra faire demain matin.

Curieusement, Anjali se surprit à hocher la tête. C'était de la folie. Elle ne se disait jamais « On verra ». Tous les aspects de sa vie étaient toujours méticuleusement planifiés.

Elle déglutit en se rappelant alors ce que Lourdes disait toujours, à savoir que les surprises étaient les meilleures parties de la vie. Cela ne s'appliquait certainement pas aux bébés, pour le coup.

Et pourtant, elle était là, serrant Quinn contre son cœur, caressant ses cheveux soyeux, sentant sa bonne odeur de bébé.

Les autres échangèrent des regards éloquents et Cynthia s'éclaircit la voix.

— D'accord. Anjali peut prendre la chambre d'amis. Quoi que nous devions décider...

Elle s'interrompit, adressant à Dell un regard qui indiquait qu'ils devraient parler de beaucoup de choses et très bientôt.

— Ça pourra attendre demain matin, termina-t-elle.

Dell se leva, tendant la main à Anjali. Non, une seconde... C'était vers Quinn qu'il tendait les bras.

Le cœur d'Anjali accéléra et sa gorge devint sèche. Pouvait-elle vraiment lui confier quelque chose d'aussi précieux qu'un enfant ?

La pomme d'Adam de Dell s'agita, et aussitôt, elle fondit. Il était nerveux, lui aussi. Vulnérable.

Lentement, elle leva les bras. Après tout, il ne s'agissait que d'un test. Quinn tendit les mains vers Dell comme si elle savait exactement qui il était, et quand il la serra prudemment contre son torse en baissant les yeux sur elle, ceux de son oncle scintillèrent.

Connor se racla la gorge au même moment et Dell leva brusquement la tête. Il cligna plusieurs fois des yeux et la lueur s'estompa. Un jeu de lumière ?

Pendant un moment, il fixa Quinn du regard, visiblement perdu. Mais ensuite, elle donna un coup de pied en l'air, réveillant chez lui un doux sourire.

— Salut, Quinn.

Il lui chatouilla le pied.

— Ravi de te rencontrer.

Anjali retenait sa respiration. Toutes les personnes qu'elle avait contactées pendant ses recherches l'avaient mise en garde contre Dell. Néanmoins, si elles le voyaient à présent...

— Waouh, murmura-t-il en approchant Quinn de son épaule. Elle ne pèse presque rien.

Sa voix vibrait d'émerveillement et il avait les yeux écarquillés.

— Est-ce qu'elle va bien ?

Anjali émit un petit rire.

— Essayez de la porter avec son siège et une demi-tonne de provisions pour bébé en enchaînant trois avions.

Le regard d'Anjali tomba alors sur ses biceps saillants. Même au repos, ils étaient énormes. Donc, oui. Il pouvait probablement porter Quinn, le sac à langer et une femme adulte. Facilement. Elle rougit en y pensant et nicha le bout de la couverture du bébé entre les bras de Dell. Leurs mains s'effleurèrent. C'était curieusement rassurant, presque intime. Ou plutôt, *confortable*, se corrigea-t-elle. Pas étonnant que Quinn n'ait pas protesté. C'était un sacré torse contre lequel se blottir.

Anjali toussota en détournant le regard.

— Voilà.

Elle recula d'un pas, une fois certaine que Dell tenait fermement le bébé dans ses bras.

— Désolé. Je veux dire, merci, dit-il. Merci d'avoir fait un si long voyage.

Leurs regards se croisèrent et restèrent rivés. Ils se penchèrent l'un vers l'autre comme si... comme si...

Anjali n'aurait pas pu l'expliquer. On aurait dit qu'ils avaient besoin l'un de l'autre, même si elle ne voyait pas pourquoi. C'était comme s'ils se connaissaient, même s'ils venaient tout juste de se rencontrer.

Ce qui n'avait aucun sens. Dell n'était pas du tout comme son frère, et il n'était vraiment pas son genre. Pourtant, il semblait la dévorer du regard, et elle retint son souffle.

Soudain, Cynthia fit un geste vif et ils s'écartèrent brusquement l'un de l'autre, hébétés comme des cerfs surpris par les phares d'une voiture et échappant de peu à la collision.

— Tu peux installer Anjali dans l'aile nord, dit-elle à Dell.

Anjali se secoua. Holà. Elle devait vraiment être fatiguée pour avoir ainsi perdu le fil.

Dell s'éclaircit la voix et prit le porte-bébé de sa main libre.

— Ah, oui. La chambre d'amis.

Quinn s'extasia et agrippa sa barbe. Cynthia fit signe à Anjali de la suivre, et celle-ci s'exécuta avec le sac à langer et la valise à roulettes qu'elle utilisait pour ses voyages d'affaires. Heureusement, la chambre d'amis était au coin, au bout du long porche qui entourait toute la maison.

— Les toilettes sont au bout du couloir, lui indiqua Cynthia. Et vous pouvez utiliser la douche à l'étage demain matin, si vous voulez. À moins que vous préfériez vous doucher maintenant ?

Anjali regarda autour d'elle.

— Demain matin, ce sera parfait, merci.

Elle s'efforça de se concentrer sur ce qui l'entourait. Le lit était grand, un deux places, avec un bel édredon hawaïen. Cynthia entrait et sortait de la chambre, lui apportant des draps et des serviettes.

— Où va dormir le bébé ? s'enquit Dell en serrant Quinn dans ses bras.

Anjali rit. Pour ça, elle avait une solution. Elle s'agenouilla, retira le tiroir inférieur de l'ancienne commode et le plaça sur le sol, à côté du lit. Elle le remplit ensuite de serviettes pelucheuses et tapota le petit nid.

— Comme un petit lit gigogne, lança Cynthia avec un petit rire d'approbation.

Anjali hocha la tête.

— C'est comme ça que mes parents ont commencé avec moi. Je crois qu'ils n'ont pas acheté de vrai berceau avant la naissance de mon frère.

Dell éclata d'un petit rire. En se retournant, Anjali le vit sourire à Quinn, qui bâillait de nouveau. Il finit par lever les yeux.

— Est-ce qu'elle a besoin de lait maternel ou quelque chose comme ça ?

Anjali cacha son propre bâillement. Heureusement, Quinn avait bu un biberon juste avant l'atterrissage de leur avion.

— Non, ça ira. Avec un peu de chance, elle sera prête à s'endormir bientôt.

Dell fronça les sourcils.

— Alors, qu'est-ce que je dois faire ?

Cynthia rit.

— Border le bébé et espérer qu'elle s'endorme.

Dell semblait encore déboussolé. Anjali s'approcha et lui prit délicatement Quinn des bras. En l'espace d'un instant, ils furent l'un à côté de l'autre, leurs mains et leurs corps se touchant. Aucun d'eux n'était pressé de bouger.

Cynthia prit tout à coup la parole, brisant le charme :

— Vous avez besoin d'autre chose ?

Anjali prit Quinn et s'écarta de Dell.

— Ça va aller, merci.

Dell ne bougeait toujours pas. Il semblait à la fois frappé d'un pur soulagement et du désespoir de devoir rendre le bébé.

Cynthia claqua des doigts et désigna le porche :

— Viens, Dell. Je suis sûre qu'elles aimeraient se reposer un peu.

Les traits de son visage se durcirent lorsqu'il entendit ses mots, et soudain, Anjali vit le soldat en lui. Un homme avec un code d'honneur, mais aussi un homme qui n'aimait pas qu'on lui donne des ordres. Il serra les poings en jetant un coup d'œil à Quinn, visiblement prêt à monter la garde toute la nuit. Il redressa les épaules et une vive lueur apparut à nouveau dans ses yeux.

Anjali eut le souffle coupé. Un instant. Était-ce Quinn qu'il regardait, ou elle ?

— Ça va aller ? demanda-t-il, ignorant le regard insistant de Cynthia.

Anjali se mordit la lèvre, essayant de le comprendre. À première vue, elle l'avait considéré comme une sorte de Peter Pan : le genre de personne qui ne voulait pas grandir. À présent, il était le portrait craché de son frère, incarnant l'honneur et la responsabilité.

Le petit poing de Quinn s'ouvrit et se ferma comme si elle le rappelait, cependant elle finit par se calmer et agrippa le doigt d'Anjali. C'était sans doute son épuisement qui avait causé le tourbillon d'émotions contradictoires qu'elle ressentait. Avait-elle envie que Dell reste ou pas ?

— Ça ira, lui assura-t-elle enfin.

Il marqua une pause dans l'entrée et elle se demanda s'il ressentait la même chose. Comme un élastique qui s'étirait, l'instinct de rester proches l'un de l'autre.

— Bonne nuit, dit Cynthia, lui indiquant clairement qu'il était temps de partir.

La main de Dell se referma sur l'encadrement de la porte. Derrière lui, le ciel était rose et orange, éclairé des couleurs du soleil couchant.

Elle prit une grande inspiration, se laissant pénétrer par le doux parfum de fleurs tropicales. Waouh. Elle était vraiment arrivée à Maui. La fin de son voyage ?

Elle hocha la tête, indiquant à Dell qu'il pouvait s'en aller.

— Bonne nuit, murmura-t-elle.

La mâchoire de Dell se contracta, cependant il ne prononça aucun mot. Une seconde plus tard, il disparut dans l'ombre du porche, murmurant d'une voix rauque qu'elle aurait pu attribuer à d'innombrables émotions :

— Bonne nuit, Anjali. Bonne nuit, Quinn.

Chapitre 4

Dell se rendit compte que gérer ce bébé inattendu, c'était un peu comme gérer son deuil. Plus il était occupé, moins il remarquait la réalité accablante. Il s'en était plutôt bien sorti pendant les quinze minutes durant lesquelles il avait installé Anjali et Quinn dans l'aile nord de la maison de la plantation. Mais dès qu'il avait eu terminé...

Il s'assit sur les marches du porche et se prit la tête entre les mains. Était-ce bien réel ?

Quentin ! voulait-il crier. *Merde, qu'est-ce que tu m'as fait ?*

Pourtant il savait qu'il ne s'agissait pas de lui. Il s'agissait du petit bébé qui avait besoin d'un foyer.

Il s'agit d'elle, aussi. Son lion intérieur imagina Anjali.

S'il avait eu les idées claires, il aurait pu examiner cette pensée de plus près. Mais ses mains tremblaient et le chagrin planait au-dessus de lui comme un couperet sur le point de tomber. Il n'avait pas les idées claires, c'était certain.

Cynthia l'avait devancé, suivant les autres à la réunion que Connor avait organisée chez Tim. D'habitude, elles avaient lieu dans la maison de la plantation, mais étant donné qu'Anjali était installée dans l'aile nord, elle aurait pu les entendre. Dell resta seul. Ou du moins, c'était ce qu'il pensait jusqu'à ce qu'il entende des bruits de pas à proximité. Il leva vivement la tête. S'il s'agissait de Connor ou de Tim, il aurait pu faire voler un coup de poing ou pousser un cri pour exprimer sa douleur et son trouble. Mais la personne qui vint se laisser tomber à côté de lui était Joey.

— Salut, Dell, dit joyeusement l'enfant.

Il dut faire appel à toute sa force pour esquisser un sourire. Ce n'était pas la faute du gamin si sa vie était toute chamboulée.

— Salut, Joey. Ça roule ?

— Tu veux jouer aux petites voitures ?

Dell passa un bras autour des épaules du garçon.

— Désolé, mon grand. Je dois aller à une réunion. Il est temps d'être responsable, je crois.

— C'est pour le bébé ?

Dell baissa les yeux vers lui. Il pouvait s'occuper des enfants de trois, quatre ou cinq ans. À ces âges, ils étaient assez grands pour marcher, parler et se débrouiller seuls... dans l'ensemble, du moins. Bien sûr, il fallait les surveiller, mais c'était amusant. Ils vous donnaient l'occasion de jouer, de courir, et ils représentaient une bonne excuse pour ne pas se comporter en adulte pendant un moment. Alors que les bébés...

Des visions de couches sales et de thermomètres dansèrent dans sa tête. Les bébés, c'était une autre paire de manches, et même s'il prenait plaisir à les amuser en faisant des grimaces, il n'était clairement pas prêt à s'en occuper.

Une image d'Anjali avec Quinn dans les bras lui vint à l'esprit. Il était incapable de l'effacer. Comme si elles allaient de pair, comme si elles formaient un lot.

Il lâcha un petit rire. Voilà qui ne faisait que prouver à quel point il était perdu.

Il se leva péniblement et donna une tape sur l'épaule de Joey.

— Oui, c'est pour le bébé. Mais je peux te faire faire un tour au passage.

— Youpi !

Joey monta sur les épaules de Dell lorsqu'il se baissa.

— À dada !

Dell trotta jusqu'à la maison de Tim, où il fit un tour supplémentaire, plus pour retarder l'inévitable que pour faire plaisir à Joey. Enfin, il posa l'enfant et se dirigea vers l'arrière de la maison. Tim et Hailey s'étaient beaucoup investis dans les travaux. Ils avaient doublé la taille de la terrasse et fait quelques folies en achetant du nouveau mobilier de jardin. Il y avait de la place pour tout le monde.

Super, murmura son lion.

— Hé, Joey. Je prépare des brownies. Tu peux me donner un coup de main ? lui demanda Jenna.

C'était la distraction parfaite. Le petit galopa jusqu'à la maison de la plantation avec elle, pendant que Dell se dirigeait vers un canapé bosselé sur la terrasse, l'un des derniers vestiges du célibat de Tim. Il s'y laissa tomber, s'appuya contre le dossier, la tête en arrière, et contempla le ciel.

Deux bonnes minutes s'écoulèrent avant que quelqu'un prenne la parole. Deux longues minutes calmes durant lesquelles l'esprit de Dell s'agita.

— Alors, c'est la fille de Quentin ? murmura Tim.

Connor secoua la tête et Chase érafla le sol. Dell se pencha dans le silence qui suivit, fusillant du regard chacun de ses amis.

— Allez-y, dites-le. Je sais ce que vous pensez.

Connor fronça les sourcils avant de se lancer :

— D'accord, je vais le dire. Je ne l'ai pas vu venir. En réalité, j'aurais imaginé que ce problème viendrait de toi, pas de lui.

Dell hocha la tête avec résignation. Sans doute. Mais putain, pourquoi tout le monde le croyait-il capable de mettre une fille enceinte avant de l'abandonner ?

Une réputation peut être dangereuse, lui avait dit Quentin, un jour.

Bon sang. Dell détestait que son frère ait raison.

— Je n'arrive toujours pas à y croire, dit-il. Il m'a toujours sermonné pour que je fasse attention. Quentin, le type qui ne faisait jamais rien à moitié.

À sa grande surprise, ses paroles étaient sèches et nerveuses. Toutes les leçons que son frère lui avait inculquées n'avaient donc été que des mensonges ?

Son lion intérieur grogna. *Il n'était peut-être pas si parfait, après tout.*

Il n'aurait pas dû éprouver de plaisir dans cette colère contre son frère, mais c'était plus fort que lui.

Bien entendu, les préservatifs pouvaient toujours se rompre et certaines femmes mentaient à propos de leur contraception. Qui savait ? Quentin n'avait peut-être pas fait de bêtises. Il avait peut-être été frappé par le destin, tout simplement.

Tim croisa les mains et parla d'une voix ferme.

— Peu importe qui a foiré. La question, c'est : qu'allons-nous faire ?

Connor haussa les sourcils.

— « *Nous* » ?

Dell baissa la tête, mais Tim poursuivit :

— Soyons honnêtes. Dans ce cas, ce n'est pas Dell qui a merdé.

Tim essaya de détendre l'atmosphère avec une plaisanterie, mais son commentaire était douloureusement vrai.

Dell leva les yeux au ciel.

— Merci pour la confiance, vieux.

Tim lui adressa un grand sourire, puis se retourna vers Connor.

— Sérieusement, et si ça avait été moi ? Et si j'étais mort il y a un an et qu'une fille s'était pointée avec un bébé aujourd'hui ?

Il se tourna rapidement vers Hailey.

— C'est purement hypothétique, bien sûr.

Hailey lui adressa un regard sévère et dit sèchement :

— Ça vaudrait mieux.

Malgré sa réponse, il n'émanait d'elle qu'un amour éternel et inconditionnel. Depuis qu'ils étaient devenus compagnons, ils formaient un couple résolument adorable.

Dell sentit quelque chose tirailler son cœur et son lion murmura :

Nous aussi, nous pouvons vivre ça.

Il repoussa cette pensée, essayant de se concentrer pour une fois dans sa vie.

Connor haussa les épaules.

— Je m'en occuperais, évidemment.

Tim hocha la tête, renforçant son argument :

— Bien entendu. Je ferais la même chose pour toi ou pour Chase. Quentin et Dell sont comme nos frères, alors il en va de même pour eux.

Ce dernier prit une profonde inspiration. Il ne savait pas où Tim voulait en venir, néanmoins ça semblait prometteur.

— Nous devons prendre soin du bébé, conclut son camarade. Nous tous. C'est nécessaire.

Dell soupira. Tim avait raison. Il partageait la propriété avec trois autres hommes, et deux d'entre eux étaient en couple. D'ailleurs, tout le monde prenait soin de Joey. Et puis, il y avait Cynthia, qui se faisait passer pour une reine des glaces, mais qui adorait les enfants. Serait-ce vraiment si difficile que tout le monde prenne soin de Quinn ?

Pendant un bref moment, il se sentit euphorique, étourdi par le soulagement. Il était tiré d'affaire !

Mais tout aussi rapidement, son estomac se retourna. Ce n'était pas juste de supposer que Jenna et Hailey l'aideraient. Jenna et sa sœur avaient beaucoup travaillé pour honorer la première commande de planches de surf personnalisées de *Surf Chique*. Et Hailey aussi était occupée. Tim avait réalisé son rêve en fondant son entreprise, et il avait déjà beaucoup d'offres. Avec son œil pour le design et son sens des affaires, Hailey s'occupait de la partie administrative. Ces couples décideraient peut-être un jour d'avoir des enfants, mais ce n'était pas pour autant qu'ils étaient prêts à avoir un bébé sur les bras en ce moment.

Dell fit la moue. En dernier recours, oui. C'était bon de savoir que ses amis seraient toujours là pour lui. Mais il ne voulait pas d'une solution de dernier recours. Il devait prendre la bonne décision.

Les pensées se bousculèrent dans son esprit et il en eut mal au cœur. Cela ressemblait à un vieux dessin animé qu'il avait regardé avec Joey, dans lequel Pluto devait décider entre le bien et le mal. Il avait deux petits Pluto, un sur chaque épaule. Celui de gauche était un démon, qui le piquait à l'aide de sa fourche, lui disant qu'il devait prendre la voie de la facilité. Mais il y avait aussi un ange sur son épaule droite, qui était à genoux, le suppliant d'obéir à son devoir.

Que ferait Quentin pour toi ? lui demanda l'ange. *Réfléchis.*

Dell passa une main sur son menton. Si les rôles étaient inversés, son frère prendrait le bébé et l'élèverait comme le sien. Et il s'en sortirait très bien, le couvrant d'affection, lui donnant tout ce qu'il pouvait bien vouloir. Il ne se contenterait pas de faire équipe avec d'autres personnes.

Mais le démon le piqua à nouveau.

Mais enfin, mec. Tu n'es pas du tout qualifié pour être père. L'union fait la force, pas vrai ?

En même temps, l'ange désigna la maison de la plantation, évoquant le tableau blanc de Cynthia sur lequel étaient inscrites les corvées de la semaine. La cuisine, le ménage, les patrouilles... Et Quinn.

Il fronça les sourcils. Il ne serait pas correct de mettre Quinn sur la liste et de la cocher comme n'importe quelle autre corvée. Mais il y avait autre chose, aussi. Quelque chose qui le travaillait, dans un coin de son cerveau embrouillé, lui disant qu'il ne s'agissait pas seulement d'elle. Si seulement il pouvait mettre le doigt dessus.

— Non, grogna-t-il enfin, attirant les regards de tout le monde. Si je fais ça, je dois le faire correctement.

— C'est-à-dire ? fit Tim.

Dell haussa les épaules.

— C'est-à-dire m'en occuper moi-même.

À tout autre moment, les hommes auraient éclaté de rire, et lui aussi. Il pouvait à peine s'occuper de lui-même. Comment pourrait-il jouer au papa ?

Connor n'avait pas l'air convaincu, mais ce fut Cynthia qui parla en premier :

— C'est très noble. Oui, je le pense vraiment, ajouta-t-elle en réponse à son regard soupçonneux. Mais réfléchis bien. Prendre soin d'un bébé, c'est une énorme responsabilité. Il ne s'agit pas seulement des couches, de la nourriture et de se réveiller au milieu de la nuit. Les bébés ont besoin d'amour. De stabilité. Ils ont besoin de quelqu'un d'assez responsable pour gérer tout ça.

La voix de Cynthia était étonnamment douce, toutefois son message était clair. La responsabilité n'était pas le point fort de Dell, et il le savait.

— Tu pourrais être surprise par ce dont Dell est capable, commenta Connor à sa grande surprise.

Malheureusement, elle continua sans perdre un instant :

— Un bébé, ça veut dire plus de sorties le soir. Plus de grasses matinées. Et plus de décisions sur un coup de tête.

Plus elle parlait, plus les épaules de Dell s'affaissaient. Était-ce la vérité ?

— Il faut être présent chaque seconde de chaque jour. S'inquiéter. Trouver un moyen d'expliquer comment les choses fonctionnent sans révéler à quel point le monde peut être terrible. Être parent, ça signifie tout risquer. Donner une partie de son cœur et ne jamais la récupérer.

Elle s'arrêta en reprenant sa respiration et tout le monde la dévisagea. Tout ce que Cynthia avait dit s'appliquait à Joey, sauf la dernière partie. Quand Dell huma l'air, il le trouva rempli de chagrin et de regrets.

— Il existe une autre option, reprit-elle en se ressaisissant.

Dell n'était pas le seul à avoir levé la tête avec espoir. À l'évidence, personne n'avait hâte de voir sa vie tourneboulée par l'arrivée d'un bébé. On aurait dit qu'ils venaient tout juste de quitter l'armée et de s'installer à Koakea. Tout le monde était ravi de la situation, maintenant qu'ils avaient enfin trouvé un cadre de vie agréable.

Oui, il y a une autre option, lui murmura son lion. *Anjali...*

Il fronça les sourcils et secoua la tête pour effacer cette pensée, déterminé à ne pas se laisser déconcentrer.

— Beaucoup de couples de métamorphes ne peuvent pas avoir d'enfants. Il ne serait pas difficile de trouver quelqu'un qui adorerait donner un foyer à Quinn.

Cynthia jeta un coup d'œil autour d'elle.

— Écoutez, je respecte ce que vous voulez faire. Vraiment. Mais si vous aimez Quentin, vous ferez ce qu'il y a de mieux pour sa fille. Ce n'est pas convenable qu'elle soit élevée par un groupe d'hommes. Pas plus que si nous élevions un lionceau dans une caserne comme une sorte de mascotte. Elle a déjà traversé tant d'épreuves.

Elle secoua tristement la tête.

— Quinn a besoin d'un foyer stable. Et nous pouvons lui en trouver un.

Elle regarda chaque personne dans les yeux jusqu'à ce que son regard se pose sur Dell.

— Mais... commença-t-il.

Cynthia posa les mains sur ses hanches.

— Si tu essaies de faire ça tout seul, que feras-tu quand tu devras travailler tard ? Qui la surveillera quand tu feras les patrouilles ? Et que se passera-t-il si elle tombe malade au moment même où tu pars travailler ?

— Dans ce cas, nous l'aiderons, dit Connor.

Dell n'avait jamais été aussi reconnaissant envers le dragon, cependant Cynthia prit à nouveau la parole.

— Bien sûr que tout le monde l'aiderait. Mais ce n'est pas de ça qu'il s'agit. Un enfant a besoin d'un parent. De quelqu'un sur qui compter.

En d'autres termes, signifiait le ton de sa voix, *de quelqu'un d'autre que toi.*

Dell se gratta le torse.

— Je trouverai une solution le moment venu.

Mais, merde ! Ça semblait vraiment minable.

En cet instant, il avait envie de détester Cynthia. Le problème, c'était qu'elle avait raison. Comment pourrait-il s'occuper d'un enfant tout seul ?

Tout de même. Dell grimaça. Faire adopter Quinn ?

— Tu pourrais lui rendre visite, tu sais ? ajouta-t-elle d'une voix douce. Vérifier qu'elle va bien, de temps en temps. Être un oncle aussi bon pour elle que tu l'es pour Joey.

Dell leva brusquement le menton. Sa voix trembla lorsqu'il répondit :

— Wouah. Tu viens de me faire un compliment, là, Cynth ?

Elle lui jeta un regard noir.

— Oui, exactement. Alors, s'il te plaît, ne le gâche pas. Réfléchis. Es-tu vraiment prêt à prendre soin de ce bébé tout seul ?

Non.

La réponse était facile, et Dell le savait. Mais au fond, elle ne lui convenait pas.

Connor passa une main sur son menton.

— Honnêtement, je déteste l'idée de ne pas faire ce qu'il faut pour Quentin. Mais Cynthia a raison. Est-ce qu'on rend vraiment service à ton frère en essayant d'élever son enfant, ou serait-elle plus heureuse dans un foyer plus stable ?

Il marqua une pause, visiblement tiraillé.

— Et puis, autre chose m'inquiète. Anjali a dit que la mère avait des ennuis.

Dell fronça les sourcils. Et si les ennuis de Lourdes, quels qu'ils soient, touchaient aussi Quinn et Anjali ?

— Qu'a-t-elle dit déjà ?

— Que Lourdes fuyait quelque chose, répondit Tim en tapotant la table des doigts, l'air pensif. Quentin n'a jamais parlé de Lourdes, pas vrai ?

Dell avait la réponse à cette question.

— Jamais. Pas un seul mot. Il est revenu de ce voyage comme d'habitude. Avec ses batteries rechargées, peut-être. Mais il n'a pas parlé d'une fille.

— D'une femme, le corrigea Tim dans un grognement.

Dell leva une main.

— Désolé. D'une femme.

— Impossible qu'elle ait été sa compagne prédestinée, dit Connor en secouant la tête. Il n'aurait pas pu l'abandonner.

Son regard se perdit vers la maison et vers sa propre compagne.

— Il y avait quelque chose... murmura Chase.

Sa voix porta doucement dans l'air du soir et tout le monde se retourna, aussi surpris par le fait d'entendre Chase parler que par ce qu'il avait dit.

— Quoi ? demanda Connor.

— C'était pendant l'un de ces longs tours de garde de nuit. Vous savez, à Point Echo.

Chase fit un geste vague de la main, les laissant deviner les détails eux-mêmes. C'était plutôt facile, étant donné qu'ils avaient tous été affectés là-bas une dizaine de fois. C'était très loin, dans un coin reculé de Korengal Valley, où la beauté du ciel étoilé de la nuit se juxtaposait curieusement à la réalité brute d'une zone de guerre.

— Qu'est-ce qu'il a dit ? demanda enfin Dell.

Chase commença à faire les cent pas, son loup agité.

— Il a parlé d'aider quelqu'un. Il se demandait si c'était bien de l'aider, mais de partir ensuite.

De l'aider ? Dell avait envie de rire. Quentin n'avait pas « aidé » en mettant Lourdes enceinte.

Mais Chase poursuivit :

— Il s'inquiétait parce que cette amie avait des ennuis...

— Une amie ?

Tim arqua un sourcil.

— Lourdes ? demanda Hailey.

— Ce n'était vraiment pas sa compagne, dans ce cas, grommela Connor.

Chase haussa les épaules.

— Non, sans doute. Mais il craignait que les ennuis ne reviennent pendant son absence.

Sa voix se perdit et il baissa la tête.

— Je suis désolé. Je ne m'en souviens pas avec exactitude.

Dell l'aurait volontiers secoué, cependant Chase n'avait jamais parlé autant d'un seul coup.

— Des ennuis ?

Hailey inclina la tête.

— Comme un ex-petit ami, par exemple ?

Chase haussa les épaules, mais Tim poursuivit là où elle s'était arrêtée.

— Disons que Lourdes avait des problèmes avec son ex. Un sale type qui est resté à distance quand Quentin était dans les parages. Peut-être qu'il est même resté à distance un moment après ça. Mais ensuite, ce type a pu découvrir que Quentin était mort et a décidé de tenter une nouvelle approche.

Hailey prit la main de Tim, les yeux baissés. Était-elle en train de penser à son propre ex obstiné ? Heureusement, cette ordure ne reviendrait jamais. Mais si Lourdes avait un problème similaire et que personne n'avait pu veiller sur elle...

Dell fronça les sourcils et se leva, incapable de rester immobile. Jusque-là, il avait eu du mal à faire preuve d'empathie envers Lourdes. Quel genre de femme abandonnait son enfant ? Les choses n'étaient cependant peut-être pas aussi simples qu'elles en avaient l'air. De plus, son lion intérieur semblait confondre Lourdes et Anjali, alternant les images de la seconde avec celles de la première.

Il fit de son mieux pour les balayer. Peu importait que son cœur soit presque sorti de sa poitrine quand il avait rencontré Anjali. Peu importait que son regard ait sans cesse été attiré par le sien. C'était parce que toute cette folle situation lui faisait perdre les pédales... n'est-ce pas ?

— Mais la police a dit qu'elle s'était suicidée, fit remarquer Cynthia.

Tim émit un petit rire.

— Avec un mot qui disait : « S'il m'arrive quoi que ce soit » ?

Un silence s'abattit sur la pièce pendant une longue minute, puis Hailey murmura :

— Alors, qu'est-ce qu'on fait maintenant ?

En un clin d'œil, l'ange et le démon réapparurent dans l'esprit de Dell. Devrait-il faire adopter Quinn ou l'élever lui-même ?

Une lueur d'un vert de jade brilla dans les yeux de Connor, comme chaque fois que son dragon intérieur remuait.

— Bon, alors. Voilà ce qu'on va faire, annonça-t-il en prenant son rôle d'alpha.

Dell soupira. Ce bon vieux Connor. Il pouvait toujours compter sur lui pour le guider. Honnêtement, ce n'était pas l'un de ses propres points forts. Bien sûr, Dell savait dans quoi il excellait. Donnez-lui une mission et il pouvait la réaliser. Présentez-lui une bagarre et il se battrait jusqu'au bout. Mais trouver par où commencer ? Ce n'était pas son fort.

Son lion rugissait intérieurement.

C'est à nous de prendre la décision, pas à lui.

Mais Connor était l'alpha, et pour une bonne raison. Il serra le poing et l'abattit dans sa paume.

— D'abord, nous allons mener l'enquête. Nous allons découvrir tout ce que nous pouvons sur Lourdes et sur son ex.

Dell serra les dents à l'idée qu'un enfoiré menace Quinn ou Anjali.

Il grimaça soudain. Bon sang. Pourquoi ne cessait-elle d'apparaître dans son esprit ? Elle n'était pas du tout son genre. Et il avait assez de problèmes à résoudre sans en rajouter.

Cynthia croisa le regard de Connor. Au début, ils étaient souvent en désaccord, tous les deux, mais ces derniers mois, ils avaient commencé à former une équipe de leaders plutôt efficace.

— Ça marche, dit-elle en acquiesçant. Trouve tout ce que tu peux sur Lourdes. Sa vie. Sa mort. Son ex-petit ami.

Connor hocha la tête avec gravité.

— Et Anjali ? intervint Dell.

Personne ne répondit.

— Quoi, Anjali ? demanda enfin Connor.

Le lion de Dell grogna, rôdant près de la surface.

Elle est tout aussi importante que Quinn.

Pourquoi ? voulait-il demander. *Pourquoi ?*

Parce que c'est notre compagne.

Heureusement que Dell était debout à côté de l'un des poteaux du toit pour pouvoir se soutenir. Jusqu'à ce moment-là, il avait pensé que le tourbillon dans son âme provenait de son chagrin pour Quentin et du choc de découvrir ce bébé.

Anjali, ronronna son lion.

Putain, alors c'était vrai ?

Quand il avait parlé des compagnes à Chase, il avait passé sous silence le fait que certains lions trouvaient parfois la leur tôt dans la vie ; s'il s'agissait de celle qui leur était destinée. Et c'était un grand *si*. Les loups et les autres espèces de métamorphes avaient une bonne chance de tomber sur leur moitié, toutefois ce phénomène était plus rare chez les lions.

Ils avaient une chance sur un million. Et Dell avait toujours pensé qu'il faisait partie des 999 999 autres individus. Soudain, il n'en était plus si sûr.

Je suis sûr de moi, grogna son lion.

Son esprit avait tourné à toute vitesse pendant l'heure précédente. Il avait senti quelque chose avant même de voir la maison, son félin intérieur sur le qui-vive.

C'était peut-être dû à Quinn, dit-il à son lion.

Ça aurait pu, murmura la bête. *Mais ce n'était pas le cas. C'était Anjali. Bon, d'accord, c'étaient les deux.*

Dell essuya la transpiration qui perlait sur son front. Impossible. Anjali n'était venue à Maui que pour Quinn. Pas pour lui. Et puis, elle était humaine et tout le contraire de lui. Comment pourrait-elle être liée à lui ou à sa destinée ?

Crois-moi, c'est le cas, insista son lion.

Les autres attendaient impatiemment et il se força à prendre la parole.

— Anjali a pris soin du bébé et elle a géré le suicide de son amie. Nous ne pouvons pas simplement la remercier et lui dire au revoir.

Cynthia hocha lentement la tête.

— Tu as raison. Elle vient seulement d'arriver.

— Elle pourrait nous en dire plus sur Quentin et Lourdes, dit Tim d'un air pensif. Ce serait cohérent de lui demander de rester quelques jours.

Dell voulait hurler son impuissance. Il ne supportait pas l'idée de laisser partir Anjali. Le simple fait de la quitter pour assister à cette réunion avait été un véritable combat. Son instinct protecteur était-il autant lié à Anjali qu'à Quinn ?

Il passa une main sur son menton. Putain, il n'était pas fait pour jouer au papa, mais il n'était certainement pas fait pour être le compagnon d'une femme. En même temps, Anjali était de trop bonne famille pour s'intéresser à un homme comme lui. Elle était organisée, accro au travail, axée sur sa carrière. Pour le coup, elle était plutôt le genre de Quentin.

— C'est ça. Essayons de la convaincre de rester quelques jours. Quand nous aurons toutes les informations nécessaires, Anjali pourra partir, décréta Connor.

Le lion de Dell grogna.

Qui a parlé de la laisser partir ?

Pourtant tout le monde semblait satisfait, comme si l'affaire était réglée.

— D'accord, conclut Tim. En attendant, elle peut t'apprendre à prendre soin de Quinn.

Dell resta bouche bée et le démon sur son épaule gloussa.

Ça ne te ressemble tellement pas, vieux.

Mais l'ange tapota son autre épaule avec un clin d'œil.

Tu peux le faire. Je le sais.

Tout empira lorsque Connor ajouta :

— Souviens-toi, tu peux toujours la faire adopter. Je sais que l'idée ne te plaît pas, et elle ne me plaît pas non plus. Mais c'est peut-être mieux pour Quinn. Et puis, hé...

Il afficha un sourire.

— Dis-toi que tu retrouveras ta vie sous peu.

Dell ne savait pas si Connor l'appâtait pour qu'il relève le défi ou s'il doutait déjà de lui. Et il ne pouvait pas répondre aux questions qui tourbillonnaient dans sa tête. Comment pourrait-il abandonner la fille de son frère ? Et s'il ne voulait pas continuer cette vie que Cynthia n'avait que trop bien décrite ?

Bien sûr que tu en as envie, siffla le démon sur son épaule.

— Bonne nuit, lança Connor en rejoignant Jenna.

Un par un, les autres se séparèrent jusqu'à ce qu'il ne reste que Tim et Dell.

Son ami croisa son regard et murmura :

— Tu crois vraiment pouvoir gérer ça, mec ?

Dell leva les yeux vers les étoiles. Honnêtement ? Il n'en avait pas la moindre idée.

Chapitre 5

Anjali s'éveilla lentement, s'étirant sous la couverture d'un blanc immaculé. Elle enfouit son visage dans l'oreiller, fuyant la lumière du matin.

Dimanche. C'était forcément dimanche. Un dimanche agréable et calme, car elle avait l'impression d'être chez elle. Elle agita les orteils, savourant la tranquillité et la chaleur. D'habitude, elle dormait avec la fenêtre ouverte, mais elle devait avoir oublié de l'ouvrir, car il faisait doux à l'intérieur. Elle avait roupillé comme un loir, non sans quelques rêves complètement fous.

Tout à coup, elle se redressa en ouvrant grand les yeux. Les rideaux flottaient devant les fenêtres, laissant entrer la brise marine. Une tige de bougainvillier magenta s'enroulait autour de la rambarde du porche, à l'extérieur, et le ciel était d'un bleu tropical.

— Oh, mon Dieu.

Elle baissa les yeux vers Quinn, endormie dans son berceau de fortune.

Ce n'était pas un rêve. Elle avait vraiment voyagé de Chicago à Maui, et elle était vraiment responsable du bébé de Lourdes.

Pas pour longtemps, lui dit une petite voix. *L'oncle de Quinn prendra bientôt le relais.*

Elle aurait dû se sentir soulagée, pourtant cette idée lui faisait de la peine.

— Quinn ? murmura-t-elle en se glissant lentement hors du lit.

Pourquoi le bébé était-il aussi silencieux ?

Elle se pencha au-dessus du berceau en agitant les mains. Quinn ne dormait *jamais* toute la nuit sans se réveiller. Quelque chose n'allait pas, c'était certain. Le bébé était peut-être déshydraté. Ou pire, malade.

— Oh, mon Dieu...

Anjali posa sa main sur le front de la petite.

À quelle température un bébé avait-il de la fièvre ? Quelle température était idéale ?

— Est-ce que tout va bien ? fit alors une voix grave à sa droite.

Anjali se retourna brusquement vers la porte qui donnait directement sur l'aile du porche. La lumière du soleil passait par l'encadrement, mettant à contre-jour ce qui ressemblait à un dieu nordique avec de longs cheveux blonds. Les rayons dorés rebondissaient sur ses épaules dénudées, lui donnant un aspect presque mystique.

— Dell ?

— Je peux entrer ?

Elle hocha la tête et il avança. Même lorsqu'il sortit du rayon de soleil, l'impression d'un pouvoir divin émanait toujours de son corps.

Anjali se renfrogna devant son torse nu et ses cheveux ébouriffés. Un instant. Était-il resté dehors toute la nuit, à veiller sur Quinn et elle ?

Elle tira sur le bord du T-shirt dans lequel elle avait dormi et passa une main dans ses cheveux.

— Est-ce qu'elle va bien ?

Il se pencha au-dessus de Quinn. À son tour, Anjali s'agenouilla à côté du berceau improvisé.

— Aucune idée. D'habitude, elle ne dort pas aussi longtemps.

Au même instant, Quinn remua, ouvrit les yeux et se mit à geindre de manière désespérée.

— Waouh, murmura Dell. Qu'est-ce qui ne va pas ?

Anjali gloussa, intensément soulagée.

— Rien, apparemment. Elle a toujours faim quand elle se réveille.

Elle prit le bébé en train de hurler dans ses bras et lui tapota le dos.

— Elle devait être aussi fatiguée que moi.

— Vous êtes sûre que tout va bien ?

Il semblait terriblement inquiet. Anjali hocha la tête.

— Tant que je peux lui donner son biberon. Tenez.

Dell écarquilla les yeux lorsqu'elle lui mit le bébé dans les bras.

— Mais... commença-t-il tandis qu'elle se dépêchait de le lui préparer.

Il lui fallut cinq bonnes minutes, mais finalement, le lait en poudre fut prêt. Elle fit signe à Dell de s'approcher de l'un des canapés du porche et lui tendit le biberon. Quinn l'agrippa, et en un clin d'œil, elle passa des pleurs à la satisfaction de téter.

— Ça alors, murmura-t-il. Elle a de sacrés poumons pour une si petite créature.

Anjali gloussa.

— Ça, c'est sûr.

Puis elle marqua un temps d'arrêt. Euh, venait-elle de donner le bébé à un inconnu ?

Son oncle, se rappela-t-elle. Mais Dell n'était pas que cela, même si elle n'arrivait pas à mettre sur le doigt dessus.

Elle s'assit à côté de lui, observant Quinn en train de boire. C'était plutôt agréable de laisser quelqu'un d'autre la tenir et la nourrir pour une fois. Et avec Dell, pour une raison inconnue, cela lui paraissait approprié. Même la petite semblait le sentir, car elle le regardait de ses grands yeux marron.

— Attends une seconde, mon chaton, murmura-t-il en lui touchant le nez.

Anjali sourit.

— Oui, elle se comporte parfois comme un petit tigre.

Les lèvres de Dell s'étirèrent.

— Plutôt comme une petite lionne. Le genre de lionne qui grandit et refuse de se laisser faire par qui que ce soit, même par les gros durs.

Ils rirent, quand soudain leurs regards se croisèrent et Anjali se surprit à retenir sa respiration. Elle s'était dit un nombre incalculable de fois de ne pas trop s'impliquer au cours de la semaine précédente, mais elle était déjà tombée amoureuse du bébé aux yeux mordorés. Et cet homme était le portrait craché du bébé. Un homme qui avait du cœur...

Le sien battit violemment et ses joues s'empourprèrent. Elle se gifla mentalement à plusieurs reprises. C'était une chose de se laisser emporter par les yeux de Dell la veille alors qu'elle était exténuée, mais à présent qu'elle avait bien dormi, quelle excuse avait-elle ?

Les lèvres de Dell frémirent et ses yeux s'illuminèrent. À moins qu'il s'agisse d'un jeu de lumière ?

Pendant une minute, le seul bruit qui se fit entendre fut celui de la déglutition de Quinn. Dell se secoua alors et regarda Quinn avant de se tourner à nouveau vers Anjali.

— Merci, murmura-t-il.

— Pour quoi ?

Il lui adressa un petit sourire.

— D'avoir pris soin de Quinn. De m'avoir trouvé. D'être venue jusqu'ici.

Sa voix était grave et sincère, son visage sérieux. Anjali sourit.

— Pas de problème. Lourdes était mon amie. Je ferais n'importe quoi pour elle.

Au même moment, la cruelle réalité la frappa à nouveau. Lourdes n'était plus là. Elle était morte.

Je dois aller travailler.

Les propres mots d'Anjali revinrent la hanter. Un matin, peu de temps avant, elle était sortie à toute vitesse de l'appartement pour se rendre à un dîner professionnel avec quelques clients, laissant Lourdes et Quinn seules.

On se voit plus tard, d'accord ?

Elle fronça les sourcils en se souvenant de la frustration qu'elle avait exprimée à travers ces mots. Ça avait été difficile d'avoir une amie et sa fille qui étaient venues s'installer chez elle. À présent, elle n'avait que des regrets. Il n'y avait jamais eu de « *plus tard* », car Lourdes était morte peu après. Une boule se forma dans la gorge d'Anjali. Pourquoi n'avait-elle pas été plus patiente ? Pourquoi ne l'avait-elle pas aidée davantage ?

— Hé, murmura Dell. Ne faites pas ça.

Elle inclina la tête.

— Quoi donc ?

— Nourrir des regrets, dit-il d'une voix assez ferme pour clouer ces mots dans le mur. Ça ne sert à rien de regretter ce que l'on ne peut pas changer.

Elle le regarda attentivement droit dans les yeux.

— Vous êtes un expert sur le sujet, je suppose ?

Une lueur vacilla dans son regard. Était-ce de l'humour ? Du chagrin ?

— On peut dire ça.

Il se gratta le torse et baissa les yeux. C'était incroyable comme il pouvait passer rapidement du guerrier invincible au play-boy insouciant ou encore au frère en deuil. Elle avait l'impression que les deux premiers étaient faciles pour lui, mais le troisième... Eh bien, il avait encore du travail à faire pour gérer sa douleur.

— Vous étiez au courant de la relation entre votre frère et Lourdes ?

Il secoua la tête et l'ombre du chagrin assombrit son regard.

— Non. Quentin n'a jamais rien dit. Pas à moi, en tout cas.

Il baissa les yeux vers Quinn, effleurant l'une de ses petites mains, puis les leva à nouveau.

— Désolé.

Elle haussa les épaules.

— Ce n'est pas votre faute.

— Pas pour cette partie-là, en tout cas, chuchota-t-il d'une voix si basse qu'elle l'entendit à peine.

Un autre silence s'éternisa.

— Parlez-moi d'elle, murmura-t-il en baissant une nouvelle fois le regard sur Quinn.

Anjali toucha nonchalamment le pied de Quinn.

— Il n'y a pas grand-chose de plus que ce que vous voyez. Elle mange, elle dort...

Il secoua la tête.

— Je veux parler de Lourdes.

Anjali fronça les sourcils. Par où commencer ?

— Elle adorait les chats. La musique country ringarde. Les brownies.

Dell sourit.

— Quand on était petites, on jouait dans mon jardin, derrière. Les autres filles jouaient à la poupée, mais Lourdes voulait jouer au refuge pour animaux. Elle sortait tous ses animaux en peluche et elle les soignait.

Dell rit.

— Et vous, qu'est-ce que vous faisiez ?

Anjali sourit.

— Je prenais les appels depuis un téléphone en plastique et je leur trouvais de nouvelles maisons.

Elle s'attendait à ce qu'il éclate de rire, pourtant il se contenta de baisser les yeux vers Quinn, une fois encore.

— Ça vous arrive de vous poser des questions sur le destin ? demanda-t-il à voix basse.

Anjali prit une inspiration longue et régulière, le regard au loin. Sa mère aurait balayé cette idée d'un revers de la main en évoquant plutôt le karma. Des liens de cause à effet, d'action et de réaction, des vestiges de vies passées. Mais, quelle que soit la force en jeu, cette époque avait été prophétique. Elle passait encore sa vie au téléphone, et à présent, elle était à Hawaï afin de trouver une famille à Quinn.

— Le destin ? Je ne crois pas.

Quinn tétait en silence, les yeux fermés, et Anjali lui caressa la joue.

— Il n'y a pas grand-chose de Lourdes chez Quinn, dit-elle enfin en reprenant son histoire là où elle l'avait laissée. Pas dans son physique, en tout cas.

Dell glissa un doigt sur les cheveux fins du bébé.

— Je ne comprends toujours pas ce qui s'est passé. Quentin n'était pas du genre à faire espérer une fille et à la quitter comme ça. Il serait revenu en courant s'il avait su que Lourdes attendait Quinn.

— Je vous crois. Mais comme je l'ai dit, elle ne savait pas qu'elle était enceinte avant la mort de Quentin. Je l'aimais profondément, mais... ça ne change rien au fait qu'elle était paumée.

Les yeux de Dell s'emplirent de questions tacites, et Anjali fit de son mieux pour combler les lacunes :

— D'après moi, votre frère a vu au-delà de ça et a perçu la personne que Lourdes était vraiment. La fille avec laquelle j'ai grandi avant que tout ne tourne mal. Il a vu ce qu'elle pouvait être et il a voulu l'aider à réaliser ce potentiel.

Dell soupira.

— Oui, ça ressemble bien à Quentin.

Anjali se leva et se dirigea vers la rambarde du porche. Le soleil se dressait au-dessus de Maui et le paysage était splendide. Le début magnifique d'une journée magnifique, et la pauvre Lourdes n'était pas là pour le voir.

— Lourdes a toujours été une sorte d'esprit libre, je crois qu'on pourrait dire ça comme ça. Mais quand on est entrées au lycée... Eh bien... L'histoire classique, vous voyez. Sa famille avait des problèmes, des problèmes sérieux. Elle a commencé à traîner avec les mauvaises personnes, à boire, à prendre de la drogue.

Elle marqua une pause et s'éclaircit la voix.

— Le monde est injuste, parfois. Certaines personnes ont tout, et d'autres n'ont rien.

— Pourquoi dites-vous ça ?

Anjali haussa les épaules.

— C'était comme si les étoiles s'étaient alignées pour moi, vous voyez ? Lourdes ne pouvait jamais se reprendre en main, et quand ses parents se sont séparés...

Elle repensa à cette terrible période de leurs vies.

— Lourdes a fini par faire la navette entre les deux, et quand ils se sont mis en couple avec d'autres personnes, de mauvaises personnes, les choses ont empiré.

Elle fronça les sourcils en se remémorant la jeune Lourdes au regard pétillant et plein de vitalité, et la fille au regard vitreux et terne qu'elle était devenue. C'était arrivé en seconde, quand elle avait couché avec un homme plus âgé. Un homme *bien plus* âgé. Une relation malsaine qui l'avait conduite à une autre, et les choses étaient allées de mal en pis. Les parents de Lourdes s'étaient suffisamment intéressés à elle pour la faire entrer dans un centre de désintoxication plusieurs fois, cependant elle avait toujours réussi à en sortir rapidement en affirmant qu'elle était guérie, avant de retomber dans les bras d'un autre homme qui lui donnait ce qu'elle voulait. De la drogue. Du sexe. Tout sauf de l'amour.

Anjali se retourna et s'appuya contre la rambarde tout en regardant Quinn. Elle ferait n'importe quoi pour empêcher cette petite fille de suivre les pas de sa mère.

Mais cela ne dépendrait pas d'elle. Son avenir reposait entièrement sur les épaules de Dell, à présent. Pouvait-il vraiment affronter cette responsabilité ?

Elle regarda le drap et l'oreiller froissés, dans un coin du canapé. Peut-être que oui. Comme Lourdes, peut-être que Dell cachait plus au fond de lui que ce qui transparaissait extérieurement.

— Vous avez dormi ici, dehors, cette nuit ?

— Oui. Vous savez, juste au cas où vous auriez besoin de quelque chose.

Elle n'était pas dupe de sa nonchalance. Elle voyait bien les rides autour de ses yeux. Dell n'avait pas aussi bien dormi qu'elle, cette nuit-là. Et qui pourrait lui en vouloir après la surprise qu'elle lui avait apportée ?

Quinn lui donna un petit coup et il adopta immédiatement un langage enfantin en agitant sa couverture.

— Ça va, ma puce ? Il est bon, le lait ? Miam.

Quinn ferma à nouveau les yeux, se détendant dans ses bras.

Anjali déglutit. Les bébés avaient plus besoin d'amour que de parents expérimentés, et à en juger par la manière dont Dell regardait Quinn...

Il prit la main de la petite et la guida vers le biberon.

— Tu vois ? Tu peux le tenir toute seule.

Sa main retomba, ce qui n'empêcha pas Dell de rire tout bas.

— Heureusement que je suis là.

Anjali ferma les yeux, imaginant l'enfance de Quinn. Ses premiers pas, ses premiers mots. Son premier jour d'école, et plus tard peut-être, son diplôme universitaire. Tout cela avec

Dell à ses côtés, lui murmurant des encouragements comme celui-là.

Anjali rouvrit brusquement les yeux. C'était un beau rêve, mais pour l'instant, il n'avait fait que nourrir le bébé. Une seule fois. Il avait encore beaucoup de travail.

Elle l'examina en se disant que ce n'était que pour juger sa capacité à s'occuper de la petite fille, cependant son pouls s'accéléra et son souffle resta suspendu dans sa poitrine quand elle finit par se concentrer sur tout autre chose. Les plaques de l'armée qui pendaient au bout d'une chaîne en argent, autour de son cou. La cicatrice sur son épaule. La fossette sur l'une de ses joues. Ses mâchoires, serrées par la détermination.

Il avait peut-être plus de choses en commun avec son frère qu'il n'en avait donné l'impression de prime abord. Il était peut-être même plus profond que lui, car c'était plutôt facile d'être gentil, alors que trouver l'équilibre entre le *bien* et le *mal*, en revanche...

Il se tourna vers elle avec un petit sourire. Pas l'un de ces sourires de Hollywood qui faisaient chavirer les têtes : plutôt un qui disait qu'il ne parvenait pas à croire ce qui lui arrivait, mais qu'il ferait de son mieux quand même.

Il y avait une pointe de chagrin là-dedans aussi, et elle se surprit à murmurer :

— Parlez-moi de Quentin.

Le sourire de Dell se tendit et il contracta la mâchoire jusqu'à ce qu'Anjali ait envie de le pousser en disant : « Vous avez le droit de parler de lui. Ça vous aidera. Croyez-moi. »

— Il est... Il était...

Dell déglutit difficilement et poursuivit :

— Doué pour le football américain. Mauvais au poker. Fidèle en amitié.

Anjali ne put s'empêcher de sourire en entendant cette liste.

— Il avait deux ans de plus que moi, et d'après ma mère, c'était une personne responsable depuis le début et il n'a pas changé.

Les yeux de Dell se perdirent au loin. Regardait-il l'océan scintillant ou était-il absorbé par le passé ? Il finit par se retourner vers Quinn et chuchota :

— Vous pensez que la relation entre Lourdes et lui était sérieuse ?

Anjali secoua la tête.

— Honnêtement, non. Je pense que Lourdes le savait aussi. Elle disait que c'était son ami, pas son petit ami. Elle ne parlait pas de l'avenir. Elle disait juste qu'il l'aidait à prendre un nouveau départ.

Dell fit la grimace.

— Ce bon vieux Quentin. Il adorait être un héros. Il devait être doué pour ça.

Y avait-il une trace d'amertume dans ce commentaire, ou seulement beaucoup de tristesse ?

Elle baissa les yeux vers Quinn et fut surprise d'être étranglée par l'émotion. Lourdes n'était plus là. Quentin non plus. Deux jeunes personnes saines qui n'auraient pas dû mourir. Elle ferma les yeux, puis les rouvrit en sentant un doux contact. C'était Dell, qui effaçait une larme sur sa joue.

En le regardant dans les yeux, elle sentit l'espoir revenir dans son âme. La vie pouvait être cruelle, néanmoins elle apportait aussi de la beauté. Comme le sourire d'un inconnu. Le miracle d'un bébé. La chaleur d'une matinée ensoleillée à Maui.

Elle leva un doigt et essuya aussi la joue de Dell. Elle était parfaitement sèche, mais quand même. Les larmes se cachaient quelque part dans le fond, même s'il ne les montrait pas.

L'horloge dans le couloir de la maison de la plantation sonna, et pendant les premières notes graves et sonores, elle regarda Dell dans les yeux, fascinée. Mais quand le dernier coup retentit, elle leva brusquement la tête.

— Oh, mon Dieu. Quelle heure est-il ?

Il agita une main.

— Sept heures, peut-être ?

Anjali bondit sur ses pieds.

— Oh, non. Ça veut dire qu'il est midi à Chicago. Excusez-moi une seconde.

Elle se précipita dans la pièce, prit son sac de travail et retourna sur le porche en sortant son téléphone. Elle avait promis d'appeler au bureau, ce matin, et elle avait déjà du retard. Merde !

Jusqu'à ce moment, elle n'avait même pas remarqué combien elle était détendue. Entre Dell, le bébé et une matinée parfaite à Maui, elle avait presque oublié qu'elle avait un bureau quelque part. Maintenant qu'elle s'en souvenait, le stress déferlait avec force, pesant sur elle comme un poids familier.

Elle vit Quinn terminer le biberon et lever vers Dell des yeux endormis et satisfaits. « Lionceau » était une bonne description, maintenant qu'elle y réfléchissait.

— Vous savez lui faire faire son rot ? demanda-t-elle.

Dell afficha un sourire et ouvrit la bouche pour parler... avant de changer d'avis.

— Désolé. J'ai failli céder à la tentation.

Anjali fit la grimace, imaginant toutes les plaisanteries stupides qu'un homme pouvait faire à propos des rots. Heureusement, il avait résisté. Ce qui indiquait bien quelque chose, non ?

— Pas de problème.

Il vit son regard soupçonneux.

— Je gère, insista-t-il.

Anjali resta immobile. Vraiment ? Elle entendait le tic-tac d'une horloge dans son esprit, lui rappelant à quel point elle était en retard.

— Hé, petit lionceau, roucoula Dell en se levant avec Quinn.

Mais sa voix tremblait un peu, et ses mains aussi. Il la posa sur son épaule, lui donna une série de petites tapes et lui caressa le dos avec soin. Ses mains étaient peut-être trop grandes pour un bébé aussi petit.

— Elle ne va pas se briser, murmura Anjali, répétant ce que Lourdes avait dit un jour.

Dell fit la moue sans modérer son excès de précautions.

— Je détesterais prouver que vous avez tort.

C'était incroyable de voir comment ce mec qui aurait eu toute sa place dans une fête étudiante pouvait se transformer en oncle terriblement prudent.

— Vous devez... commença Anjali.

Sa voix faiblit quand Dell mit Quinn dans la bonne position et commença à marcher.

— J'assure, murmura-t-il, à lui-même autant qu'à Anjali.

Elle se précipita à l'intérieur, prit une serviette et la posa sur l'épaule de Dell.

— Croyez-moi, vous en aurez besoin. Je l'ai appris à mes dépens.

Il parut confus, mais elle insista. Quinn avait trop souvent sali ses tailleurs. Bien entendu, Dell ne portait pas de chemise, alors il n'y avait rien à abîmer. Mais, bon sang. Moins elle regarderait cette large étendue de muscles, plus elle aurait une chance de garder ses mains où elles devaient être. Elle n'était pas la mère du bébé, et elle n'était pas à Maui pour des vacances coquines. Elle dirigeait le département marketing des régions du nord et du centre, à Gleason Associates, et elle devait s'en souvenir.

Elle se retourna et essaya de se concentrer sur son téléphone, marmonnant entre ses dents.

— Oh, mon Dieu. Oh, mon Dieu…

Elle se tourna d'un côté et de l'autre, cherchant à capter un meilleur signal.

— Vous avez un patron casse-pieds ? demanda Dell.

Elle secoua la tête. C'était elle, la patronne. Du moins, de son département, cependant elle devait absolument faire le point avec son équipe. Elle s'éloigna le long du porche et tourna au coin, à l'avant, mais s'arrêta. Un élastique invisible la ramenait auprès du bébé et de Dell à chaque pas.

Elle fronça les sourcils. Pourquoi Dell ? Elle le connaissait à peine.

J'aimerais bien apprendre à mieux le connaître, gloussèrent ses parties intimes.

Elle fronça les sourcils et se concentra sur son téléphone. Des dizaines de messages apparurent dès qu'elle l'alluma et elle les passa en revue d'un air consterné. Par où commencer ?

Alors même qu'elle tapait le numéro de son assistante, elle s'aperçut dans le reflet de la fenêtre. Elle portait encore le T-shirt trop long dans lequel elle avait dormi et ses cheveux étaient ébouriffés. Heureusement que ses collègues ne pouvaient pas la voir.

Elle se surprit à sourire. Cela ne semblait pas déranger Dell.

Crystal, son assistante, décrocha rapidement.

— *Anjali ? Où étais-tu ?*

Elle regarda le Pacifique. Répondre qu'elle était à Maui ne ferait pas vraiment l'affaire.

— Comme je te l'ai dit, j'ai dû amener le bébé à sa famille.

À son oncle particulièrement bien foutu, ajouta une partie sournoise de son esprit, déclenchant toute une série d'émotions inattendues. Des émotions qu'elle avait mises de côté, car *amour et ambitions professionnelles* ne faisaient pas bon ménage.

— Où est-ce qu'ils vivent, à Tombouctou ? lança Crystal. J'espère qu'ils sont reconnaissants pour ce que tu as fait.

Anjali repensa à la soirée de la veille. Les autres avaient tous considéré Quinn comme un problème, mais Dell... Elle ferma les yeux, se remémorant la manière dont il avait passé un bras autour de ses épaules alors qu'elle avait été sur le point de s'écrouler. La douceur dans sa voix quand il avait parlé. Le grand sourire qu'il avait affiché, même si ses yeux avaient trahi une indéniable incertitude.

Merci. D'avoir pris soin de Quinn. De m'avoir trouvé. D'être venue jusqu'ici. Ses mots résonnèrent dans l'esprit d'Anjali et elle se rendit compte que, quelques minutes auparavant, ils avaient été assis très près l'un de l'autre. Hanche contre hanche.

Elle fronça les sourcils. Au travail, cela n'aurait pas été professionnel. Mais dans sa vie privée...

Tu n'as pas de vie privée, se rappela-t-elle en soupirant.

Certes, cela faisait longtemps qu'elle n'avait pas pris le temps de fréquenter un homme. Même à l'époque où elle sortait encore, elle n'était pas du genre à faire du pied ou à marcher main dans la main lors du premier rendez-vous. Mais avec Dell...

Ce n'était pas un rencard, se dit-elle. *Ce sont les affaires.*

Bientôt, elle laisserait Quinn entre les mains de Dell et partirait pour toujours.

C'était curieux de remarquer à quel point cette pensée la rendait malade.

— *Alors, quand vas-tu pouvoir revenir ?* poursuivit Crystal.

Anjali se mordit la lèvre.

— Euh... Je vais prendre le premier avion.

— *Tu veux que je réserve le billet pour toi ?*

— Non ! s'écria-t-elle un peu trop rapidement. Je veux dire, je vais le faire.

— *Eh bien, quoi que tu fasses, dépêche-toi,* répondit-elle à voix basse. Richard vise ce nouveau poste, tu sais. Ton futur boulot de directrice marketing de toute la division nord-américaine.

Instinctivement, Anjali passa les doigts dans ses cheveux pour les coiffer. À Chicago, elle avait commencé à se préparer pour un entretien d'embauche afin de décrocher le job de ses rêves. Mais ensuite, Lourdes était arrivée et elle avait mis sa vie sens dessus dessous. Heureusement, l'entretien avait été retardé à cause d'un voyage d'affaires du grand patron, mais dès qu'il rentrerait...

— *Tu sais qu'ils préféreraient te le donner,* murmura Crystal. *Mais ce n'est pas certain. Si tu veux le poste...*

Anjali serra un peu plus le téléphone. Bien sûr qu'elle voulait le poste.

— *Tu ferais mieux de revenir ici, et vite.*

Elle essuya ses mains moites, fouilla dans son sac à la recherche d'un bloc-notes et commença à écrire frénétiquement tandis que Crystal lui donnait des milliers de détails sur plusieurs comptes courants. Bon sang, elle avait raté tant de choses.

La brise venant de la mer changea de sens, envoyant le parfum des fleurs exotiques dans sa direction. Au coin, Quinn gloussa joyeusement et Dell rit. Le parquet du porche était doux sous ses pieds nus et ses cheveux volaient dans le vent. Ses jambes étaient nues, cependant elles étaient réchauffées par la brise tropicale.

Anjali ferma les yeux, essayant de rejeter tout ça, quand elle entendit des bruits de pas. Elle leva les yeux pour découvrir l'une des femmes qu'elle avait rencontrées la veille : Hailey. Celle-ci montait les marches du porche avec un sourire amical et deux tasses de café fumant dans les mains. Curieusement, elle lui semblait familière, toutefois Anjali ne parvenait pas à savoir pourquoi.

— Tu as bien dormi ? articula Hailey en silence.

Anjali ne lui répondit pas qu'elle n'avait pas passé de si bonne nuit depuis des années, néanmoins cela devait se voir, car Hailey sourit.

— Je vais donner les tasses à Dell.

L'arôme riche du café Kona flotta dans l'air et un filet de vapeur tourbillonna avant d'être emporté par la brise fraîche.

— *Alors, tu vas revenir ?* demanda Crystal à l'autre bout de la ligne.

Anjali se retourna brusquement et regarda l'allée qui menait jusqu'en haut de la colline et vers le monde extérieur. Tant de travail l'attendait, et ce poste était tout ce dont elle avait toujours voulu. Alors, pourquoi était-ce si difficile pour elle de s'imaginer à nouveau à son bureau ?

— Euh… Je rentrerai… dès que possible, murmura-t-elle en regardant la chambre d'amis.

Chapitre 6

Dell faisait les cent pas sous le porche en tapotant le dos du bébé, se demandant s'il faisait ce qu'il fallait. Quinn ne faisait pas son rot, du moins pas comme il s'y était attendu, même si elle avait un petit hoquet de temps en temps. Ses doigts minuscules effleuraient les épaules de Dell et lui tiraient les cheveux, lui rappelant les lionceaux qui jouaient avec les crinières et les oreilles de leur père. Le problème, c'était que le lion mâle, dans son imagination, était un noble alpha, pas un vagabond insouciant qui devait encore faire ses preuves auprès de sa famille.

En réalité, ce rôle ne l'avait jamais dérangé. Au contraire, ça lui plaisait. Vivre tranquillement, se sentir libre... En fait, il ressentait une certaine fierté à l'idée de se rebeller contre les attentes strictes des lions. Toutes ces bêtises à propos du fait d'être digne, de servir autrui et d'agir de manière responsable. Tous les lions n'étaient pas faits de la même étoffe.

Pourtant, en cet instant, il songeait à ces trois choses. Faisait-il tout ça pour Quentin ? Pour le bébé ? Pour sa propre âme ? Ou essayait-il juste d'impressionner Anjali ? Car quelque chose chez elle lui donnait envie de se mettre en avant. Elle ne se laisserait pas duper, cela dit, ce n'était pas son genre. En réalité, *elle-même* n'était pas *son* genre. Trop tendue. Trop *gentille*. Trop guindée. Et pourtant, chacun de ses mouvements et de ses mots le fascinait.

Je te l'avais bien dit, gronda son lion. *C'est notre compagne.*

Il s'éclaircit la gorge. Elle n'était peut-être pas sa compagne. Il était peut-être tout simplement attiré par elle. C'était possible, pas vrai ?

Son lion grimaça en l'ignorant.

Quoi qu'il en soit, Anjali n'avait rien à voir avec la raison pour laquelle il se sentait obligé de prendre soin de Quinn. Ce qui ne laissait qu'une seule question : pourquoi était-il résolu à ne pas la faire adopter pour qu'elle soit dans un bon foyer ?

Il lui tapota le dos, maudissant son frère tout en marchant de long en large sous le porche. En pratique, il n'allait nulle part, mais dans sa tête, il s'imaginait errer sur une longue route sinueuse. Une route sur laquelle il ne se serait jamais engagé, pourtant il semblait ne pas avoir le choix. Il y avait de nombreuses collines et vallées devant lui, et il ignorait où la route finirait.

Le destin, murmura son lion.

Il se ferma. Le destin était censé appeler les personnes nées pour devenir des héros, comme Quentin. Pas un type comme lui.

— Elle te ressemble beaucoup, murmura-t-il comme si son frère pouvait l'entendre. Et elle boit comme le dernier lionceau d'une portée de quatre qui a l'habitude de ne pas avoir assez à manger.

Il sourit en y pensant. La petite Quinn était un sacré personnage. Elle avait bu goulûment les trois quarts du biberon avant de respirer un peu et de ralentir.

Elle ne semblait plus roter. Il se rassit donc sur le canapé en la serrant tendrement contre son torse. Il baissa les yeux et elle leva les siens vers lui, le regardant d'un air soupçonneux qui semblait demander : *Qui t'a donné la permission d'être mon assistant aujourd'hui ?*

Le destin, avait-il envie de dire.

Les yeux mordorés de Quinn allaient dans tous les sens, comme si elle cherchait une meilleure option, et Dell déglutit pour faire disparaître la boule logée dans sa gorge. Voulait-elle Anjali ou sa mère ?

— Il n'y a pas grand-chose de plus que ce que tu vois, petite, murmura-t-il tristement.

Il prit la joue du bébé dans sa main et la caressa aussi délicatement que possible. Le biberon était chaud dans sa paume, et une douce odeur de fleurs émanait de sa peau de bébé. Regarder Quinn dans les yeux lui donnait l'impression de se voir dans un miroir, ou du moins, de regarder le miroir de ses souvenirs, car ces yeux étaient plus clairs et plus innocents que les siens à présent.

Il se pencha et ferma les yeux. Oh, merde. Une larme s'était échappée de sa paupière. Une seule, d'abord, puis une autre. Des larmes pour son frère, qui ne pourrait jamais tenir ce petit miracle dans ses bras. Des larmes pour le bébé, qui avait tant perdu, si jeune.

Il entendit des bruits de pas légers sous le porche et se prépara à afficher un faux sourire avant de lever les yeux. Mais c'était Joey, pas Anjali ni un des autres.

— Salut, Joey, fit Dell d'une voix éraillée.

Le garçon hésita avant d'avancer.

— Est-ce que tu... pleures ?

Dell se força à sourire tandis qu'une seconde larme lui échappait.

— Oui, je crois bien.

Le petit aux cheveux roux réfléchit un long moment avant de demander :

— Pourquoi ?

Parce que ma vie n'a pas de sens et que je ne sais pas quoi faire.

Ce n'était pas vraiment une réponse appropriée, alors il dit à la place :

— Parce que je suis triste, certainement.

Joey fronça les sourcils.

— Est-ce que le bébé est malade ?

Le cœur de Dell se figea. Oh, bon sang. Pitié. Non.

— Non. Le père de ce bébé est mon frère, et il me manque.

Joey s'installa à côté de lui et hocha sérieusement la tête.

— Mon papa me manque.

De nouveau, Dell sentit son estomac se retourner et quelque chose lui traverser le cœur. Certains jours, la vie semblait tellement enjouée et belle. D'autres fois, elle semblait seulement cruelle.

— Mais maman me dit de fermer les yeux et d'imaginer papa ou de regarder les étoiles, ajouta Joey.

Dell ferma les yeux et imagina Quentin. Il était prêt à voir une image qui le rendrait encore plus triste, cependant il le trouva en train d'opiner du chef, l'une des rares fois où Dell avait fait quelque chose de bien. Hmm. De quoi s'agissait-il ?

— Qu'est-ce que ta maman te dit d'autre ? murmura-t-il.

Joey grimaça en réfléchissant, avant de hausser les épaules.

— Rien. Elle me fait juste un câlin.

Une seconde plus tard, deux bras fins s'enroulèrent autour du cou de Dell pour lui offrir une petite étreinte d'enfant. Une étreinte d'enfant et un câlin de lion à la fois, car ce gamin avait plus de force qu'il ne l'imaginait.

Dell tapota son bras, luttant contre les sentiments qui lui piquaient les yeux.

— Merci, mec.

Joey s'écarta de lui.

— Est-ce que tu veux jouer ?

Dell rit. C'était amusant comme un garçon de cinq ans pouvait rappeler à un homme les grandes valeurs de la vie.

— J'adorerais. Mais peut-être pas au X-wing aujourd'hui.

Ils finirent par emmener Quinn dans le bac à sable pour faire des châteaux. Enfin, surtout Joey. Dell resta assis sur le bord du bac avec elle, faisant des suggestions et lui tendant des dinosaures en plastique ; car les dinosaures *adoraient* les châteaux, comme il le disait à Joey. Pendant ce temps, la petite était subjuguée. Anjali était encore sous le porche, à passer un million d'appels qui semblaient vraiment urgents pour des raisons qu'il ne comprenait pas. Malgré tout, c'était agréable de l'écouter, d'entendre le rythme de sa voix, de la regarder enrouler ses longs cheveux. Et chaque fois qu'elle s'approchait, il captait son odeur enjôleuse : de l'encens et du jasmin, avec un soupçon de fleur de souci.

Soudain, il se ressaisit et pouffa délibérément. Si les bébés se sentaient rassurés en sachant que la personne qui leur était chère était près d'eux, cela ne devrait pas être son cas à lui.

Anjali est spéciale, grogna son lion.

Il fit craquer sa mâchoire avant de lancer un autre dinosaure à Joey.

— Attention. Vol de ptérosaure à basse altitude.

Joey ramassa le jouet, le faisant descendre en piqué sur les monts de sables qu'il avait construits.

— C'est un dragon.

Dell jeta un œil en direction d'Anjali. Elle semblait trop occupée pour l'entendre. Et même si elle avait entendu, peu importe. Les enfants pouvaient jouer avec des dragons, non ?

Cynthia sortit un moment pour les observer, Joey et lui. Elle avait encore l'un de ses regards impénétrables.

« C'est très noble. Mais réfléchis bien... »

Dell évita son regard. Bon sang, il y réfléchissait bien. Mais d'une manière ou d'une autre, il ne cessait d'en arriver à la conclusion qu'il pourrait s'occuper du bébé tout seul.

Cynthia fit la moue. Avait-elle capté un indice de ce qu'il pensait ? Dell en doutait, néanmoins il lui adressa un regard résolu. Elle avait beau être co-alpha de sa troupe, c'était sa décision à lui !

Elle se racla la gorge et disparut à l'intérieur. Curieusement, ce ne fut d'aucune utilité. Pas plus que lorsque Connor s'approcha lentement de lui. Cynthia appela Joey pour qu'il rentre et prenne son petit-déjeuner. Dell, Quinn et Connor étaient désormais seuls. Ce dernier le fixa du regard un long moment.

— Quoi ? lui demanda Dell quand le silence devint insupportable.

Connor étira son cou d'un côté, puis de l'autre.

— J'ai réfléchi à ce que Cynthia a dit hier soir.

— Sur le fait d'enquêter à propos de Lourdes ?

Il ne se donna pas la peine de dissimuler son sarcasme et Connor lui jeta un regard noir.

— Sur le fait de trouver un foyer pour le bébé. Un *bon* foyer avec des métamorphes qui pourront prendre soin d'elle *correctement*.

Dell s'agaça de le voir insister sur ces mots.

— Je pensais plutôt à faire ce que mon frère ferait pour moi. Maintenant, arrête, tu la rends nerveuse.

Connor fit la grimace, mais il s'écarta de Quinn, de plus en plus agitée.

— Écoute, je sais que tu essaies de faire ce qu'il faut.

Dell le dévisagea, l'obligeant à terminer sa pensée. Sachant qu'il dirait certainement qu'il allait échouer, et plutôt deux fois qu'une.

Connor se racla la gorge.

— Mon premier instinct a été de dire la même chose : que nous devons à Quentin de prendre soin de son bébé. Mais plus j'y réfléchis, plus je pense que Cynthia a raison.

Dell lui jeta un regard noir.

— Toi qui lançais : « *Tu pourrais être surprise par ce dont Dell est capable !* »

— Je le pensais. Mais quand même. Prendre soin d'un bébé… *Vraiment* prendre soin d'elle, comme un vrai père, ce sera difficile. Très difficile.

— Sans blague, grogna Dell.

Il désigna alors Quinn.

— Regarde. J'essaie. Qu'est-ce que tu veux de plus ?

— Et si le fait d'essayer n'était pas suffisant ? Je réfléchissais à tout ça hier soir, et je ne vois même pas comment moi, je pourrais m'en sortir avec un bébé en ce moment, pas même avec l'aide de Jenna. Comment vas-tu faire tout seul ?

— Je m'en occupe déjà. Je lui ai donné un biberon et tout ça.

Connor émit un petit rire.

— Il y a une différence entre faire du baby-sitting et être père.

Il soupira et s'adoucit un peu.

— Écoute, tu es super avec Joey. Mais amuser un enfant pendant une heure ou deux, ce n'est pas la même chose qu'élever un bébé.

— Alors, donne-moi du temps. Je vais apprendre.

Connor l'examina minutieusement.

— Je sais que tu en as envie. Putain, je veux que tu réussisses. Mais tu connais ce dicton idiot : si on aime réellement quelque chose, il faut lui rendre sa liberté. Ça s'applique dans ce cas aussi. Si on veut vraiment ce qu'il y a de mieux pour Quinn, on devrait peut-être admettre qu'on n'est pas la meilleure option pour elle.

Sa voix était rauque et il dut marquer une pause.

— Ça me tue de le dire. Mais ce serait mieux pour Quinn.

Un long moment de silence s'éternisa avant qu'il ne se penche pour dire à voix basse :

— Cynthia a déjà contacté quelques personnes.

Dell serra Quinn un peu plus près de lui.

— Déjà ?

Connor hocha la tête et prit une profonde inspiration.

— Écoute, si tu es vraiment prêt à aller jusqu'au bout, je te soutiendrai. Nous te soutiendrons tous. Mais tu dois être sûr de toi. Et tu dois le prouver.

Dell le foudroya du regard. Connor essayait de jouer la carte du conseil d'ami. Qu'il aille se faire voir.

— Comme je l'ai dit, je suis en train d'apprendre, insista-t-il.

— Eh bien, tu ferais mieux de te dépêcher. Dès maintenant. Et pas juste pour une heure ou deux. Tu dois pouvoir prendre soin de Quinn toute la journée si tu veux la garder.

Dell cacha une grimace. Toute la journée ? Il avait l'intention de travailler sur sa maison, puis de faire une petite sieste et ensuite...

Il se reprit. Connor voulait qu'il soit le Capitaine Responsabilité ? Alors, soit.

— C'est bon, ça marche. Je m'en occuperai toute la journée.

Connor lui adressa un hochement de tête.

— Et tu dois trouver quoi faire d'elle pendant que tu seras au boulot.

Dell fronça les sourcils. Merde. Il n'avait pas pensé à ça. Son emploi de barman n'était qu'à mi-temps, mais quand même. Que ferait-il de Quinn ? Sans parler des patrouilles de sécurité qui constituaient le reste de ses heures de travail.

Et merde. Comment les mères célibataires s'en sortaient-elles ?

Il observa Quinn et sa détermination commença à vaciller. Mais ensuite, elle lui rendit son regard, les yeux écarquillés et innocents, et quelque chose lui serra les tripes. Comment pourrait-il l'abandonner ? Elle était son propre sang. Sa dernière connexion avec son frère. Elle faisait partie de sa famille.

Il prit une grande inspiration. Le premier pas consistait à survivre jusqu'à la fin de la journée. Il avait d'avance téléphoné et trouvé des gens qui pourraient le remplacer au *Lucky Devil* pour la semaine à venir, donc c'était déjà quelque chose. En attendant...

— Et l'enquête ? demanda-t-il à voix basse.

Connor hocha mollement la tête.

— On s'en occupe.

— Il y a des résultats, pour l'instant ?

Son camarade grimaça.

— On vient de commencer par le sac de nœuds qu'était la vie de Lourdes.

Dell serra Quinn un peu plus fort, résistant à l'envie de lui couvrir les oreilles.

— Ce n'était peut-être pas entièrement sa faute, murmura-t-il en se souvenant de ce qu'Anjali avait dit.

— Peut-être.

Connor ne semblait pas convaincu.

— Nous avons quelques pistes sur l'ex-petit ami. Mais nous attendons que nos contacts de la côte est nous fournissent plus d'informations.

Quinn se tortillait et Dell changea sa position sur ses genoux, lui donnant l'un des dinosaures de Joey, assez grand pour qu'elle ne puisse pas s'étouffer avec.

Tu vois ? avait-il envie de dire. *Je sais au moins ça.*

— Comme je l'ai dit, concentre-toi sur l'enfant, grommela Connor.

Dell se pencha pour souffler à Quinn :

— Les dragons. Ils sont tellement autoritaires. Réjouis-toi d'être une lionne, petite.

Son ami lui adressa un regard lui faisant comprendre que plaisanter ne résoudrait pas ses problèmes.

Oh, il le savait. Mais cela rendait la vie plus divertissante. Est-ce qu'avoir un bébé signifiait ne pas pouvoir s'amuser ?

Ses épaules s'affaissèrent. Il vaudrait peut-être mieux qu'il trouve à Quinn un foyer où les parents n'avaient pas autant à perdre que lui.

Pas perdre, murmura son lion. *Gagner.*

Il entendit des pas sous le porche et se retourna. Anjali descendait. En un clin d'œil, le temps sembla avancer au ralenti. Son cœur battit plus lentement et deux fois plus fort. Ses yeux suivaient tous les faits et gestes de la jeune femme, depuis le glissement de sa main sur la rambarde jusqu'au rebondissement de ses cheveux. Elle avait un bermuda marron et un T-shirt jaune. Il aurait voulu qu'elle porte encore celui qui lui arrivait aux cuisses, avec lequel elle avait dormi. Pas tant parce que c'était sexy, mais pour avoir l'occasion de la voir un peu plus détendue. Un peu plus libre.

C'est ce qu'elle est, décréta son lion. *Une lionne en cage. C'est à nous de la libérer.*

Dell y réfléchit. Il avait déjà une mission impossible à accomplir. En accepter une autre mènerait sans aucun doute à l'échec des deux.

Elles vont peut-être ensemble, commenta son lion d'un air pensif.

Il se renfrogna. Et si Anjali ne voulait pas être libérée ?

— Bonjour, salua-t-elle, sa voix formant une belle mélodie dans l'âme de Dell.

— Bonjour, répondit Connor d'un ton bourru.

Elle s'approcha, s'accroupit et sourit. Son sourire était entièrement destiné à Quinn, pourtant Dell se sentit reprendre des forces.

— Salut, ma jolie, dit-elle. Qu'est-ce que tu as là ?

Quinn tendit le dinosaure couvert de bave pendant que Dell lui répondait :

— Un gigantosaurus.

Puis il adressa un regard à Connor. *Tu vois ?*

Grâce à Joey, il connaissait des tas de dinosaures. Cela ne comptait pas comme une compétence parentale ? À moins que ça ne relève encore de la catégorie du baby-sitting ?

Baby-sitting, lui disait le regard de Connor.

Mais l'esprit de Dell était déjà parti dans une autre direction. Anjali était tellement proche qu'il ne put résister à l'envie de humer sa riche odeur de jasmin.

— Vous avez fini vos coups de téléphone ? demanda-t-il, se sentant ridiculement... attaché.

Comme s'ils étaient en couple et qu'il pouvait lui poser des questions tous les jours.

Elle soupira.

— Je viens seulement de commencer.

Pendant un instant, il eut l'impression qu'Anjali, Quinn et lui étaient les trois seuls êtres au monde, mais ensuite, Connor prit la parole en se tournant vers elle :

— Écoutez, nous aimerions vous inviter à rester quelques jours. On dirait que vous avez beaucoup à faire, mais ce serait bon de... Vous savez. D'avoir une petite transition.

Dell serra Quinn un peu plus près de lui. Connor parlait d'une « transition » qui ferait directement sortir le bébé de sa vie.

Cependant, le fait qu'Anjali reste quelques jours serait un bon début. Il pourrait trouver une meilleure solution pendant ce temps-là.

— Si vous en êtes capable, ajouta Dell d'un ton bien plus doux que le grognement habituel de Connor.

Anjali regarda Quinn, puis son téléphone, puis Dell. Au moment même où leurs regards se croisaient, son corps se réchauffa.

Notre compagne, ronronna son lion en agitant la queue.

Plusieurs secondes, ou peut-être même plusieurs minutes plus tard, elle détourna le regard et toussota.

— En théorie, j'ai encore une semaine de vacances.

Elle s'obligea à sourire.

— C'est ce qui arrive quand on ne prend pas de vacances pendant trois ans. Et *effectivement,* ce serait mieux pour Quinn...

Son regard posa sur Dell, avant de se détourner à nouveau.

— Alors, oui. J'en suis capable. Si ça ne vous dérange pas, bien entendu.

Dans n'importe quelle autre situation, il aurait fait une blague. Une belle femme lui proposant de passer quelques jours avec lui ? Non, ça ne le dérangeait pas.

Mais il se mordit la langue et parvint à rester poli en disant :

— Ce serait super. Merci.

Le sourire d'Anjali était la meilleure récompense qu'il aurait pu obtenir. Le problème, c'était que sa bête intérieure avait un millier d'idées en tête. Comme apprendre à mieux connaître Anjali. La libérer de sa cage.

Nous libérer de la nôtre, aussi, murmura son lion, même si Dell ignorait ce que cela signifiait.

Il baissa les yeux vers Quinn et s'encouragea par un hochement de tête plein de détermination. Il pouvait apprendre à s'occuper d'un bébé. Cela ne pouvait pas être bien compliqué.

— Bien, murmura Connor en se levant pour partir. Dell était justement sur le point d'aller en ville acheter tout ce dont le bébé a besoin.

Le concerné leva brusquement la tête.

— Vraiment ?

— Je peux garder Quinn, si vous voulez, proposa Anjali. Elle va faire sa sieste sous peu et je pourrai passer quelques appels.

Dell inclina la tête.

— Et si vous veniez avec moi ? Pour voir Lahaina. Vous ne pouvez pas faire que travailler sans jamais vous amuser.

Au moment même où il prononça ces mots, Connor lui adressa un regard réprobateur.

Anjali les regarda tous les deux, essayant de saisir la dynamique entre eux. Elle aurait beaucoup de mal. Comment un être humain pouvait-il comprendre les dragons et les lions, ou même les militaires ayant traversé tant d'épreuves ensemble qu'ils étaient plus proches que des frères ?

— C'est vrai, soupira Dell. Ce gros dur veut que je me débrouille tout seul. C'est une sorte de test, il faut croire.

Il fronça les sourcils, puis s'illumina.

— Mais je peux vous déposer en ville. Lahaina, c'est très beau. Vous pouvez visiter un peu pendant que j'achète, euh... du lait maternisé et ce genre de trucs.

Il se tourna vers Connor.

— Est-ce autorisé, chef ?

Connor lui adressa un regard menaçant, mais ne rétorqua rien.

Anjali hésita.

— J'ai vraiment beaucoup de coups de fil à passer...

Il était fou de constater combien il désirait qu'Anjali l'accompagne, combien il voulait que cette femme bourreau de travail se détende.

— Alors, passez vos appels en ville. Faites... Comment ça s'appelle, déjà ? Un déjeuner d'affaires. Allez, faites-vous plaisir.

Viens avec nous, la suppliait silencieusement son lion. *S'il te plaît, viens avec nous.*

Anjali regarda son téléphone une fois de plus et se permit enfin un sourire prudent.

— Bon, je peux visiter un peu Maui tant que j'en ai l'occasion.

Dell leva presque les bras en l'air en signe de triomphe.

— Vous devriez vraiment.

Il vit ensuite Connor froncer les sourcils et ajouta :

— Pendant que je fais les courses pour Quinn.

Durant une seconde, il imagina combien ce serait agréable de retrouver Anjali au parc. Peut-être de se promener sur le bord de mer et d'aller boire un verre ensuite. Quinn roucoula alors et son lion grogna.

Pas d'alcool. Pas avec une enfant.

Il y réfléchit. Un smoothie, alors.

Il faillit éclater de rire. Bientôt, il conduirait un monospace et irait au terrain de jeux. Pourrait-il vraiment s'y faire ? Et pas seulement ça. Pourrait-il réellement avoir une compagne ?

Connor lui donna une tape sur l'épaule et se retourna pour partir.

— Dell dans le rayon pour bébé du supermarché. Il faut le voir pour le croire.

Ce dernier blêmit, imaginant des boîtes de couches, une dizaine de choix de lait maternisé et... De quoi d'autre les bébés avaient-ils besoin, au juste ?

La panique devait se peindre sur son visage, car Anjali se pencha vers lui avec un regard encourageant.

— Ne vous inquiétez pas, murmura-t-elle. Je peux vous briefer en chemin.

$$Chapitre\ 7$$

— D'accord. Je rappellerai demain.

Anjali raccrocha en soupirant. En théorie, elle était en vacances. Mais après deux heures à passer des appels professionnels, elle n'en avait pas l'impression.

Elle leva la tête et cligna des yeux pour revenir à Maui, presque étonnée de voir l'eau turquoise et les palmiers. Elle ferma les paupières un moment, se délectant de l'air frais et du parfum des fleurs tropicales. Puis elle regarda une nouvelle fois l'horizon. Elle n'avait jamais vu le Pacifique auparavant, et c'était spectaculaire. On pouvait apercevoir deux îles au loin, mais derrière elles, l'océan s'étendait dans des tons de bleu de plus en plus foncés. D'un côté du brise-lame, des surfeurs prenaient les vagues. Certains étaient novices, d'autres plus adroits. Le simple fait de les regarder flotter sur l'eau, attendant la prochaine occasion, fascinait Anjali. À Chicago, personne ne restait assis à ne rien faire, surtout pas au milieu de la journée.

C'était beau, cependant elle se surprenait toujours à baisser les yeux pour voir si Quinn allait bien. Une sensation creuse et vide la remplit soudain quand elle se rappela que le bébé était avec Dell. Elle prit une profonde inspiration, se souvenant que c'était le plan depuis le début. Cela dit, elle n'avait pas hâte de faire ses adieux pour de bon, le moment venu. Ni à Quinn ni à Dell.

Aussitôt, elle fit la grimace en passant rapidement en revue son agenda. Il était le genre d'homme avec lequel elle aurait pu flirter à vingt ans, si elle n'avait pas été aussi obsédée par ses résultats scolaires. Ce n'était vraiment pas le genre dont une femme trentenaire carriériste et responsable devrait rêver. Aussi séduisant qu'il soit.

Il est gentil, murmura une petite voix dans le fond de son esprit. *Et amusant.*

Elle sourit malgré elle. Dell l'avait fait rire avec des plaisanteries pendant le trajet jusqu'à Lahaina, et elle avait ri encore plus fort quand il lui avait demandé de lui écrire les marques de lait maternisé et de couches à acheter.

— Des tailles ? Il y a des tailles ?

Il l'avait fixée du regard, pétrifié.

— Je pourrais venir vous aider. Juste cette fois.

Mais il avait secoué la tête.

— Non, merci. Je suis censé être le Capitaine Responsabilité, vous savez.

Elle avait ri. De tous les surnoms au monde, c'était le dernier qu'elle lui aurait donné. Mais il était resté déterminé. Il l'avait déposée au centre-ville avant d'aller faire les courses avec Quinn.

— *Aloha*, fit une voix grave qui la poussa à se retourner.

Anjali afficha un grand sourire. C'était Dell.

— *Aloha*, répondit-elle, ronronnant presque en le voyant.

Elle se sentit transpirer aussi devant cet homme très musclé et séduisant et avec un tout petit bébé dans les bras... une scène qui faisait presque palpiter ses ovaires. Dell semblait heureux de la voir également, ce qui la réchauffa davantage.

— Dis *aloha*, chérie.

Dell leva la main de Quinn et l'agita légèrement.

Il avait acheté un porte-bébé qui serrait l'enfant contre son torse et lui libérait les mains. La petite avait l'air parfaitement à l'aise.

Elle a de la chance, soupira intérieurement Anjali.

Elle rit et lança :

— Waouh. Vous avez l'air d'un pro !

Les yeux de Dell scintillèrent alors qu'il s'asseyait dans l'herbe à côté d'elle. Elle tendit la main vers Quinn sans réfléchir, puis s'immobilisa, une paume sur la joue du bébé. Pourquoi la vue de Dell et Quinn ensemble faisait-elle valser son cœur ? Elle partirait dans quelques jours. Ce n'était pas le moment de rêver de tomber amoureuse, pas du bébé et certainement pas de l'homme.

Mais, bon sang, elle était déjà en train d'aider Dell à déboucler le porte-bébé, ce qui lui permettait d'effleurer ses mains et son torse tout en câlinant l'enfant... pas vraiment le bon moyen d'étouffer les émotions dangereuses.

Dell s'essuya le front et afficha ce sourire victorieux, comme s'il était à la fois déjà fatigué, mais qu'il s'amusait aussi.

Il fallait dire que de son côté, elle ne s'était pas beaucoup amusée avec ses coups de téléphone. Mais à présent? Oui. Il y avait quelque chose chez Quinn qui illuminait une toute nouvelle partie de son âme, et Dell donnait l'impression que tout était plus clair et plus facile.

— Oh, mon Dieu.

Il soupira exagérément.

— Quel enfer.

Anjali arqua un sourcil.

— Le rayon bébé du supermarché, expliqua-t-il. Vous ne m'aviez pas dit qu'il y avait du lait maternisé de jour *et* de nuit. Et du lait maternisé enrichi. Et du lait anti-allergénique. Et ne me lancez pas sur le sujet des couches. Comment suis-je censé savoir combien elle pèse? Elle est minuscule. C'est tout ce que je sais.

Anjali éclata de rire. Elle avait eu la même expérience une semaine plus tôt.

— Attendez qu'elle grandisse. J'ai entendu dire que c'était encore plus dur avec les adolescents.

Il se prit le visage à deux mains.

— Bon sang, ne m'en parlez pas.

Il tourna soudain la tête, jetant un coup d'œil aux surfeurs avec une lueur dans le regard qui disait qu'il aurait pu être à leur place. Il contempla à nouveau Quinn et afficha lentement un sourire mystérieux. Peut-être après tout que le Capitaine Responsabilité était là, quelque part.

— Ça a l'air pratique.

Elle toucha le porte-bébé.

— Pratique, oui.

Elle l'aida à en extirper Quinn.

— Cher, aussi. Je crois que je viens de dépenser tout l'argent qui aurait pu servir à économiser pour les études de cette gamine.

Anjali approcha Quinn de son visage et s'extasia avant de répondre :

— Ce n'est pas donné, hein ?

— Pas quand on achète ce truc, dit Dell en désignant le porte-bébé avant de compter sur ses doigts. En plus d'un berceau, d'une poussette, d'une couverture hypoallergénique. . .

Anjali émit un petit rire.

— Vous pouvez acheter d'occasion, vous savez.

— Je sais. Mais primo, j'étais pressé. Et secundo, je veux ce qu'il y a de mieux pour cet enfant.

Sa voix devint plus triste.

— Elle a subi beaucoup d'épreuves. Non pas qu'un nouveau berceau puisse compenser la perte de sa mère, mais. . .

Il laissa sa phrase en suspens et ils restèrent silencieux un moment. Soudain, Quinn gazouilla et il rit.

— C'est un chapeau, chérie. Un chapeau.

Il sortit le bord d'un joli bob jaune de la bouche de Quinn.

— Pas un biscuit. Je vous jure, cette enfant mangerait la voiture si je la laissais faire.

Il se remit ensuite à la gronder Quinn.

— Je t'ai laissée choisir celui que tu préférais, et maintenant, regarde ce que tu lui as fait.

Anjali sourit, imaginant Dell avec une Quinn de cinq ans, de dix ans, et même de quinze ans. Il avait beau ne pas être le père le plus conventionnel du monde, il n'avait aucun problème avec l'amour inconditionnel. La question, c'était de savoir s'il pouvait gérer tout le reste.

Anjali abandonna ces pensées pour le moment. Elle s'était enfin détendue un peu et elle voulait continuer ainsi.

— Et comment a-t-elle choisi le chapeau ?

Dell haussa les épaules.

— Je lui en ai montré deux et c'est sur celui-là qu'elle a bavé en premier.

Puis il s'allongea dans l'herbe, croisant les bras derrière sa tête tandis qu'Anjali prenait Quinn dans les siens.

— Je vous jure, même en me préparant pour ma première mission en Irak il ne m'a pas fallu autant de matériel.

Anjali le regarda du coin de l'œil. Ses plaisanteries étaient-elles un moyen de masquer ses expériences les plus difficiles, ou était-ce naturel quand on était le petit frère de l'homme raisonnable qu'était Quentin ? Un peu des deux, peut-être ? Dans tous les cas, elle commençait à voir clair... si ce n'est dans le jeu de Dell, du moins en *lui*.

Il se remit lentement en position assise et Anjali déglutit. Il y avait une marque de transpiration là où Quinn avait été blottie contre son corps, et son T-shirt était collé à sa peau, soulignant chaque muscle contracté.

— Vous voulez un smoothie ? demanda-t-il en se levant avec la rapidité d'un chat.

Elle leva les yeux vers lui, clignant des paupières tandis qu'une dizaine de pensées coquines lui traversaient l'esprit. Des pensées vraiment coquines qu'elle n'avait pas eues depuis très, très longtemps. Comme se mettre à genoux, l'aider à retirer ce short de treillis et...

Elle toussa pour chasser ces images.

— C'est une très bonne idée.

Il arqua un sourcil. *Oups.* Avait-il lu dans ses pensées ?

— Un parfum en particulier ? demanda-t-il d'une voix légèrement rauque.

Plusieurs autres images sexy traversèrent l'esprit d'Anjali et elle prit une profonde inspiration.

— Je vous laisse choisir.

Les yeux de Dell pétillèrent. Bon sang. Ces mots étaient remplis de toutes sortes d'insinuations et elle rougit.

Finalement, il sourit et se retourna. Dieu merci ! Anjali reluqua ses fesses parfaites et bombées pendant dix secondes avant de détourner le regard et de s'occuper de Quinn, qui avait brusquement retiré son chapeau. Elle s'en servit pour s'éventer. Si Dell réussissait à élever Quinn, il serait le père le plus convoité d'Hawaï cette année... et même de toutes les années.

Quand Quinn commença à pleurer un instant plus tard, Dell se retourna et revint en courant.

— On dirait qu'elle a faim, murmura Anjali.

— Je lui ai donné un biberon en sortant du magasin.

À la seconde où il s'approcha, la petite gloussa joyeusement. Anjali afficha un grand sourire. Apparemment, elle n'était pas la seule à tomber sous le charme de cet homme.

Et puis, c'était une bonne chose que Quinn aime Dell. Mais une adulte comme elle...

Dell se plaça derrière Anjali pour sourire à Quinn par-dessus son épaule. Il enroula nonchalamment les bras autour de ses épaules pour lui prendre le bébé. Et ils restèrent ainsi : lui, la petite et elle, les uns près des autres de la manière la plus intime. Pas une intimité sexuelle, mais une intimité *familière* et parfaitement confortable. Anjali ferma les yeux et huma ce mélange enivrant d'odeur d'homme et de bébé. Elle aurait pu rester là un peu plus longtemps, profitant des sensations qui semblaient si étrangères et agréables à la fois, si quelqu'un ne s'était pas raclé la gorge au moment même, les poussant à se retourner.

— Chase.

Dell s'écarta pour donner une grande tape dans la main de son ami.

— Ça fait plaisir de te voir.

Chase était le plus jeune et le plus calme du groupe avec lequel Dell partageait la plantation. C'était l'un des trois frères Hoving, si Anjali ne se trompait pas. Il était tout aussi atti-rant et musclé que les autres, cependant il y avait une certaine vulnérabilité dans ses yeux, comme celle d'un chien qui vient de trouver un bon foyer.

— Salut, Chase, dit-elle.

Il hocha poliment la tête, puis gagna cent points bonus supplémentaires en chatouillant le menton de Quinn avec le genre de sourire indulgent qui donnait de l'espoir à Anjali. De toute évidence, Dell était proche de ses amis. Vraiment proche. Au moins, il aurait le réseau et le soutien nécessaires pour l'aider à élever ce bébé.

Elle regarda Quinn. C'était une bonne chose. Une *très* bonne chose. Et pourtant, le chagrin inonda son cœur. Bientôt, ni Dell ni Quinn n'auraient besoin d'elle, et elle retournerait à son ancienne vie.

Son regard se perdit à l'horizon. Un instant. N'était-ce pas ce qu'elle désirait ? Désespérément ?

— On allait justement aller acheter des smoothies, dit Dell à Chase. Tu en veux un ?

Son ami hocha vigoureusement la tête et se dirigea en premier vers le restaurant ambulant, garé d'un côté du parc en bord de mer. Dell prit Quinn et resta en arrière pour murmurer à Anjali :

— Regardez ça.

Elle allait lui demander quoi à voix basse quand Dell fit un signe et un clin d'œil.

— Salut, Chase, souffla la fille derrière le comptoir du food truck.

Une jolie brune sérieuse avec deux tresses et qui rougit en apercevant son nouveau client.

— Salut, Sophie, murmura-t-il en devenant tout aussi écarlate.

Dell chuchota à l'oreille d'Anjali :

— Ils ont mis un mois à commencer à s'appeler par leurs prénoms.

Anjali dissimula un sourire. Pour un couple d'adultes, ils étaient terriblement mignons. Et muets, même si cela ne semblait pas les déranger. Ils se contentaient de rester plantés là, à sourire et rougir comme deux adolescents amoureux.

— Salut, Sophie. Salut, Coco, dit Dell. Et salut, euh... ?

Il se pencha pour caresser les chiens attachés à l'ombre du camion.

— Darcy, murmura Sophie sans détourner le regard de Chase.

— Darcy, hein ? pouffa-t-il.

Coco, un petit roquet marron et un peu sale, remua lentement la queue, mais Darcy, un Jack Russell terrier, montra les crocs. Dell rit et marmonna :

— Il va apprendre qui est le patron.

— Qu'est-ce que tu veux boire ? demanda Sophie en faisant à peine attention à Dell.

C'était un exploit, car Anjali remarqua au moins six femmes aux alentours qui lorgnaient son homme et Quinn.

Elle secoua la tête. Holà. Ce n'était pas son homme. Et ce n'était pas son bébé non plus.

Chase semblait bloqué sur la question de Sophie, et Dell leva les yeux au ciel.

— Tourbillon tropical ou ananas ?

Sophie se mordit la lèvre comme si elle venait de rassembler son courage pour l'inviter à sortir.

— Oui, s'il te plaît, murmura Chase.

Sophie afficha un grand sourire, puis fronça les sourcils en intégrant ce qu'il avait dit.

— Oh. Lequel des deux ?

Le visage de Chase s'effondra comme s'il avait commis une terrible erreur.

— Euh... Le premier ?

Sophie sourit de plus belle. Chase le lui rendit et ils en revinrent au point de départ. Avec un soupir, Dell poussa son ami du coude.

— Ça fera deux tourbillons et un ananas, s'il te plaît.

Il passa Quinn d'une épaule à l'autre et chercha son portefeuille dans sa poche. Déjà, il tenait le bébé avec plus d'assurance qu'avant. Connor avait peut-être eu raison d'insister pour que Dell s'en occupe seul pendant une journée.

Il posa douze dollars sur le comptoir et un autre billet dans le bocal à pourboires. Apparemment, Chase et lui étaient des habitués. Il adressa ensuite un clin d'œil à Anjali et désigna un coin d'herbe, près de la digue basse.

— On sera là-bas, dit-il à Chase.

À l'intention d'Anjali, il murmura :

— Ça pourrait durer un moment.

Elle sourit avec l'impression qu'elle avait tout le temps du monde. C'était une illusion, étant donné la liste de choses à faire qu'elle avait accumulée après quelques coups de fil, mais peu importe. Elle posa son sac et son téléphone à côté d'elle et la brise fit voler les pages de son agenda.

— Je vois que vous avez lâché du lest, plaisanta Dell en désignant du menton les post-its, les gribouillis et les rappels urgents inscrits de son écriture soignée.

Anjali regarda son propre agenda d'un œil nouveau. Cela ressemblait à n'importe quelle autre semaine de sa vie, mais qu'est-ce que cela indiquait vraiment ? Elle feignit de sourire et redressa le chapeau sur la tête de Quinn.

Le sourire de Dell s'estompa.

— Grosse journée, hein ?

— À Chicago, oui. Et je suis ici, à gérer une nouvelle succursale à Maui.

— Je croyais que vous étiez en vacances.

Un rire amer s'échappa de ses lèvres.

— Il y a plusieurs définitions de ce mot.

Elle haussa les épaules et regarda autour d'elle.

— C'est bon d'être ici, cela dit.

C'était le moins qu'elle puisse dire, car elle avait passé la plus grande partie de la matinée à l'extérieur, cherchant le soleil ou l'ombre, au gré de ses envies. Chaque bruissement d'arbre avait un côté relaxant, comme les vagues sur les galets de la plage.

— C'est mieux que d'admirer les paysages tropicaux sur un calendrier.

Dell la regarda comme si elle parlait une langue étrangère. *Pourquoi ne pas vivre ça pour de vrai ?* semblait demander son regard. À moins qu'elle projette seulement sur lui ses propres interrogations.

— Qu'est-ce que vous faites dans la vie, déjà ? demanda-t-il.

Elle cueillit des brins d'herbe, évitant son regard tout en parlant, passant des sujets habituels aux parties qu'elle évoquait rarement. De l'occasion qu'elle avait d'obtenir une promotion, même s'il était difficile d'être enthousiaste à ce sujet. De Richard, le collègue obséquieux qui pourrait décrocher le poste en flattant les bonnes personnes si elle n'était pas prudente. Elle continua, confiant plus de choses à Dell que nécessaire. Mais il écouta attentivement chaque mot. Le stress. Le rush. Les échéances constantes.

Pourquoi ? lui demandaient ses yeux. *Ça en vaut vraiment la peine ?*

Anjali commençait à se poser la même question.

Dell plissa les yeux en direction de son agenda et finit par prendre la parole.

— Vous avez le temps de vous amuser parfois, avec tout ce travail ?

Sa voix était monotone et soucieuse. Il ne la taquinait pas, n'essayait pas de la faire réfléchir.

— Oui, figurez-vous.

Elle feuilleta son agenda, tentant de prendre une voix plus légère en désignant une ligne :

— Regardez. Je fais du kathak une fois par semaine.

Dell inclina la tête.

— Qu'est-ce que c'est ?

Elle leva une main, plia le poignet et agita les doigts à la perfection.

— Une danse traditionnelle indienne.

Les yeux de Dell s'illuminèrent.

— Vous devriez me montrer, un jour.

Bon sang, elle adorerait. Mais l'idée qu'il la regarde danser en sari lui donnait toutes sortes de mauvaises pensées. Elle tendit à nouveau le doigt vers une page de son agenda.

— Je fais aussi du yoga. Tous les deux jours.

Dell se pencha en sifflant :

— Waouh. Tous les deux jours... à midi. Pendant quinze minutes.

Il haussa un sourcil.

— Quinze minutes précises ?

Les épaules d'Anjali s'affaissèrent.

— Si la réunion d'équipe de 10h45 ne s'éternise pas.

Il la regarda attentivement. De si près qu'elle en vint à s'examiner elle-même. Ça semblait vraiment ridicule.

Elle regarda autour d'elle. Dell n'était peut-être pas fou ni irresponsable parce qu'il fuyait le monde et le travail, avec son emploi à mi-temps comme barman à Maui.

— Donnez-la-moi, dit-il doucement en prenant Quinn. Je gère.

Elle inclina la tête d'un air interrogateur et il sourit.

— C'est le moment de rattraper le temps de yoga perdu.

— Je suis trop fatiguée, protesta-t-elle.

— C'est dans ces moments-là que vous en avez le plus besoin.

Il désigna du menton le coin d'herbe devant eux.

— Alors, la salutation au soleil, *surya namaskar*. Allez.

Elle jeta un regard circulaire.

— Quoi, ici ?

Il rit en désignant les alentours. Un homme ronflait sur l'herbe, non loin de là. Trois adolescents étaient assis en cercle près de l'eau et regardaient les surfeurs. Deux femmes âgées discutaient à l'ombre d'un arbre, et un couple de touristes couverts de coups de soleil était penché sur leur guide de voyage.

— Juste là. Allez. Ça va vous faire du bien.

C'était à la fois par défi et par souci, et une chaleur déferla dans les veines d'Anjali. Le yoga l'aidait vraiment à se détendre. Elle se leva donc, lissa son T-shirt un peu timidement et se plaça face à l'eau.

Dell garda Quinn entre ses jambes, l'aidant à imiter la pose.

— On lève les bras...

Elle émit un petit rire. Faire du yoga dans une pièce remplie d'employés stressés créait une certaine ambiance, même si la musique de fond était douce. Faire du yoga dans un parc verdoyant au bord de la mer, en revanche...

— On souffle... Plongeon du cygne... murmura Dell en dirigeant le bras de Quinn.

Sa voix n'était qu'un murmure et Anjali ferma les yeux, écoutant ses instructions pour effectuer les gestes suivants. Sa planche lui paraissait plus puissante que jamais, l'air qu'elle respira pendant la pose du cobra était frais et propre. La pose du chien tête en bas semblait plus relaxante, et quand elle prit la posture du guerrier et ouvrit les yeux...

Waouh. Elle cligna des paupières à plusieurs reprises. C'était donc ça que l'on ressentait en faisant du yoga.

— Bien. Encore une fois, dit Dell. Essaie juste de ne pas baver autant cette fois.

Anjali lui adressa un regard perçant et il sourit.

— Je parlais à Quinn.

— J'espère, dit-elle en faisant de son mieux pour rester concentrée.

Puis elle recommença l'enchaînement.

— Ne réfléchissez pas autant, lança-t-il. Lâchez prise.

Elle passa d'un mouvement à l'autre, se demandant ce qu'il savait du lâcher-prise.

— On inspire... On souffle... murmura-t-il comme s'il effectuait les exercices en même temps.

Les pensées d'Anjali passèrent de Chicago à Maui, puis... à rien du tout, ce qui était vraiment agréable.

— Maintenant, nous allons essayer la posture du bébé volant, murmura Dell.

Anjali ouvrit brusquement les yeux.

— Le bébé quoi ?

Dell était sur le dos, souriant en tenant Quinn en l'air.

— La posture du bébé volant. Je crois que ça lui plaît. Regardez.

Quinn agitait les bras comme si elle nageait et gloussa, ne paraissant pas le moins du monde inquiète.

— C'est la chose la plus adorable du monde, chuchota une passante à son amie.

Anjali dissimula un sourire. Cela pouvait s'appliquer au bébé *et* à Dell.

— Ce ne serait pas un bon moment pour avoir une couche qui fuit, cela dit, plaisanta-t-il en baissant doucement Quinn.

Il la tint sur sa poitrine, où elle s'agita comme une petite tortue faisant ses premiers pas dans le sable.

Anjali s'assit à côté de lui.

— Le bébé volant, hein ?

Il hocha la tête et lui tendit prudemment Quinn.

— Tenez. Essayez.

Elle s'allongea lentement, mal à l'aise dans un premier temps. Mais ensuite, elle se concentra sur Quinn et un peu sur Dell, qui commença sa propre séquence de postures de yoga.

Ça alors ! Sa posture du guerrier était bien réelle et sa planche parfaitement droite. Sa posture du chien tête en bas semblait confortable, voire féline, et quand il se pencha en basculant son poids sur ses bras...

Anjali retint sa respiration alors que Dell se mettait en équilibre sur les mains comme si c'était la chose la plus naturelle au monde... Il pencha ses jambes d'un côté et ses hanches de l'autre, puis leva lentement une main.

— Crâneur, le taquina-t-elle.

Même la tête à l'envers et en équilibre sur une main, Dell parvint à afficher un grand sourire.

— Peut-être un peu. Mais, chut. Laissez-moi finir.

Il serra les pieds au-dessus de sa tête et plia les genoux en forme de losange. Ils encadrèrent le ciel le plus bleu qu'Anjali ait jamais vu, et elle emplit ses poumons, essayant d'imprimer cette image dans son esprit. Quinn roucoulait tranquillement sur ses genoux alors que la brise fraîche de la mer soufflait : le monde lui semblait parfait à ce moment précis.

— Vous avez appris à faire du yoga dans l'armée ? murmura-t-elle lorsqu'il reprit la posture du chien tête en bas.

— Non. J'ai appris avec une ex-petite amie.

Son ton était un peu sec, ne laissant pas de place aux questions. Des questions qu'Anjali n'avait pas l'intention de poser, car elle ne voulait pas vraiment savoir combien d'ex un homme comme Dell pouvait bien avoir.

— Et vous le faites parce que... ?

Il haussa les épaules, revenant à la posture de la montagne.

— Ça aide.

Il ne précisa pas en quoi le yoga l'aidait, néanmoins sa mâchoire se crispa un instant. En surface, Dell était un homme sans le moindre souci. Mais dans le fond...

— On inspire, murmura-t-elle une minute plus tard, voyant qu'il ne bougeait pas. On souffle...

Il sourit et sembla se libérer de dix années de stress.

— Merci de me le rappeler. Vous savez, on devrait en faire une habitude.

Sa voix était légère et aguicheuse. Il était redevenu le même Dell insouciant. Mais maintenant qu'Anjali avait aperçu le Dell plus silencieux, plus tourmenté, elle en devinait les traces sous les rides au coin de ses yeux. C'était dans les muscles noueux et fermes de ses avant-bras, et aussi dans l'ombre vacillante derrière l'éclat de ses yeux.

— C'est agréable, dit-il en finissant son enchaînement. Plus de jeu que de travail, vous ne croyez pas ?

Elle hocha la tête.

— L'année dernière, mon entreprise a invité un conférencier pour parler des avantages du jeu, même chez les adultes.

Dell rit.

— Je crois que j'ai raté ma vocation. On peut vraiment être payé pour ça ?

Elle hocha la tête.

— Ce type, oui. Tout le monde a pris des notes, puis est retourné à son bureau.

Moi aussi, faillit-elle ajouter. Mais le conférencier avait eu raison. Jouer, c'était agréable. Jouer, c'était une bonne chose.

Chase s'approcha d'eux et elle se tourna vers lui, sa timidité retrouvée. Mais il était encore plus timide qu'elle. Il leur donna leurs smoothies, murmura quelque chose à propos du travail et les salua d'un geste de la main.

— Salut, lança Anjali.

— Au revoir.

Dell agita la main de Quinn.

Chase salua le bébé, puis jeta un coup d'œil vers le food truck et fit signe à Sophie, rougissant de nouveau.

— Vous croyez qu'ils finiront ensemble ? murmura Anjali.

Dell sirota son smoothie.

— Les icebergs avancent plus vite qu'eux deux. Mais qui sait ?

Il se redressa et ferma l'agenda d'Anjali avec un bruit sourd satisfaisant.

— Vous voyez ? Vous n'avez pas raté la séance de yoga d'aujourd'hui.

Son sourire était un rayon de soleil qui la réchauffait de l'intérieur.

Elle le lui rendit.

— Et vous ? Vous avez raté quelque chose aujourd'hui ?

Elle le taquinait, cependant il reprit son sérieux. Il regarda l'homme qui ronflait et les surfeurs qui flottaient juste derrière le brise-lames, avant de contempler Quinn. Il finit par répondre d'une voix distante :

— J'imagine que les vagues seront toujours là demain et mon lit aussi.

Se tournant vers Quinn, il murmura :

— Alors, non. Pas autant que je le pensais.

Anjali prit une profonde inspiration. Ne pas tomber amoureuse de Dell serait bien plus difficile qu'elle ne l'avait imaginé. Plus tôt elle quitterait Maui, mieux ce serait.

Elle regarda autour d'elle une fois de plus, savourant le paysage. La vue splendide. Les couleurs tropicales. La paix pure. Allait-elle vraiment faire demi-tour et partir si vite ? Voir le Quinn prendre ses aises l'aiderait peut-être à atteindre une certaine tranquillité d'esprit.

Mais quand même, elle se sentait tiraillée. Même si elle restait une semaine ou deux, ou trois, comment allait-elle trouver la force de dire au revoir au bébé… Et à cet homme ?

Chapitre 8

Dell regarda Anjali, regrettant de ne pas pouvoir tout avouer. Mais par où commencer ?

Parfois, je crois que je peux m'occuper du bébé. D'autres fois, je suis pétrifié, car qui suis-je pour élever un enfant ?

Et ce n'était pas tout. *Oh, au fait, je peux me changer en lion et je crois que tu es destinée à être ma compagne.*

Ce n'était pas vraiment le genre de confession à faire dans un parc, pas vrai ?

Il lui avait fallu faire appel à tout son self-control pour déposer Anjali un peu plus tôt et s'en aller. Près d'elle, le monde était ensoleillé et gérable. Même le défi d'élever un enfant lui semblait à portée de main. Mais sans elle, tout lui paraissait impossible. Il avait presque couru jusqu'au parc pour la retrouver. Il était aussi éperdument amoureux que Chase l'était de Sophie.

Dell ouvrit la bouche, essayant de dire quelque chose. N'importe quoi. Mais pour une fois, les mots l'abandonnèrent et il fit la moue.

Anjali avait repris son sérieux aussi, évitant son regard tout en remettant son agenda dans son sac. Il ne rentrait pas. Elle fouilla l'intérieur et en sortit une peluche. Une petite peluche couleur fauve.

— Oh, regarde Quinn. C'est ton ami préféré, roucoula-t-elle en la donnant au bébé.

Dell s'immobilisa en la fixant du regard.

— Oh, chérie, dit Anjali. Ne mange pas ton pauvre lion.

La peluche avait la forme d'un lion. Un lion tout doux de la taille d'un poing. Quinn poussa un petit cri en reconnaissant le jouet et commença à sucer l'une de ses pattes.

— Qu'est-ce que tu as là ? demanda Dell sur un ton mélodieux.

Anjali leva les yeux avec l'un de ces sourires qui le frappaient directement dans les entrailles. Un sourire qui irradiait de l'intérieur, traversant les couches de stress dont elle semblait chargée la plupart du temps.

— C'est mignon, hein ?

Il s'efforça de ne pas révéler sa surprise.

— Oui, mignon. Où l'avez-vous trouvé ?

Le sourire d'Anjali devint amer.

— Elle l'a toujours eu. Je veux dire, c'est Lourdes qui le lui a acheté.

La tête de Dell se mit à tourner. Il pouvait s'agir d'une simple coïncidence, non ?

— Pauvre Lourdes.

Anjali soupira.

— Elle était convaincue que le lion était important. Elle a dit qu'il la protégerait.

Dell recracha presque la gorgée de smoothie qu'il avait bue pour cacher sa surprise.

Anjali se contenta de hocher la tête.

— Oui, je sais. Lourdes n'avait pas toujours les idées claires.

Une longue minute silencieuse s'écoula, la première minute gênante de tout l'après-midi tandis que Dell cherchait ses mots.

— A-t-elle dit qu'il avait une signification particulière ?

Anjali haussa les épaules.

— Juste qu'il lui rappelait Quentin.

Dell s'immobilisa. Lourdes savait-elle qu'elle avait eu une relation avec un métamorphe ? Comment était-ce possible ? Son frère n'aurait jamais révélé son plus grand secret à un être humain. Cela dit, Dell aurait aussi juré qu'il n'aurait jamais donné la vie à un enfant par inadvertance.

— Tout va bien ?

Anjali le dévisageait et il s'efforça de sourire.

— Oui. Bien sûr. C'est juste que... enfin, ça me rappelle Quentin, à moi aussi.

C'était plutôt neutre, comme réponse.

Il jeta un coup d'œil à Anjali en se demandant si elle en savait plus qu'elle ne le montrait. Lourdes lui avait-elle confié autre chose ?

Quinn commença à agiter le lion et il l'observa attentivement. Pourquoi le bébé était-il aussi nerveux ? Sentait-elle que quelque chose n'allait pas ? Il renifla l'air, mais il n'y avait aucune duplicité chez Anjali. C'était cohérent. Il était impossible qu'elle connaisse l'existence des métamorphes.

Cependant une autre odeur l'atteignit et il plissa le nez.

— Oups.

Anjali tendit les bras vers Quinn.

— Quand l'avez-vous changée pour la dernière fois ?

L'esprit de Dell se vida. Bon sang. Il avait oublié ce détail. Il avait néanmoins le sac à langer qu'Anjali lui avait donné ce matin-là. Dieu merci. Il regarda autour de lui.

— Euh... Ça fait un moment. Mais, où est-ce que je peux la changer ? Juste ici ?

Anjali pouffa.

— Les bébés ne sont pas pudiques.

Il se mordit la lèvre. Non, certainement pas. Pourtant il n'avait changé Quinn qu'une fois pour le moment, avec l'aide d'Anjali. Ce n'était pas sorcier, même si c'était plus salissant que prévu. Comment un bébé aussi petit pouvait-il faire autant caca ?

— Attendez.

Il passa le sac sur son épaule et prit Quinn dans ses bras.

— Je sais où nous pouvons la changer.

— Nous ? Ou *vous* ?

Il secoua un doigt d'un air faussement frustré.

— Vous êtes aussi terrible que Connor.

Elle sourit, perplexe. Ce sourire le rendait dingue. Comment une femme si tendue pouvait-elle être aussi belle ?

— Capitaine Responsabilité, vous vous souvenez ? dit-elle.

Il grimaça.

— Est-ce que le Capitaine Responsabilité peut avoir un acolyte ? Vous savez, quelqu'un qui l'aide quand il fait tout foirer ?

Elle sourit.

— Bien sûr. Appelez-moi... Euh... Anjali la Magnifique.

Il rit.

— Anjali la Magnifique. Ça me plaît.

Il se surprit alors à la conduire dans le dernier endroit où il s'attendait à aller ce jour-là, au *Lucky Devil*. Si les mecs du bar le voyaient avec un bébé...

— Pas un mot, aboya-t-il à Keanu, le videur.

À l'étage, il adressa le même regard perçant à Candy, la serveuse, quand elle s'approcha avec des yeux grands comme des soucoupes. Des yeux qui se tournèrent vers Anjali et se transformèrent aussitôt en dagues. Dell se campa devant elle pour lui signifier qu'elle n'avait pas intérêt à dire ou faire quoi que ce soit. Son lion intérieur grogna.

Personne ne regarde ma compagne comme ça. Personne.

Il avait dû laisser transparaître trop de pouvoir de métamorphe, car la pauvre fille recula.

— Nous avons besoin d'utiliser les toilettes.

Il se tourna vers le couloir qui menait aux toilettes unisexes.

— Vous avez besoin d'aide ? proposa Anjali en hésitant quand il entra.

Elle lui toucha le bras et sa bête intérieure se calma immédiatement.

Oui, putain, eut-il envie de lui répondre. Mais il se contenta de murmurer :

— Oui, s'il vous plaît.

Ce fut vite expédié. Anjali le guida pour changer Quinn, mais il fit à peine attention ce qu'il faisait. Il essayait encore d'encaisser les regards éberlués qu'il avait reçus de la part de ses collègues.

Non, Quinn n'est pas de moi, voulait-il leur crier. Et en même temps, il avait envie de câliner le bébé et de s'exclamer : *Oui, elle est à moi ! Pour le moment, en tout cas.* Pourquoi personne ne le pensait-il capable de s'en sortir ?

Personne, sauf Anjali, qui lui expliqua patiemment les dernières étapes.

— Parfait. Maintenant, passez cette languette par là. Un peu plus serrée...

Quand il se concentra sur sa voix douce et régulière, ses doigts fonctionnèrent plus efficacement, et peu à peu, la tension s'estompa.

— Vous voyez ? Un vrai pro, annonça Anjali quand il rattacha la grenouillère du bébé.

— C'est vous la pro, Anjali la Magnifique.

Elle rit.

— J'ai appris presque tout ça il y a une semaine. Et je me suis assez occupée des enfants de mes frères pour avoir un peu de pratique...

Il y avait une mélancolie dans sa voix et il leva les yeux, se demandant à quel point ce sentiment était profond.

— Mais c'est surtout la formation sur le tas qui aide. Quand on est obligé de faire quelque chose, on trouve un moyen, pas vrai ?

Dell se réchauffa de l'intérieur. Il ne pouvait pas imaginer Anjali en tenue de combat, cependant cette attitude lui rappelait celle des meilleurs soldats avec lesquels il s'était retrouvé sur le champ de bataille.

Il regarda Quinn. Servir dans l'armée n'était pas la même chose que d'élever un enfant, mais quand même. Anjali avait raison. Il devait le faire. Pour Quentin. Pour Quinn. Il se regarda dans le miroir tout en se lavant les mains. Il devait peut-être même le faire pour lui-même.

Il souleva Quinn et elle lui chatouilla la barbe.

— Maintenant, elle voudra un biberon, et ensuite, elle devrait faire sa sieste, dit Anjali.

Dell réfléchit à la manière dont il pourrait gérer cela et il inclina enfin la tête vers la porte.

— Et si nous prenions tous quelque chose ?

Ils s'assirent à une table, dans un coin de la salle. L'établissement était plutôt calme à cette heure de l'après-midi et il lui suffit de deux autres regards noirs vers ses collègues pour qu'on leur fiche la paix une fois qu'ils eurent donné son biberon à Quinn et commandé deux boissons sans alcool pour eux.

— C'est joli ici. Vous êtes barman ?

Anjali regarda autour d'elle. La décoration du *Lucky Devil* comprenait des drapeaux colorés suspendus aux poutres et de vieilles photos en noir et blanc de Lahaina, alignées sur les murs dans d'épais cadres noirs. Ces touches plus élégantes compensaient le kitsch des motifs en forme de diables qu'il y avait un peu partout. La lumière du soleil scintillait sur deux épées en argent accrochées au-dessus du bar et un arc-en-ciel brillait à travers la vitre d'un ancien flotteur. Derrière eux, la terrasse donnait sur l'eau turquoise, avec les bateaux qui flottaient et les îles au loin couronnées de nuages blancs et cotonneux.

— Oui. À mi-temps, seulement.

Il se demanda comment il pourrait faire ses services avec Quinn dans sa vie... tout en continuant les patrouilles, son emploi principal. La vie et le travail à Koakea, c'était super, mais ce n'était pas gratuit. Les métamorphes de Koa Point les avaient inclus, ses amis et lui, dans un service de sécurité qu'il était forcé de prendre en compte. Ils ne seraient pas ravis de voir la distraction que représentait un bébé.

Putain, ils ne seraient pas non plus ravis qu'il se laisse distraire par une compagne.

Il serra les dents. Eh bien, ils devraient apprendre à faire avec !

Si tu gardes Quinn, murmura une voix dans le fond de son esprit.

Il fronça les sourcils. Bien sûr qu'il allait garder Quinn. Il devait la garder. Pas vrai ?

Il observa le bébé sur ses genoux. Elle avait les yeux fermés, et au lieu de téter désespérément son biberon, elle le sirotait désormais d'un air endormi. Une main autour du lion. Un grand sourire était cousu sur le visage de la peluche, pourtant Dell voulait se renfrogner.

— Euh...

Il se pencha.

— Je n'aime pas avoir à poser la question, mais... À propos de Lourdes. Que s'est-il passé, exactement ? Vous avez dit que la police avait déclaré qu'il s'agissait d'un suicide.

La lueur s'évanouit des yeux d'Anjali tandis que son regard se perdait au loin.

— Ils ont dit qu'elle s'était jetée sous un train près de la station de Fullerton, en pleine nuit.

En imaginant la scène, Dell fronça si vivement les sourcils que c'en fut douloureux. Il baissa les yeux vers la petite Quinn en secouant la tête.

— Abandonner un bébé...

La voix d'Anjali était plus mordante que d'habitude quand elle répondit :

— Comme je l'ai dit, Lourdes était accablée et terrorisée par quelque chose dont elle ne voulait pas me parler. La police a déclaré qu'il s'agissait d'un suicide. On ne peut qu'imaginer ce qui s'est vraiment passé.

— Que voulez-vous dire ?

— Réfléchissez. Combien de femmes se suicident en se jetant sous un train ?

Anjali marqua une pause un moment avant de secouer la tête.

— Pas beaucoup. Ce sont surtout des hommes qui le font. J'ai cherché les statistiques. Croyez-moi, Lourdes n'était pas du genre à faire ça.

Elle se pencha vers lui.

— Et peut-être qu'elle ne s'est pas jetée sous ce train.

Dell fronça les sourcils.

— Vous voulez dire qu'elle fuyait quelqu'un ?

Elle hocha la tête, mais un groupe de femmes plus âgées entra dans le bar et se dispersa dans la pièce, s'approchant des clients. L'une d'elles se dirigea droit vers la table de Dell et il soupira.

— Salut, Doris.

— Oh, Dell ! Je vois que tu prends une pause du bar ?

Elle et les autres étaient des habituées qui avaient la permission du propriétaire du *Lucky Devil* pour venir une fois par semaine et demander des dons pour une bonne cause.

— Oui. Une petite pause.

Il prit son portefeuille avant qu'elle ne puisse lui faire son discours sur la Fondation pour les enfants de Maui. C'était une très bonne association caritative, mais en cet instant, il avait d'autres choses en tête.

— Voilà.

Il fourra deux billets dans son pot.

Doris marqua un temps d'arrêt. Pas à cause du don, car il en faisait toutes les semaines, mais en découvrant Quinn et Anjali.

— Je crois que ces personnes là-bas veulent faire un don, dit-il en désignant une autre table et en espérant que Doris saisirait le message.

— Oui... Eh bien... Oh... bafouilla-t-elle alors qu'elle essayait de toute évidence de comprendre de qui était le bébé.

C'est le mien, mais il n'est pas de moi, voulait-il expliquer.

— D'accord, dit-elle enfin, se remettant de sa surprise.

Elle tendit un autre pot.

— Choisis ta récompense.

Dell fit signe à Anjali.

— Choisissez. Qui sait ? Ça pourrait être quelque chose de bien. J'ai gagné une fausse montre un jour.

Anjali sourit et mit la main dans le pot.

— C'est peut-être mon jour de chance.

Elle prit l'une des récompenses enroulées dans du papier brun et la tint dans sa main.

— Merci, Doris, dit Dell en inclinant la tête. Oh, attention ! Je crois qu'ils vont bientôt partir.

Il désigna l'autre couple et Doris se précipita en lançant par-dessus son épaule :

— Merci, chéri.

Il se retourna vers Anjali, qui avait arqué son sourcil parfait. Le cœur de Dell marqua un temps d'arrêt, il haussa les épaules.

— Que voulez-vous ? La fondation fait du bon travail pour les enfants d'ici. Mais n'espérez pas grand-chose de ce que vous avez pioché.

Il regarda Anjali déballer sa récompense, fasciné par les petits changements dans ses traits. Elle passa de l'amusement à la curiosité, et finalement, à la surprise franche.

— Waouh.

Il sourcilla. Ce « *waouh* » décrivait bien sa beauté naturelle. Sa peau douce, ses yeux en amande. Les pommettes marquées qu'il avait envie d'embrasser. Mais qu'est-ce que la récompense avait de si formidable ?

Anjali sortit une longue chaînette attachée à une sorte de boule sombre.

— Est-ce que c'est une perle ?

— Une fausse, sans doute. Même à Maui, une fondation pour enfants ne distribuerait pas ce genre de trucs.

Les yeux d'Anjali restaient néanmoins rivés sur le pendentif.

— Sérieusement. Regardez.

Il y jeta un rapide coup d'œil et secoua la main sans avoir l'air impressionné.

— Elle est marron.

Anjali grimaça.

— Moi aussi.

— Et vous êtes toutes les deux très belles, dit-il en riant, mais ce n'est pas ce que je voulais dire. Les perles sont censées être blanches.

— Il y en a d'autres couleurs. Enfin, je crois.

Anjali leva les yeux et appela :

— Excusez-moi... !

Elle laissa sa phrase en suspens, car Doris et les autres descendaient déjà les escaliers.

— Regardez la chaîne. C'est du plastique, dit-il d'un air amusé.

— Oui. Mais cette perle...

Il se pencha vers le bijou. Il semblait plutôt solide, à bien y réfléchir.

Une perle... grogna son lion d'un air pensif.

Au cours des derniers mois, deux autres étaient apparues : des perles légendaires possédant des pouvoirs mystérieux. Mais il était impossible qu'une perle de désir légendaire se retrouve dans un pot de récompenses premier prix. Dell scruta cette perle couleur chocolat posée dans la main d'Anjali, puis s'appuya contre le dossier de son siège, convaincu qu'elle n'avait rien de spécial. Ses sens affûtés de métamorphe avaient ressenti le pouvoir des deux perles qui étaient apparues récemment ; un

pouvoir incroyable qui avait palpité comme un champ magné-
tique enclenché au maximum. Il avait vu cependant beaucoup
de perles ordinaires aussi. D'ailleurs, Cynthia en portait tout
un collier, tous les jours, et elles se contentaient de briller normalement.

— C'est joli, dit-il pour ne pas décevoir Anjali.

— Oui. Même si ce n'est pas une vraie.

À sa grande surprise, elle enfila le collier.

— Qu'en pensez-vous ?

— Magnifique.

Il sourit, comme s'il parlait de la perle, alors qu'en réalité,
il parlait de sa peau douce couleur café qui le fascinait, de ses
yeux sombres, de chaque mouvement gracieux de ses doigts.

Elle tapota le bijou.

— Eh bien, elle me plaît. C'est un souvenir de Maui.

Son sourire était rayonnant, peut-être même plus que le
soleil, et Dell déglutit tandis que son lion ronronnait.

Compagne.

Mais les yeux d'Anjali se baissèrent vers Quinn. Son visage
était sombre et il vit la tristesse dans ses traits. Un chagrin
larvé qui luttait contre une série d'autres émotions au sujet
desquelles il avait reçu une formation accélérée ces dernières
vingt-quatre heures. De l'amour. De l'espoir. Des rêves infinis
et de la tristesse sans limites. Ce n'était pas parce qu'un bébé
semblait vous appartenir que c'était réellement le cas.

Un bateau sortit de la marina à proximité en klaxonnant,
et il fronça les sourcils. C'était trop facile de faire le lien entre
ce bruit et le dernier appel d'un vol sur le départ à destination
du continent.

Il croisa le regard d'Anjali, et pendant un instant, il crut
qu'elle le dirait à voix haute.

*Je ne veux pas partir. Je veux rester. Avec vous. Avec
Quinn. Je veux trouver une solution.*

C'était fou, car les adultes responsables ne renonçaient pas
à leur carrière pour des inconnus. Surtout pas les humains responsables qui avaient appris à suivre leur portefeuille et leur
chemin de vie nettement tracé plutôt que leur cœur. Les méta-

morphes étaient plus ouverts à leur cœur, car ils comprenaient le pouvoir du destin.

Pourtant Dell ne parvint pas à parler. Il ne pouvait qu'espérer.

Je veux que vous restiez. Avec moi. Avec Quinn. Je veux nous donner une chance.

Mais il connaissait à peine Anjali. Sa vie était en désordre, alors que la sienne était organisée et couronnée de succès. Elle était intelligente. Compétente. Élégante. Pourquoi voudrait-elle de lui ?

Il détourna le regard. Le destin avait peut-être commis une erreur ?

Le destin ne commet pas d'erreurs, grogna son lion.

Il fronça les sourcils. Bien sûr que si. Pour quelle autre raison lui aurait-il amené Quinn ?

Son lion grogna et se tut enfin, sans cesser de faire les cent pas en lui.

Il s'éclaircit la voix.

— Bref. À propos de Lourdes...

Ce *quelque chose* silencieux qui était passé entre eux, l'indice d'un avenir qui pourrait exister, prit vie, puis s'estompa aussitôt. Le visage d'Anjali se ferma et Dell aurait voulu retirer ce qu'il avait dit. Mais il était trop tard, car elle hocha la tête d'un air professionnel, laissant le moment passer.

— Lourdes ne voulait rien me dire, mais tout l'effrayait depuis son arrivée. Elle ne répondait pas au téléphone et elle sortait à peine. Je lui ai demandé si elle avait des ennuis, mais elle n'a pas dit un mot. Ensuite, il y a eu cette note...

Dell fronça les sourcils.

— Celle qui disait... Qu'est-ce qu'elle disait, déjà ?

— *S'il m'arrive quoi que ce soit...*

Anjali triturait nerveusement la fausse perle.

— Qu'est-ce que la police a dit de ça ?

Elle prit un air renfrogné et mima des guillemets.

— « Cas typique d'instabilité mentale ».

La colère monta en lui. Comment pouvait-on ignorer une femme dans le besoin ?

— Et vous, qu'en pensez-vous ?

Il se pencha vers elle.

Anjali regarda autour d'elle avant de se rapprocher de lui.

— Lourdes était perturbée, mais il y avait du vrai derrière la fiction qu'elle pouvait imaginer parfois.

Dell hocha la tête en touchant le lion blotti contre Quinn.

— Je suis allée à Fullerton et j'ai essayé de l'imaginer se suicider, mais je n'ai pas pu. Qu'est-ce qu'elle aurait bien pu faire là-bas ce soir-là ? Ça n'a pas de sens. Je n'ai pas pu m'approcher de l'endroit où c'est arrivé, mais j'ai parlé à l'un des agents d'entretien. Sa théorie, c'est que Lourdes fuyait un coyote.

Dell éclata d'un petit rire.

— À Chicago ?

— Vous seriez surpris. J'ai lu un article qui racontait qu'il y a plus de 2000 coyotes en ville, même au centre. Le type du métro a dit qu'il en avait déjà vu et qu'il avait vu leurs empreintes.

Elle écarta les mains pour mimer quelque chose de la taille d'une assiette moyenne.

— D'après lui, les traces d'animaux qu'il a vues là-bas le lendemain étaient énormes. Aussi grandes que celles d'un loup.

Un frisson traversa Dell. Lourdes aurait-elle pu avoir une relation avec un autre métamorphe avant de rencontrer Quentin ?

Anjali sirota son verre, la tête basse, avant de hausser les épaules.

— Je ne sais pas. Ça n'a pas beaucoup de sens.

Non, en effet, il devait bien l'admettre. À moins qu'un métamorphe ne soit impliqué.

— Vous avez parlé de l'ex de Lourdes. Un ex-mari ?

— Ex-petit ami. Brody.

Elle grimaça.

— Brody comment ? s'enquit-il.

— Brody Mc-quelque chose. McGee, peut-être ? Je ne l'ai jamais rencontré, mais tout ce qu'elle m'a raconté de lui sentait les ennuis. Elle avait même une cicatrice.

Dell agrippa la table tandis que le sang lui montait au visage.

— Une cicatrice ? Il lui a fait du mal ?

Anjali s'effleura la joue, au coin de l'œil.

— Une longue coupure, juste là. Brody devenait violent quand il était ivre. En tout cas, c'est ce que j'ai compris. Apparemment, il portait une bague...

Elle dessina un cercle sur les doigts d'une de ses mains, s'assurant que Dell imagine quelque chose de grand et de tape-à-l'œil, comme une bague du Super Bowl.

— Quand ils se sont rencontrés, Lourdes était impressionnée par la chevalière. Mais avec le temps...

Anjali ne termina pas et ferma les yeux.

Dell serra les dents ; ses émotions bouillonnaient en lui. La colère. Et même la rage. La tristesse. Mais ce fut la douleur qui l'emporta : la douleur qu'Anjali portait pour son amie.

Avec une délicatesse infinie, Dell posa sa main sur la joue d'Anjali. Elle vira au rouge tout en se laissant aller à ce contact, la couvrant de la sienne. Il la caressa lentement du pouce, et à chaque léger mouvement, le monde extérieur sembla reculer un peu plus. Très vite, il ne restait plus qu'eux. Ils respiraient... se touchaient... palpitaient.

Souhaitaient beaucoup de choses.

Dell prit une profonde inspiration, car un bon soldat ne *souhaitait* pas. Il prévoyait.

Peu à peu, il s'efforça d'organiser les pensées qui tournaient en rond dans sa tête. Des idées floues de vengeance. Des inquiétudes pour la sécurité d'Anjali et celle de Quinn. Des questions sur l'avenir, car l'histoire de Lourdes se transformait en boîte de Pandore.

Anjali n'est pas un problème, grogna son lion. *Quinn non plus.*

Il serra les dents. Non, elles n'étaient pas un problème. Mais que pouvait-il faire pour régler tant de choses en même temps ?

Trouve une solution, ordonna son lion d'une voix sèche.

Il faillit en rire. Bien sûr, facile à dire.

Alors, d'accord. Pense comme Quentin. Que ferait-il, lui ?

Dell grimaça. Son frère décortiquerait les choses avec logique et s'occuperait du problème un bout après l'autre.

Il regarda en direction de l'océan et finit par hausser les épaules. D'accord. Ça valait le coup d'essayer.

Il y réfléchit lentement, essayant de relier les informations qu'il possédait. La peluche en forme de lion. Une femme en fuite. Des empreintes d'animaux sur le lieu de sa mort. Par où commencer ?

Petit à petit, les rouages se mirent à s'aligner et à montrer une direction. Sa main se raidit et Anjali leva les yeux, sentant son changement d'humeur.

— Brody, grogna-t-il.

Il détestait déjà cet homme.

— Brody qui ?

Chapitre 9

Anjali aurait souhaité en savoir plus sur Brody, mais ce n'était pas le cas, et quand elle proposa de passer quelques coups de fil pour obtenir plus d'informations, Dell secoua résolument la tête.

— Laissez-nous faire. Je ne veux pas que vous soyez plus impliquée que vous ne l'êtes déjà.

Ses yeux flamboyèrent et il serra les poings. L'allusion au danger faisait peur à Anjali, si Brody était vraiment lié à la mort de Lourdes. Cependant les mots de Dell la réconfortèrent aussitôt, car il les prononça comme un chevalier, jurant de se consacrer à sa noble cause.

Elle laisserait donc l'enquête à Dell et ses amis. Pendant les trois jours qui suivirent, elle tâcha de lui apprendre tout ce qu'elle savait sur les soins à prodiguer à Quinn. Il s'avéra qu'elle en savait plus qu'elle ne le pensait, après avoir tout appris en un temps record. En dehors de cela, elle faisait de son mieux pour continuer à travailler, même s'il devenait de plus en plus difficile de trouver l'équilibre. Pendant ses deux premières journées à Maui, elle avait été tentée de fonctionner à toute vitesse, passant des heures au travail et avec Quinn. Au cours des jours suivants, elle se surprit à freiner et à équilibrer un peu les proportions. Le simple fait d'être à Maui la détendait, avec le soleil, les températures douces, le rythme calme et lent.

— Pas *lent*, l'avait corrigée Dell. Sain. C'est vous, les gens de la ville, qui avez un rythme insensé.

Elle avait commencé à dormir plus longtemps, à se réveiller plus tard. À laisser son téléphone dans son sac plutôt que sur sa table de chevet. Elle se surprenait à s'étirer. À respirer. À sentir la brise fraîche. Et au lieu de presser Quinn pour chaque biberon et chaque changement de couche, elle avait le luxe de passer du temps à le faire, transformant chaque instant en moment privilégié plutôt qu'en corvée.

Bien entendu, Dell s'occupait de la plupart de ces tâches et Anjali pouvait se détendre davantage. À la seconde où la petite pleurait pour son repas du matin, il apparaissait, beau et décoiffé, la saluant de la voix la plus joviale et chaleureuse possible avant de prendre le bébé dans ses bras. Il s'asseyait ensuite sur le canapé, sous le porche où il avait dormi, avec le bébé au creux de son bras pendant qu'elle tétait le biberon qu'il avait préparé. Quinn passait tout ce temps à regarder Dell dans ses yeux léonins, et qui pourrait lui en vouloir ? Anjali était tentée de faire la même chose.

Le matin était le moment le plus beau et paisible de la journée. L'aube donnait aux collines de la plantation une jolie lueur dorée pendant que les dernières odeurs nocturnes s'estompaient, remplacées par les fleurs parfumées qui s'ouvraient au soleil. L'océan murmurait tandis que des vagues roulaient sur la berge, à quatre cents mètres de là. Dell chantonnait pour Quinn, et Anjali ne pouvait s'empêcher de s'asseoir à côté de lui pour l'écouter.

— Tu t'en sors bien avec elle, murmura-t-elle le cinquième matin de son séjour.

— Non. J'apprends encore. Ça aide d'avoir une bonne prof.

Son sourire était une œuvre d'art, et ses yeux brillèrent. Pendant un long moment magique, ils se regardèrent dans les yeux. Leurs poitrines se soulevaient et se baissaient à chaque respiration étouffée, et leurs doigts s'effleurèrent à côté de Quinn.

Embrasse-le, murmura une petite voix dans l'esprit d'Anjali.

Embrasse-le, insista le bruissement des feuilles sur le toit du porche.

Le visage de Dell devint plus grave et elle aurait juré que ses yeux luisaient.

Elle entrouvrit les lèvres, tout comme lui, et son monde se réduisit à cette courte ligne rose et douce. Elle n'aurait jamais cru que les mots « Dell » et « doux » iraient ensemble, mais waouh. Parfois, c'était la pure vérité. En dépit de son aura de guerrier chevronné, il semblait avoir une grande âme à l'intérieur. Presque solitaire.

Cela aurait dû être ridicule. Dell, solitaire ? Il vivait avec une demi-douzaine d'amis proches, sans parler des femmes qui se jetaient presque sur lui partout où il allait. Pourquoi un homme comme lui s'intéresserait-il à une femme comme elle ? Et pourquoi était-elle attirée par un homme qui n'était pas du tout son genre ?

Le destin.

Le mot traversa son esprit, dans une voix qui lui fit penser à Dell.

Le cœur d'Anjali accéléra et sa main glissa sur la sienne. Elle n'avait pas passé beaucoup de temps à penser au destin et le mot rebondit dans son esprit jusqu'à en être amplifié.

Anjali était tellement préoccupée par cet écho qu'elle ne remarqua pas qu'elle se penchait vers lui, et lui vers elle. Mais quand leurs lèvres se rencontrèrent pour le baiser le plus doux et soyeux au monde... oh, oui. Elle le remarqua.

Elle écarquilla les yeux, mais une seconde plus tard, ils se refermèrent et son âme soupira. Tout son corps se réchauffa comme si elle avait glissé dans un bain chaud. Son esprit se vida complètement. Dell plaça ses lèvres sur les siennes et lui toucha délicatement la joue. Il n'y avait rien d'osé ni d'exigeant dans son baiser. Rien de froid ni de survolté. Simplement de l'émerveillement à l'état pur.

Quand ils s'écartèrent enfin l'un de l'autre, elle ouvrit les paupières et vit Dell se mordre la lèvre et écarquiller les yeux comme pour suggérer que son souhait était enfin devenu réalité.

— Je dois faire attention, dit-il d'une voix rauque. Tomber amoureux de deux femmes à la fois...

Anjali faillit pousser un cri.

— Deux femmes ?

Dell sourit.

— Bien sûr. Elle.

Il désigna Quinn du menton.

— Et toi.

Aussitôt, elle fondit à nouveau.

— C'est drôle, je pensais que c'était moi qui devrais faire attention.

Il était sur le point de répondre, toutefois elle lui coupa la parole par un autre baiser. Un baiser qui la fit se languir et se réchauffer un peu plus. Mais Quinn roucoula, et ils finirent par reculer pour regarder l'enfant, dépités.

— Dell, murmura Anjali en essayant de trouver ce qu'elle voulait dire.

Joey l'interrompit soudain, l'appelant au coin du porche :

— Dell ? Dell ?

— Salut, vieux.

Les yeux de Dell s'emplirent d'une dizaine d'espoirs tacites et il serra la main d'Anjali.

— Dell ! Tu veux jouer ?

Joey bondit devant eux.

Anjali se leva, s'assurant que Joey ne puisse rien voir de ce qu'il se passait entre eux. Non pas que l'enfant soit conscient de ce genre de choses, mais tout de même...

— Bien sûr, dit Dell. Dès que Quinn aura fini son biberon. Tu veux faire le compte à rebours ?

Joey hocha la tête et resta à côté de l'épaule de Dell pour compter.

— Un, deux, trois...

Théoriquement, ce n'était pas un compte à rebours, mais c'était la chose la plus adorable au monde. Le petit Joey posa une main sur la tête de Quinn pour lui dire bonjour. Dell compta avec lui, l'aidant une fois que les nombres devinrent trop grands. Quinn sourit, la tétine toujours dans sa bouche, visiblement satisfaite.

Anjali laissa échapper l'un de ces profonds soupirs qui ne lui venaient que quand le monde semblait parfaitement paisible.

Lorsque Quinn termina son biberon, Dell fit quelques pas en la tenant dans ses bras, lui faisant faire son rot tout en discutant à toute vitesse avec Joey. Puis il attacha le porte-bébé à son torse et installa Quinn à l'intérieur.

— Co-pilote du X-wing de combat, prête pour la bataille ? demanda-t-il à Quinn.

La bataille ? Anjali blêmit.

Il resserra un peu plus l'élastique du chapeau de bébé et lui adressa un clin d'œil.

— Vous venez, Princesse Anjali ?

Elle jeta un coup d'œil à son sac de travail. Elle l'avait évité pendant trop longtemps.

— Prenez garde au pouvoir du côté obscur, cria Dell. Venez avec moi !

Puis il se tourna vers Joey.

— Prêt, jeune Jedi ?

— Prêt ! s'exclama le garçon.

— Le lion est prêt ?

Dell plaça l'animal en peluche à côté de Quinn.

— Prêt ! cria Joey.

— Alors, c'est parti ! Venez, Princesse Anjali !

Dell se dirigea vers l'avant du porche et elle ne put s'empêcher de le suivre.

— Paré au décollage ! annonça Dell en s'approchant des escaliers.

Cynthia sortit de la maison, l'air inquiète.

— Oh, bon sang. Joey...

Mais son fils était déjà en train de sauter par terre et Dell semblait à deux doigts de le suivre. Anjali poussa un cri en s'arrêtant, l'observant. Il n'allait pas vraiment sauter du haut des escaliers avec le bébé, si ?

— On n'a qu'une vie ! cria-t-il. Mais ne t'inquiète pas. Les chats retombent toujours sur leurs pattes.

Anjali écarquilla les yeux quand il bondit. Pour le coup, il ressemblait bien à un félin. Chacun de ses mouvements était gracieux et maîtrisé. Son atterrissage fut fluide et stable, et il continua à courir sans s'arrêter. Enfin, jusqu'à ce qu'il se retourne et lui adresse un sourire triomphant.

— Venez, Princesse Anjali. La Force est avec nous !

Cynthia regarda Anjali, qui haussa les épaules.

— J'ai reçu une promotion.

— Quelle chance, dit Cynthia. Moi, je suis encore la méchante sorcière de l'Ouest.

Ses mots étaient austères, néanmoins un petit sourire effleurait ses lèvres.

— Venez, Princesse Anjali, intervint Joey.

Cynthia secoua la tête avec lassitude, puis hocha la tête vers Anjali.

— Tu ferais mieux d'y aller. Oh, est-ce que tu pourrais me rendre un service ?

Anjali haussa un sourcil.

— Surveille les deux garçons pour moi.

Elle mima des guillemets en prononçant le mot « *garçons* ».

Anjali courut les rejoindre, le sourire jusqu'aux oreilles, en se demandant à quand remontait la dernière fois qu'elle avait fait quelque chose d'aussi puéril. Elle se demandait aussi qui à part Dell pouvait passer aussi rapidement du vol de baiser au lancement d'un jeu de *Star Wars*. Enfin, il avait raison.

On n'a qu'une vie.

Joey et Dell décrivirent des zigzags sur l'immense propriété, abattant des ennemis invisibles tout en se donnant des ordres. Le plus âgé maintenait une main protectrice autour du porte-bébé et Quinn ne sembla pas du tout dérangée par toute cette agitation. Anjali commença à regretter de ne pas avoir apporté son téléphone, non pas pour passer des coups de fil cette fois, mais pour prendre quelques photos de Joey, Quinn et Dell. Ils formaient une superbe petite famille.

Alors même que cette idée lui traversait l'esprit, Dell se retourna et la regarda d'un air pensif qui semblait dire : « Exactement. Mais tu en fais partie aussi. »

Ils s'immobilisèrent tandis que cette sensation surgissait à nouveau : le temps suspendu, le martèlement d'un tambour menaçant. La sensation d'une grande force qui échappait à leur contrôle.

— Viens, Dell ! cria Joey.

Dell cligna des yeux, toujours concentré sur Anjali.

— Dell ? insista le garçon.

Dell sortit brusquement de sa transe et se tourna vers lui en agitant la main.

— Laisse-moi juste transmettre le message secret à la princesse.

Anjali retint son souffle tandis qu'il revenait vers elle et lui prenait la main.

— Un message secret ? murmura-t-elle.

Il sourit et se pencha pour l'embrasser. La baiser fut bien trop rapide, malgré tout il lui coupa le souffle.

— Venez, Maître Jedi, l'appela Joey.

Ils reprirent leur course.

Anjali fit de son mieux pour le suivre : au-dessus des collines et des vallées, tournant au coin, où Joey ralentit enfin.

— Est-ce que je peux boire ?

— Bien sûr, dit Dell en hochant la tête.

Anjali s'arrêta sur place.

— Waouh.

Le ruisseau qui traversait la propriété filait le long d'un rebord rocheux, formant une petite cascade qui s'écoulait dans un bassin naturel. L'eau bouillonnait silencieusement avant de se déverser en direction de l'océan via un autre ruisseau qui dévalait les collines. Une scène sortie tout droit du jardin d'Éden, avec une maison qui semblait jaillir du paysage.

— Est-ce que c'est ta maison ?

Dell hocha la tête.

— Oui. Avant, c'était un moulin.

Voilà pourquoi il y avait une roue qui tournait lentement dans le courant. Le moulin, quant à lui, était une cabane d'une pièce. La partie principale du bâtiment était une extension élaborée sur deux niveaux. Le rez-de-chaussée s'ouvrait directement sur le ruisseau, donnant au salon une atmosphère à la fois intérieure et extérieure. L'étage était adossé contre la pente et incliné d'un côté, où une énorme terrasse ensoleillée donnait sur toute la plantation et sur la mer.

— Oh, mon Dieu. C'est toi qui l'as construite ?

Elle admira le mélange de pierres, de bois et de verre qui donnait au bâtiment un air ancien et moderne à la fois.

— Oui.

Joey sauta sur une planche posée au-dessus d'une section plus étroite du ruisseau et entra en courant.

— C'est incroyable, murmura-t-elle.

— Mais elle n'est pas vraiment sécurisée pour les bébés.

Dell soupira.

— Maintenant, tu sais pourquoi je n'ai pas encore amené Quinn ici.

Anjali hocha la tête, s'interrogeant sur la pointe de chagrin qu'elle percevait dans sa voix. Puis, elle comprit. Cette maison était neuve et à peine terminée, à en juger par les outils et les tas de bois. Il avait travaillé sur sa propre garçonnière, cependant ce mode de vie venait de lui être arraché. Plus de fêtes tard le soir, plus de siestes dans le hamac accroché entre deux poutres. C'était difficile pour un homme célibataire d'élever un enfant seul, et ça le serait encore plus en bordure d'un ruisseau.

— Je ne sais pas. Tu pourrais aménager... Euh...

Elle s'efforça de lui donner de l'espoir, mais ce n'était pas facile pour elle non plus.

— Exactement.

Il soupira et lui fit signe d'avancer.

— Enfin bon, je n'ai pas encore eu le temps de construire un pont, alors il n'y a que cette planche pour l'instant.

— Une planche de pirate ! cria Joey avec joie, tout en sortant de la maison avec un verre d'eau.

Une planche de pirate très large et robuste, heureusement. Anjali suivit Dell et marqua une pause en même temps que lui. Il s'arrêta pour donner rapidement des coups de pied sur le sol, effaçant des traces qu'il ne voulait pas qu'elle voie.

— Des restes de ta dernière fête ? le taquina-t-elle.

Il sourit, mais son expression sembla forcée.

— Oh... Juste de la sciure.

Anjali regarda la trace dans la poussière et plissa les yeux. Étaient-ce des empreintes d'animaux ? Mais Dell traîna des pieds en désignant ce qui se trouvait autour de lui.

— Alors, voilà. *Home sweet home.* Enfin, bientôt.

Anjali fit la moue.

— Y a-t-il un autre endroit que tu pourrais utiliser ?

Il grimaça.

— Un seul. En haut de la colline. Un joli petit cottage avec une barrière blanche.

Elle inclina la tête.

— Pas ton style, hein ?

— Pas vraiment.

Son regard était triste, néanmoins il parvint à sourire en replaçant le chapeau de Quinn et en lui chatouillant la joue.

— Est-ce que je peux avoir une glace à l'eau ? demanda Joey.

Dell rit.

— Si tôt ? Ta mère me tuerait. Cela dit, j'ai des bananes.

Il se retourna en indiquant Quinn du menton.

— Tu peux la tenir une seconde ?

Anjali prit joyeusement le bébé et regarda autour d'elle. Pendant le plus bref des instants, elle se perdit dans le rêve. Le rêve de vivre ici et de se réveiller au son de la crique. De faire du yoga ou de regarder le coucher de soleil depuis la terrasse. Tout cela avec un homme bon, un enfant et, oui, une très longue barrière pour bébés.

Soudain elle se secoua et regarda autour d'elle. Personne n'était dupe !

Quinn babilla et tendit les bras dans la direction où Dell était parti.

— Tu l'aimes bien, hein ? chuchota Anjali en la serrant contre elle.

La petite gazouilla avec entrain. Anjali hocha la tête d'un air pensif et murmura :

— Oui. Moi aussi.

Chapitre 10

— Brody McGuire, marmonna Connor en préparant les notes qu'il avait rassemblées. Un vrai salaud, d'après tout ce qu'on a trouvé.

Dell passa une main sur son visage. Cinq jours s'étaient écoulés depuis sa conversation avec Anjali au *Lucky Devil*. De lentes journées, car recueillir toutes ces informations sur le passé de Lourdes prenait du temps et mettait constamment sa patience à rude épreuve. De belles journées, car il pouvait les passer avec Anjali, mais fatigantes aussi ; Quinn avait beau être adorable, c'était un bébé... et franchement, les bébés avaient des horaires hallucinants.

Ainsi, son emploi du temps avait été à son image. Il faisait des siestes en même temps que Quinn pour pouvoir effectuer ses patrouilles de nuit sur le domaine de Koa Point et autour de la plantation de Koakea. Cependant ces patrouilles nocturnes étaient utiles. C'était toujours agréable de prendre sa forme de lion et il passait des heures à enfoncer ses griffes dans le sol et à renifler le sous-bois. Plusieurs fois, il avait retrouvé Cruz, le tigre, à Koa Point pour s'entraîner au combat. Ils avaient fait de leur mieux pour ne pas rugir sauvagement dans la nuit pendant qu'ils luttaient et bondissaient. Cela lui permettait de rester en forme pour le combat et apaisait les émotions qu'il préférait éviter.

Changer de forme l'aidait, sauf pour une chose. Chaque fois qu'il abandonnait sa crinière, qu'il retournait dans la maison de la plantation où Anjali et Quinn dormaient et qu'il reprenait sa forme humaine, il avait l'impression d'être un menteur.

« Tu as bien dormi ? » lui demandait Anjali.

« Euh… Oui », répondait-il généralement d'une voix tremblante.

Il avait rapidement saisi le rythme de sommeil de Quinn et il n'avait jamais manqué son réveil, mais quand même. Ce qu'il ne donnerait pas pour tout révéler à Anjali.

« Mon frère pouvait se changer en lion. Quinn le pourra aussi. Oh, et je suis comme ça également. J'ai passé la nuit dernière à quatre pattes, à agiter la queue et à montrer les crocs. Tu n'imagines pas à quel point c'est bon. »

Au lieu de quoi, il se contentait de sourire, de prendre le biberon de Quinn et de faire semblant d'être un humain ordinaire.

Il continuait de dormir sous le porche, devant la chambre d'Anjali, soi-disant pour aider Quinn à s'habituer. En réalité, l'idée d'essayer de prendre soin du bébé seul chez lui le terrorisait. Sa présence lui donnait l'impression que tout était possible. En revanche, essayer d'élever Quinn seul lui donnait le sentiment qu'un désastre était sur le point de se produire.

Il essayait. Il essayait vraiment. Mais il y avait certaines choses auxquelles il ne pensait tout simplement pas. Pourquoi un bébé voudrait-il rouler et tomber de la table à langer ? Pourquoi Quinn tenterait-elle de mettre tout ce qu'elle trouvait dans sa bouche ?

Alors, oui. Il essayait, mais il n'y arrivait pas toujours. Cela aurait été tellement plus simple de charger un ennemi et de se battre à mains nues… Ou avec ses griffes. Mais il s'agissait d'un autre genre de bataille. Une bataille qu'il n'était pas sûr de pouvoir gagner seul.

Tu n'as pas besoin de le faire seul, insistait son lion.

C'était un autre problème. Il brûlait de désir pour Anjali, jour et nuit, et il devenait de plus en plus difficile de contrôler sa bête. Parfois, quand elle riait ou souriait, il était certain qu'elle avait envie de lui aussi. Pourtant, cette femme avait une autre facette, comme lui. Ce n'était pas une métamorphe ; c'était une esclave des affaires, et son travail ne la laissait pas tranquille. De toute évidence, elle gagnait un bon salaire et elle inspirait beaucoup de respect. Elle était indépendante. Pourquoi aurait-elle besoin de lui ?

Dell ferma les yeux. Chaque moment qu'il passait avec Anjali ressemblait à une éternité de délices. Ils faisaient du yoga, riaient avec Quinn, apprenaient à se connaître. L'idée qu'elle parte lui faisait aussi mal que l'idée de renoncer à Quinn.

Et ses amis ? Connor, fidèle à sa parole, avait enquêté sur Lourdes et de plus en plus sur Brody McGuire. Les recherches avaient été lentes au début, cependant quand Connor avait demandé de l'aide à Silas Llewellyn, le dragon influent qui possédait le domaine de Koa Point, les choses s'étaient accélérées.

— Laisse-moi deviner. C'est un coyote métamorphe.

Dell agita la main pour faire signe à Connor de se dépêcher. Il avait environ quinze minutes avant que Quinn ne commence à hurler pour avoir son prochain biberon.

— Un loup, grogna Connor.

Chase s'offusqua, grognant sèchement comme pour dire : « Hé, je suis un loup, moi aussi. »

Bien entendu, personne ne pouvait accuser Chase de quoi que ce soit, mis à part sa gaucherie. Brody, en revanche...

— Il a été arrêté à de nombreuses reprises...

Connor laissa tomber un ensemble de documents sur la table.

— Vol à main armée. Conduite en état d'ivresse. Voie de fait. Et ce ne sont que les occasions où il s'est fait prendre.

Dell fronça les sourcils.

— Et meurtre ?

Connor secoua la tête.

— Du moins, pas d'après les archives. Ah oui, et il n'a jamais montré son autre forme aux humains, c'est à prendre en compte.

Dell grimaça. Il n'avait pas l'air impressionné.

— Une racaille classique, poursuivit Connor.

Si Dell avait été de meilleure humeur, il aurait pu en rire. Connor n'avait jamais été une racaille, néanmoins il avait été incontrôlable à une certaine époque. À présent, il était en train de devenir un alpha responsable. C'était curieux comme les choses pouvaient changer.

Cela voulait-il dire que lui aussi changerait ? Comme toujours, ses pensées se tournèrent vers Anjali. Mais il s'était promis d'agir avec méthode, ce qui signifiait qu'il devait évaluer toutes les menaces. Ensuite, il pourrait trouver quoi faire à propos de Quinn, et seulement après, il prendrait une décision vis-à-vis d'Anjali.

Il n'y a rien à décider, insista son lion. *C'est notre compagne. Tu le sais, je le sais, mais pas elle. Et si tu n'agis pas rapidement, il pourrait être trop tard.*

Connor continuait à parler, et Dell se concentra à nouveau sur le sujet qui les occupait.

— D'après ce que nous avons découvert, Brody et Lourdes se sont rencontrés il y a huit ans. Ils ont été ensemble pendant un an, puis ils se sont séparés.

— Elle l'a quitté ? demanda Dell avec espoir.

Connor grimaça.

— Oui. Quand elle a fini à l'hôpital avec trois os cassés.

Tim poussa un juron et Hailey blêmit.

— Brody a pris le large, puis il est revenu, poursuivit Connor avant d'énoncer une série de dates irrégulières. Lourdes a beaucoup bougé et il n'a cessé de la suivre, l'utilisant comme point de chute, qu'elle le veuille ou non. Parfois, il y allait seul. Parfois, il amenait des amis.

Dell leva brusquement la tête. L'idée qu'une foire d'empoigne vienne dormir dans le salon de Lourdes était insupportable, surtout quand il imaginait Quinn dans un panier, dans un coin de la pièce.

Connor désigna les documents qu'il avait rassemblés.

— L'allégeance de Brody change constamment. Il suit la meute qu'il peut bien trouver. Loups, coyotes, ours, n'importe quoi. Il passe d'une embrouille à l'autre.

Tim fronça les sourcils, plongé dans ses pensées.

— Alors, Quentin arrive en jouant le chevalier en armure étincelante, et il fait fuir cet enfoiré.

Dell hocha la tête.

— Je l'imagine bien faire ça. Mon frère a dû faire fuir Brody jusque dans un autre État.

— C'est ça. Mais imaginons que Brody découvre que Quentin est mort... commença Tim, réfléchissant tout haut.

— Lourdes va voir Anjali en dernier recours... ajouta Dell.

— Brody la suit, dit Connor. Et...

Tout le monde se tut, réticent à finir cette phrase. Hailey se racla alors la gorge et parla d'une voix douce.

— C'est facile de penser au moment où Lourdes a commis une erreur, mais vous savez quoi ? En un sens, ce qu'elle a fait était héroïque. Aucune mère n'abandonnerait son bébé, à moins de penser que le bébé serait plus en sécurité sans elle.

Un nœud se forma dans les entrailles de Dell. Maintenant qu'il voyait les choses sous cette perspective...

— Tu veux dire que Lourdes cherchait à empêcher Brody de s'approcher de Quinn ? demanda Tim.

Hailey hocha la tête.

— Le sacrifice ultime.

Un lourd silence s'abattit sur le groupe, et même le regard dur de Connor s'adoucit.

Tim passa une main sur son menton.

— Voilà le problème. Où est-ce que ça finit ? Est-ce que Brody en reste là, ou l'enfant est-elle une cible aussi ?

Dell en resta bouche bée.

— Quinn ?

Tim hocha lentement la tête.

— C'est difficile de penser comme une ordure, mais oui. Quand se sera-t-il suffisamment vengé ? Est-ce qu'il abandonnera, maintenant que Lourdes est morte, ou est-ce qu'il voudra prendre sa revanche sur Quentin en ciblant sa fille ?

Dell se leva d'un bond.

— C'est tordu.

— Je ne dis pas que ça me plaît. Je dis seulement que c'est possible.

Connor tapa le sol du pied.

— C'est possible. Nous devons protéger Quinn.

— Et Anjali, ajouta sèchement Dell.

Connor fronça les sourcils.

— La meilleure façon de protéger Anjali, c'est de la laisser en dehors de tout ça.

— Elle est déjà impliquée.

Son camarade lui adressa un regard dur.

— Oui. Et elle s'implique de plus en plus.

Chase détourna le les yeux, tout comme Hailey et Tim. Jenna toucha le bras de Connor pour le calmer. Un silence gênant s'installa et Dell lutta contre la rage bouillonnante en lui. De quel droit Connor suggérait-il qu'il ne devait pas entamer de relation avec Anjali ?

Il se disait pourtant la même chose depuis le début. Le problème, c'était que ça ne fonctionnait pas.

Bien sûr que non, dit sèchement son lion. *C'est le destin.*

Apparemment, Connor ne voyait pas les choses sous cet angle, cependant il eut l'amabilité de tourner autour du pot.

— Plus Anjali s'attache, plus il est probable qu'elle nous rende visite. Quinn est une métamorphe. Que se passera-t-il ensuite ?

Il laissa le silence souligner son argument, puis poursuivit :

— Et il n'y a pas que ça. Combien de cœurs est-ce que tu vas briser, mec ?

Dell lui jeta un regard noir. Connor pensait-il qu'il ne faisait que s'amuser avec Anjali ?

— Élever ce bébé va te pomper toute ton énergie, si tu es sérieux, poursuivit Connor.

— Bien sûr que je suis sérieux, grogna Dell. Je peux le faire. Je le sais.

Ses épaules se raidirent et sa mâchoire se contracta. Il pouvait le faire, putain ! Il le devait.

— « *Je peux le faire* », ce n'est pas un plan, fit remarquer Cynthia. Qu'est-ce que tu vas faire, exactement ? Comment ?

Dell la fusilla du regard. Merde, était-elle obligée d'être aussi autoritaire ? Pourtant, au fond de lui, il savait qu'elle avait raison. Les détails avaient de l'importance.

— Écoute, reprit Cynthia d'un ton plus calme, j'ai trouvé un gentil couple de métamorphes qui veulent bien offrir un bon foyer à Quinn.

Dell se sentit malade tandis qu'elle décrivait le couple de dragons parfaits.

— Qu'est-ce qu'ils savent des lions ? protesta-t-il.

— Et toi, qu'est-ce que tu sais des petites filles ? répliqua-t-elle.

Dell regarda autour de lui à la recherche de soutien, mais tous les visages semblaient lui donner raison.

Elle continua à parler. Les hommes paraissaient tous aussi dévastés que Dell, cependant leur décision était prise. Ils hochaient la tête d'un air abattu, comme s'ils étaient d'accord avec tous les éléments du plan de la dragonne.

Eh bien, pas lui, putain !

— Alors, Dell peut aller à Chicago et s'occuper de la documentation nécessaire...

Connor semblait triste, mais déterminé.

— Je vais prendre contact avec la famille et leur avocat... ajouta Cynthia.

— Réserve le prochain vol...

Dell écoutait, incapable d'en croire ses oreilles. Incapable de parler tant il était furieux. Ses amis ne voulaient que son bien, mais ils avaient tort. Au fond de lui, il savait qu'ils avaient tort. Il pouvait s'occuper de Quinn.

Alors, fais quelque chose ! Maintenant ! rugit son lion.

— Ensuite, quand il reviendra, il pourra céder le bébé au couple...

Il n'avait jamais eu autant envie de couper la parole à ses amis par un grognement furieux. Ou bien se lever et partir. Il pourrait griffer quelques arbres pour apaiser sa frustration, puis prendre Anjali et Quinn et s'enfuir. Hors de question qu'il cède Quinn à qui que ce soit.

Mais une idée pareille était folle et impulsive, typique de lui, et il le savait. S'il voulait garder Quinn et avoir une chance avec Anjali, il devait ralentir et réfléchir.

Comme Quentin, soupira son lion, saisissant enfin l'ampleur du problème.

Il hocha lentement la tête, écoutant à peine les autres. Il commençait à établir son propre plan.

— Alors, nous sommes d'accord, conclut Connor. Dell, tu as compris le plan ?

Ce dernier regarda dans le vide, hochant imperceptiblement la tête. Oh oui, il avait bien un plan. Du moins, le début d'un plan. La question était de savoir s'il était assez fort pour le mettre en œuvre.

Chapitre 11

Anjali se tenait sous le porche de la maison de la plantation, admirant la vue, avec Quinn tout contre son cœur. Elle soupira légèrement. C'était sa dernière matinée à Kaokea. Sa semaine à Maui était terminée, et il était temps de rentrer chez elle.

Elle ferma les yeux, humant l'odeur de talc du bébé. Au moins, elle n'était pas encore obligée de lui dire au revoir ainsi qu'à Dell. Ils allaient la suivre à Chicago, où il signerait les papiers d'adoption. Anjali n'avait pas encore à leur dire adieu, seulement à l'île.

Heureusement, car elle allait pleurer comme un crocodile quand ce moment arriverait. Quinn n'était pas sa fille, cependant Anjali avait commencé à ressentir un lien difficile à expliquer. Quelque chose qui allait bien au-delà d'une simple relation, comme les sentiments d'une véritable mère de substitution. Quant à ses sentiments pour Dell…

Elle prit une grande inspiration. Pas une nuit ne s'écoulait sans qu'elle rêve de le toucher. Pas un jour sans que son cœur brûle d'envie et de désir. C'était étrange de ressentir une connexion aussi forte avec lui.

Mais Dell avait changé, ces deux derniers jours, après sa réunion avec les autres. L'intérêt évident dans ses yeux était désormais supplanté par quelque chose qui ressemblait davantage à la détermination et à la discipline d'un soldat. Un homme avec un plan qu'il refusait de révéler. Un homme qui semblait avoir décidé qu'il ne pouvait avoir qu'une chose : Quinn.

Anjali baissa la tête. Si seulement ils s'étaient rencontrés à un autre moment, dans d'autres circonstances.

Elle se reprit. Seule une situation extrême comme celle-là aurait pu les réunir tous les deux et faire d'eux... plus que des amis. Les blagueurs et séducteurs ne l'avaient jamais intéressée, tout comme la femme guindée qu'elle était n'aurait jamais intéressé Dell. Et pourtant, au cours des derniers jours, Anjali avait de temps à autre senti une force l'attirer vers lui. Chaque fois que leurs corps s'effleuraient, son sang bouillonnait. Chaque fois qu'il souriait, elle avait envie de goûter ses lèvres.

Pourtant, ils n'étaient pas destinés à être ensemble.

Elle s'obligea à voir le bon côté des choses. Peu importait les circonstances, Dell était Dell, et il la faisait encore rire une dizaine de fois par jour. Son sourire était tout aussi radieux, ses pas tout aussi vifs. Pourtant il y avait un certain sérieux derrière tout cela qui la poussait à se demander ce qui avait changé chez lui.

— Tu as de la chance, murmura-t-elle à Quinn, laissant son regard se détourner des collines vertes de la plantation pour se tourner vers l'océan scintillant. Tu vas pouvoir grandir dans ce bel endroit. Avec des gens gentils.

Anjali déglutit pour ravaler le nœud dans sa gorge. Peut-être pourrait-elle lui rendre visite, de temps en temps. Voir si Quinn allait bien, dire bonjour à Dell. Elle pourrait commencer à dépenser ses jours de congé au lieu de travailler comme un robot toute l'année.

Elle regarda tristement autour d'elle. Ce ne serait pas la même chose, et elle le savait. Peu à peu, elle retourna sous le porche et rejoignit l'avant de la maison.

— Juste quelques jours, disait Dell à Joey.

Ils étaient tous les deux assis côte à côte, en bas des escaliers, jetant des galets sur le chemin. Anjali sourit. Dell avait beau être de plus en plus préoccupé par les changements que Quinn apporterait à sa vie, il passait un temps précieux avec Joey. Les autres levaient les yeux au ciel et plaisantaient en disant qu'il était un enfant dans l'âme et que jouer était facile pour lui. Mais Anjali savait que ce n'était pas le cas. Cela demandait du temps et des efforts, surtout pour trouver des activités intéressantes pour Joey *et* pour Quinn. Ils avaient joué à cache-cache avec elle attachée au porte-bébé, gazouillant et gloussant de joie. Quand ils s'amusaient dans le bac à sable, Dell la posait sur ses pieds et la laissait donner des coups de pied pendant que Joey creusait avec une pelle. Ils avaient même fait des cookies un jour, et Dell avait montré au garçon comment utiliser un emporte-pièce tandis que Quinn suçait le bord d'un autre.

— C'est du plastique. Ce n'est pas toxique. J'ai vérifié, s'était-il empressé d'expliquer quand Anjali les avait retrouvés dans la cuisine ce jour-là.

Elle s'appuya contre la rambarde du porche, les observant dans la lumière du matin.

— Hé, j'ai quelque chose pour toi.

Dell donna un paquet à Joey.

— Des livres de coloriage ! s'exclama de joie le petit.

— Avec des crayons. Des couleurs brillantes et tout, dit-il avant de désigner le premier. Celui-là est rempli de dragons.

Joey le feuilleta et s'arrêta sur une page pour rire.

— Ils ont mal fait les oreilles.

Anjali émit un petit rire. Joey avait une sacrée imagination. Les dragons n'étaient même pas réels. Comment savoir à quoi ressemblaient leurs oreilles ?

— Oui, eh bien, tu peux les dessiner, répondit Dell en passant au livre suivant. Ici, tu as les félins. Des tigres. Des guépards.

— Des lions ! cria-t-il quand ils tournèrent la page.

Dell afficha un grand sourire.

— Oui. Avec les bonnes oreilles, cette fois. Mais rends-moi service : donne-lui l'air un peu plus noble qu'avec ce papillon sur le museau.

Anjali rit et Dell se retourna pour lui sourire. Soudain une ombre vacilla dans ses yeux et elle se demanda ce qui n'allait pas. Une fraction de seconde plus tard, Dell ferma le livre et le tendit à Joey.

— Bref, tu vas pouvoir faire beaucoup de coloriage en mon absence. Et j'ai fait promettre à Tim qu'il te porterait sur son dos.

Joey regarda autour de lui avant de murmurer :

— Il ne le fait pas aussi bien que toi.

Dell émit un petit rire.

— Bien sûr que non. Personne ne le fait aussi bien que moi. Mais comme je l'ai dit, ce n'est que pour quelques jours.

Il se leva et posa Joey sur la marche la plus haute pour qu'ils puissent être face à face.

— Maintenant, promets-moi que tu vas garder cet endroit sur les rails jusqu'à mon retour.

Joey hocha la tête solennellement.

— Je te le promets.

— Promets-moi que tu vas prendre soin de ta maman et que tu ne vas pas faire tout ce qu'elle dit.

— Pardon ? marmonna Cynthia en sortant de la maison.

Son fils gloussa et Dell sourit.

— Je disais donc : écoute bien tout ce que ta mère te dit.

Il adressa un clin d'œil à Joey et leva le regard vers Cynthia.

— Tu crois que tu peux survivre quelques jours sans moi, Cynth ?

— Cynthia, soupira-t-elle, le corrigeant pour la centième fois. Je crois que je trouverai un moyen.

Sa voix était lasse, toutefois Anjali perçut une trace de sourire dans ses yeux. Cynthia adopta alors un air strict et s'éclaircit la voix.

— Je crois que vous devriez y aller. Ce serait dommage que vous ratiez votre avion, monsieur O'Roarke.

Anjali resta en retrait tandis que Dell saluait tout le monde. Ses amis apparurent les uns après les autres, avec un peu trop de désinvolture, et le cœur d'Anjali gonfla. Dell et ses camarades de l'armée avaient beau prétendre être bourrus et robustes et vouloir tout contrôler, elle voyait l'affection dans leurs yeux. C'était une véritable fraternité au sein de laquelle le départ d'un membre touchait tout le monde, même si personne ne l'admettait à voix haute. Jenna et Hailey observèrent la scène, aussi amusées qu'Anjali quand Connor et les autres tapèrent dans le dos de Dell et caressèrent la joue de Quinn.

— À bientôt, lança ce dernier d'un ton faussement enjoué.

— Mais pas trop tôt, plaisanta Tim, même si son regard disait le contraire.

Même Connor, le plus solide du groupe, parla d'une voix éraillée, balbutiant quelques banalités. Ils remercièrent sincèrement Anjali, aidèrent Dell à installer Quinn dans la voiture et lui firent signe de la main pendant une longue minute avant de disparaître de leur champ de vision. Même à ce moment-là, Dell jeta un coup d'œil en arrière.

Le trajet jusqu'à l'aéroport fut calme et introspectif. Anjali s'imprégna du paysage, essayant de mémoriser l'odeur de Maui. En peu de temps, elle avait commencé à apprécier cet endroit. Bien entendu, l'île était splendide, mais au début, la plantation avait semblé un peu trop calme pour une fille de la ville, un peu trop pittoresque. Or maintenant qu'elle y avait passé quelques jours...

Le grand air. Les couleurs chatoyantes et tropicales. Les températures douces. Ce qui avait semblé trop beau pour être vrai était devenu une réalité. Peut-être que le mode de vie de Maui n'avait pas à se limiter à de courts séjours de vacances ou à des rêves. Dell et les autres parvenaient à vivre ainsi tous les jours, alors pourquoi pas elle ?

— Faites bon voyage ! cria Tim en s'éloignant du trottoir de l'aéroport.

Anjali fixa la voiture du regard. Et si elle ne voulait pas partir ?

— Allons-y.

Dell tapota Quinn d'un air pensif, comme s'il venait seulement de réaliser ce qui les attendait de l'autre côté de ce vol : Chicago et les documents qui officialiseraient son lien avec elle.

— Allons-y, répéta Anjali, essayant de ne pas paraître trop morose.

Dell avait beau être fort, il avait besoin qu'elle soit solide à présent. Elle le sentait dans la façon dont il triturait les billets et dont il s'occupait de Quinn. À un moment, il s'arrêta même pour regarder un miroir mural devant lequel ils étaient passés.

— Qu'est-ce qu'il y a ? fit Anjali.

Il prit une profonde inspiration et hocha la tête avant de continuer à marcher.

— Je crois que je me sens comme un véritable adulte. Je ne suis pas sûr que ça m'aille très bien.

Il avait dit cette dernière partie d'une voix légère, et sur le ton de la plaisanterie, néanmoins Anjali perçut l'inquiétude sous-jacente. Elle lui prit la main et la lui serra.

— Tu t'en sors très bien. Tout ira bien.

— Oui, super.

Le regard de Dell glissa vers elle. Ses lèvres bougèrent et elle se raidit, espérant entendre quelque chose comme : « Anjali, s'il te plaît, reste ». Mais ensuite, une valise tomba dans un bruit sourd et il bondit en position protectrice, retrouvant ses réflexes de soldat. Un instant plus tard, il se détendit, mais le moment était passé.

L'enregistrement se fit sans problème, tout comme le contrôle de sécurité. Une fois qu'ils furent arrivés à leur porte, les gens ne cessèrent de s'extasier devant eux. Enfin, devant Dell et Quinn surtout, car qu'y avait-il de plus adorable qu'un jeune papa cajolant son enfant ?

— Votre fille est mignonne, dit une femme âgée en chatouillant le bras de Quinn.

La bouche de Dell s'ouvrit et se referma. Anjali était certaine qu'il voulait qu'il n'était pas le père, pourtant il n'en fit rien.

— Quel âge a-t-elle ? demanda une autre femme.

— Treize semaines.

Dell avait l'air d'un père épanoui. Il retourna Quinn pour la montrer à ses admiratrices et afficha un grand sourire.

Les femmes d'un certain âge soupirèrent pendant que les plus jeunes salivaient presque. Anjali ne savait pas si elles parlaient de Dell ou de Quinn quand elles s'extasiaient avec leurs « *Trop* chou ! ». Elle se surprit à toucher l'épaule de Dell et à s'occuper de Quinn. En d'autres termes : elle marquait son territoire.

C'était dingue, car mis à part quelques malencontreux baisers, il n'y avait rien entre eux. Ils avaient beau ressembler à une parfaite petite famille aux yeux du monde, dans la vie réelle...

Anjali fronça les sourcils en touchant distraitement la fausse perle de son collier. C'était son problème : elle n'arrêtait pas d'oublier la réalité. Son regard croisait celui de Dell trop souvent, et leurs sourires duraient un peu trop longtemps. Leurs mains ne cessaient de se toucher, et quand elle vérifiait par-dessus son épaule si Quinn allait bien, son corps se pressait contre le sien. Pendant le vol, ils eurent deux sièges situés de part et d'autre d'un troisième inoccupé, pourtant ils s'assirent près l'un de l'autre. Quand les lumières de la cabine baissèrent et que Quinn se détendit dans le couffin fixé à la cloison, Anjali se surprit à poser sa tête sur l'épaule de Dell. Il passa son bras autour d'elle et sourit.

— La fatigue nous rattrape, hein ? dit-il.

Elle hocha la tête, exténuée.

— Mais Quinn a été une vraie star. Nous avons de la chance.

— Nous avons de la chance, répéta Dell.

Leurs regards se croisèrent et le fantasme submergea Anjali, surgissant de nulle part. Dell et elle pourraient se débrouiller pour ne pas avoir à se séparer. Il pourrait rester à Chicago un moment.

Cette vague d'espoir était folle, cependant elle n'y accordait plus d'importance. Elle posa sa main sur la joue de Dell et l'attira plus près de la sienne.

— Nous pourrions peut-être avoir vraiment de la chance, murmura-t-elle, tellement fatiguée qu'elle n'arrivait plus à réfléchir.

— Peut-être, oui, dit Dell d'une voix grave tout en se penchant vers elle.

Vous devriez peut-être vous embrasser, insista une petite voix.

— Peut-être...

Elle essaya de rassembler le courage pour dire quelque chose comme : « Peut-être qu'on devrait se donner une chance. »

Mais les lèvres de Dell touchèrent les siennes, transformant ces mots en un baiser. Un long baiser rempli de tous les *peut-être* qu'aucun d'eux ne parvenait à dire à voix haute.

Ils s'écartèrent enfin pour prendre une brève inspiration, puis échangèrent un second baiser, renversant, qui s'infiltra dans les veines d'Anjali et s'immisça dans son cœur. Un troisième suivit, puis un autre. Les mains de Dell glissèrent sur ses bras et certains de leurs baisers furent plus profonds.

D'autres plus légers, d'autres encore plus tristes, poussant Anjali à vouloir le réconforter. Certains baisers, en revanche,
étaient avides, et quand Dell effleura la peau d'Anjali de sa
barbe, elle gloussa de plaisir.

— Si seulement on voyageait en première classe, murmura-
t-elle, plaisantant pourtant à moitié. Avec tout cet espace.

— Toute cette intimité.

Dell lui adressa un sourire coquin.

— Mais quand nous arriverons à Chicago...

Elle sourit. Bon Dieu, c'était dangereux de fantasmer à voix
haute. Sa main s'égara sur sa perle, qui était chaude, presque
comme si elle applaudissait ses délires sur le grand amour.

Elle la lâcha, moqueuse envers elle-même. Son imagination
allait vraiment trop loin.

— Que se passera-t-il quand on arrivera à Chicago ? le
taquina-t-elle, le voyant la déshabiller lentement et l'allonger
sur le lit.

— Eh bien, tout d'abord, je vais te préparer ce dîner que
je n'arrête pas de te promettre.

Elle sourit. Le groupe d'amis qui vivait à Koakea partageait
presque tous les repas, et tout ce que Dell cuisinait était délicieux. Il n'arrêtait pas de lui promettre un dîner indien qui
serait meilleur que ceux de sa propre mère. Néanmoins ce
n'était pas à cela qu'elle pensait à ce moment-là.

— Cuisiner, et quoi d'autre ? dit-elle, le provoquant ou-
vertement.

Il devint sérieux et passa un doigt sur sa joue.

— Tout ce que tu veux. Tout ce pour quoi tu es prête.
Mais, Anjali...

Elle grimaça. C'était amusant qu'elle soit la plus téméraire
des deux, et lui le plus responsable.

— Je ne suis pas sûr que ce soit une bonne idée.

— C'est une très mauvaise idée, admit-elle.

Leur dire au revoir la tuerait déjà. Pourquoi rendre les
choses plus difficiles encore ?

Leurs visages s'assombrirent et il baissa les yeux.

— Peut-être... commença Anjali.

Il les releva, plein d'espoir.

Ils se regardèrent une longue minute, se disant tant de choses sans prononcer un mot. Finalement, Dell lui toucha délicatement la joue et prit la parole.

— On devrait peut-être dormir un peu. Pendant que la patronne roupille, je veux dire, ajouta-t-il en désignant Quinn de la tête.

Anjali afficha un petit sourire qui s'étira quand il tapota sa propre épaule. Elle y posa la tête et ferma les yeux.

— Mais peut-être... murmura Dell.

Elle les rouvrit.

— Peut-être? dit-elle avec beaucoup trop d'espoir.

— Peut-être que plus tard, on trouvera une solution.

Ces mots seuls n'auraient peut-être pas aidé, mais ils furent accompagnés d'un baiser. Un long baiser qui aspira la tension et le chagrin qu'il y avait en elle, lui laissant un sentiment doux, mais ténu de paix intérieure. Elle ferma les yeux, convaincue de ne pas pouvoir s'endormir.

Mais elle y parvint, et Dell aussi. Le vol qu'elle avait tant appréhendé se transforma en une pause agréable plutôt qu'en corvée. Elle put passer tout ce temps-là blottie contre Dell et se délecter de tous les fantasmes qui défilaient dans sa tête. Quinn se réveilla, but et s'agita joyeusement sur les genoux de Dell. Les heures s'écoulèrent, et plutôt que de décompter les minutes, Anjali chérit chacune d'elles, se dérobant au nuage de tristesse qui essayait de l'engloutir de temps en temps. Et si elle ne pouvait plus jamais câliner un bébé? Son propre bébé, pas un neveu ou une nièce. Et si elle n'avait jamais la famille de ses rêves?

Plusieurs heures plus tard, elle regarda par le hublot avec appréhension.

— Chicago.

— Beaucoup de choses nous attendent, dit Dell. Comme ce dîner que je t'ai promis.

Il détourna son attention avec cette idée jusqu'à l'aéroport, puis dans le taxi. L'ascenseur monta à vitesse constante à son appartement du huitième étage, la rapprochant inexorablement de chez elle. S'était-elle absentée seulement une semaine? Était-elle vraiment de retour si tôt?

Elle tritura maladroitement la clé, à nouveau exténuée. Soulagée d'être chez elle, tout en appréhendant la fin imminente.

— Hé.

Dell couvrit sa main de la sienne, l'aidant à stabiliser la clé.

— Tout ira bien.

Elle hocha la tête avec raideur. Bien sûr. C'était vrai. Mais elle avait dit la même chose à Lourdes, et ça ne s'était pas bien passé.

Finalement, elle ouvrit la porte et alluma.

« Nous y voilà » faillit-elle lancer, cependant les mots restèrent coincés dans sa gorge quand ses yeux découvrirent le désordre dans l'entrée.

— Dis donc, tu as filé en vitesse, commenta Dell en regardant par-dessus son épaule.

Une veste était étalée par terre et des livres jonchaient le sol plus loin, ainsi qu'une chaussure et le courrier qu'elle n'avait pas trié avant de partir.

Anjali recula en tremblant.

— Non.

Dell poussa un juron en arrivant à la même conclusion qu'elle. Son appartement n'était pas désordonné. Il avait été retourné.

— Oh, non.

Sa voix chevrotait alors qu'elle regardait autour d'elle.

Quinn avait dû sentir son angoisse, car elle commença à pleurer. Les narines de Dell se dilatèrent et son visage devint sombre. Il avança, s'assurant que la voie était libre, puis sortit son téléphone et lui fit signe avec insistance.

— Vite. Prends ce dont tu as besoin. On ne peut pas rester là.

Sa voix rauque effraya Anjali autant que l'état de son appartement. Elle regarda autour d'elle, se demandant où ils pouvaient bien aller.

— Je peux appeler mes parents.

Il secoua fermement la tête.

— Il vaut mieux ne pas les impliquer. J'ai une idée.

Il se détourna et commença à murmurer dans son téléphone tout en observant l'extérieur par les fenêtres devant lesquelles les rideaux étaient tirés. Anjali regarda autour d'elle, encore sous le choc. Quelqu'un était entré chez elle par effraction. Qu'avaient-ils cherché ? Et pourquoi ?

Elle agrippa un sac, y fourra quelques vêtements ainsi qu'une carte de crédit de rechange. Sur un coup de tête, elle ajouta l'une des photos encadrées qui avaient été retournées sur la bibliothèque. Lourdes et elle enfants, assises dans une cabane perchée dans un arbre. Elle ne savait pas pourquoi elle semblait aussi importante. Elle regarda ensuite autour d'elle. De quoi d'autre avait-elle besoin ?

— Prête ? demanda Dell depuis l'encadrement de la porte.

Elle déglutit, jetant un dernier coup d'œil à l'appartement avant de le rejoindre.

— Où allons-nous ?

Il regarda dans le couloir avant d'ouvrir la marche.

— Dans un lieu sûr pour la nuit. Silas, le drag...

Il toussa et se reprit.

— Le propriétaire du domaine de Koa Point a une maison près d'ici. Nous pouvons dormir là-bas.

Quelques minutes plus tard, ils étaient sur le trottoir, où Anjali berçait délicatement Quinn en se disant que tout irait bien.

Mais rien ne semblait aller. Au lieu du rythme calme et du soleil de Maui, ils étaient sur le trottoir froid d'une rue sombre de la ville. Et plutôt que d'écouter le doux murmure de la brise marine, elle était entourée par des klaxons, des sirènes et le tumulte du métro.

Dell héla un taxi et aboya l'adresse au chauffeur quand ils entrèrent.

— North Astor ? dit l'homme avant de siffler. Sympa.

Anjali le fixa du regard, incrédule, en reconnaissant le quartier de Gold Coast. L'ami de Dell possédait une maison là-bas ? Cela dit, s'il était propriétaire d'un domaine à Maui, il n'y avait rien d'étonnant.

— Ce n'est pas chez moi. C'est chez un ami, dit Dell.

— Qui est-ce, déjà ? s'enquit-elle à voix basse, se demandant de quelle personne rencontrée à Maui il s'agissait.

— Silas. Un ami. Mon patron. Mon ancien commandant.

Dell agita une main. Apparemment, Silas était tout à la fois.

— Quoi qu'il en soit, nous serons en sécurité là-bas.

Anjali saisit sa main pendant que Quinn levait des yeux écarquillés et innocents vers elle. Le trajet dura une éternité, mais ils finirent par s'arrêter devant un manoir en pierre calcaire qui devait dater d'un siècle au moins. Le chauffeur ne fut pas le seul à siffler d'admiration. Anjali réagit de la même manière, surtout quand un maître d'hôtel dans son uniforme sortit et ouvrit la portière de la voiture.

Cet endroit était-il sûr ? Elle n'en doutait pas. Le maître d'hôtel était un homme plus âgé qu'eux, mais il était presque aussi grand et musclé que Dell. Le gardien qui se tenait silencieusement devant les escaliers avait un cou large comme un tronc d'arbre. Tous ces hommes dégageaient une puissance brute sous-jacente presque palpable, similaire à celle de Dell et de tous ceux de Koakea ; une puissance qu'on retrouvait chez de nombreux guerriers athlètes d'élite. À moins que ce soit encore autre chose, sans qu'elle sache vraiment quoi.

— On croirait rêver, murmura Anjali à Dell.

Il grimaça.

— Pourtant, c'est bien réel. Allez, entre.

Chapitre 12

À onze heures le lendemain matin, Anjali fixait du regard un écran d'ordinateur dans son bureau, s'efforçant de se concentrer. D'habitude, il était propre et rangé, mais ce jour-là, il était jonché de documents et de feuilles de calcul. Elle essaya de commencer par s'occuper de ses e-mails, cependant avec des centaines de messages et de pièces jointes en retard, tout finissait par se brouillait. Elle regarda autour d'elle, regrettant de ne pas pouvoir remplacer le son des téléphones par celui des oiseaux. Ses yeux se tournèrent vers la droite. Au lieu de donner sur un ciel bleu vif, la vue depuis le quinzième étage où se trouvait son bureau se composait principalement d'autres bureaux au même niveau dans les immeubles alentour. Tous ces box. Tous ces gens. Toute cette agitation. Pour quoi faire ?

Une tempête se préparait. Elle vit des boucles nuageuses sombres s'amonceler autour de chaque gratte-ciel, comme si elles cherchaient quelque chose. Elle croisa les doigts pour Dell et Quinn, qui étaient sortis. Avec un peu de chance, ils ne seraient pas trempés quand l'orage éclaterait. Le vent sifflait déjà entre les bâtiments et le seul oiseau qui volait à l'extérieur agitait presque les ailes sur place.

Quand Anjali se força à détourner le regard, ses yeux se posèrent sur la photo d'enfance de Lourdes et elle dans la cabane. Elle s'immobilisa, puis marmonna entre ses dents.

— Lis tes e-mails, bon sang.

Elle attribua sa mauvaise humeur au manque de sommeil. Même avec Dell auprès d'elle, elle avait été envahie par les cauchemars pendant les quelques heures où elle avait pu fermer les yeux. Quinn avait senti qu'elle était angoissée et se faisait du mauvais, et le bébé avait été agité toute la nuit. Qui avait pu entrer par effraction dans son appartement ? Qu'est-ce que le coupable avait cherché ?

Sans Dell, elle ignorait ce qu'elle aurait fait. Pourtant même lui n'avait pas pu l'empêcher d'imaginer de terribles scénarios quand ils s'étaient installés chez Silas après avoir commandé à emporter.

— Je te jure que je te préparerai ce dîner un de ces jours, avait-il soupiré quand ils avaient mangé à même les boîtes les plats indiens.

Elle lui avait serré la main. La cuisine était bien le cadet de ses soucis, néanmoins la passion avec laquelle il lui avait fait cette promesse lui allait droit au cœur.

Alors, oui. La nuit avait été terrible et la matinée plutôt mouvementée. Ils s'étaient dépêchés de se préparer et d'habiller Quinn. Dell n'était pas ravi qu'Anjali aille travailler, cependant elle avait insisté et il l'avait accompagnée.

Pour le coup, les têtes avaient tourné. Un homme splendide et un bambin adorable qui venaient au bureau avec cette bonne vieille Anjali Jain ? Ce qui était encore plus intriguant, c'était qu'il ressemblait à un soldat d'élite, mais qu'il portait un bébé sur son torse. Un bébé blond qui ne pouvait pas être d'elle. Anjali imaginait déjà les murmures devant la fontaine à eau. Et pas seulement au sujet de la personne avec qui elle était venue, mais aussi à propos de la manière dont Dell l'avait quittée.

Sa respiration se bloqua quand elle y pensa. Il avait saisi ses bras, il avait fait glisser ses mains jusqu'à ses joues et il avait tenu son visage.

— Sois prudente, avait-il dit d'une voix éraillée. Appelle-moi si tu as besoin de quoi que ce soit. Et, Anjali...

Il avait marqué une pause, cherchant son regard.

Je t'aime.

Les mots étaient apparus dans l'esprit d'Anjali. Ses lèvres n'avaient pas bougé et elle aurait juré que la voix grave et rauque de Dell avait parlé dans sa tête.

Je t'aime.

Je t'aime aussi, avait-elle failli répondre.

Mais Dell n'avait pas parlé, il devait donc s'agir de son imagination, pas vrai ?

Elle rougit. Une chose était sûre : elle n'avait pas rêvé le baiser qu'il lui avait donné. Profond et ferme. Il avait complètement couvert, ou plutôt consumé ses lèvres. Sa voix avait été rauque quand il avait repris la parole.

— Sois prudente. Je suis sérieux. Appelle-moi si tu as le moindre problème et je viendrai.

Elle l'avait fixé du regard. Il s'agissait d'un Dell différent. Le flemmard nonchalant de la plage et la drague avaient disparu. Cet homme était un chevalier en armure étincelante, absolument dévoué à sa cause.

Alors, non. Elle ne pouvait pas en vouloir à ses collègues de murmurer à propos de ce dont ils avaient été témoins à travers les murs en verre de son bureau. Comment donc était-elle censée se concentrer après cela? Son cœur palpita en se souvenant de ce moment et ses doigts tressaillirent, souhaitant qu'il soit là à nouveau.

Elle se frotta le visage, essayant de se reprendre. Dell était parti au bureau des services de protection de l'enfance pour assumer la garde intégrale de Quinn. En réalité, tout se déroulait selon le plan.

Mais son appartement avait été saccagé. Son amie d'enfance était morte brutalement. Sa propre vie avait été mise sens dessus dessous. À l'extérieur, la tempête s'intensifiait. Des nuages noirs se déplaçaient comme une armée se mettant en marche.

Elle frémit et détourna le regard.

Remets-toi au travail.

Elle s'était déjà absentée une semaine et si elle ne passait pas à la vitesse supérieure rapidement, elle ne pourrait jamais obtenir cette promotion dont elle rêvait.

Elle fronça les sourcils en voyant son reflet à peine visible dans l'écran de son ordinateur. Adieu, la promotion dont elle avait rêvé auparavant. À présent, ses songes étaient remplis de sourires de bébés. De cieux ensoleillés. De la voix d'un homme avec lequel elle ne devrait pas entamer une relation. L'homme qui l'avait serrée contre lui toute la nuit et qui l'avait embrassée jusqu'à en perdre la raison quand il était parti quelques heures plus tôt.

Elle regarda son téléphone. Il y avait beaucoup de messages, mais aucun de Dell.

Crystal, son assistante, frappa à la porte avant d'entrer, les bras chargés de dossiers et une tasse de café à la main.

— Tiens. On dirait que tu en as besoin.

Anjali dissimula le froncement de ses sourcils. Avant, elle n'avait jamais montré ses émotions. Qu'est-ce qui avait changé ?

— Merci. Pour tout, dit-elle.

Crystal ouvrit alors la bouche et Anjali secoua immédiatement la tête.

— Quoi que tu fasses, ne pose pas de questions.

Crystal afficha un grand sourire et se pencha vers elle.

— Même pas pour savoir si ses baisers sont aussi torrides que lui ?

Anjali sourit avant de pouvoir s'en empêcher.

— Même pas ça. Bon, qu'est-ce que tu as pour moi ?

Crystal poussa un soupir mélodramatique et laissa tomber les documents sur le bureau d'Anjali.

— Tu as une réunion d'équipe dans une heure et une réunion avec Hugh à quinze heures. Voilà les rapports.

Elle attendit une seconde avant de se pencher pour murmurer :

— J'ai cru que tu serais soulagée de te débarrasser de ce bébé. Mais en voyant qu'il vient avec son papa...

Anjali adressa un regard perçant à Crystal.

— Je n'ai jamais voulu me débarrasser du bébé.

La bouche de Crystal s'étira en un sourire.

— Ce n'est pas l'impression que tu donnais.

Anjali faillit protester, avant de se souvenir. Elle n'avait peut-être pas utilisé exactement ces mots-là quand elle s'était confiée à Crystal deux semaines plus tôt, mais c'était tout comme.

Deux semaines, et tant de choses avaient changé. Comme la mélancolie qui s'était installée dans sa poitrine quand elle avait regardé Dell repartir avec Quinn.

— Crystal, grogna-t-elle, prévenant son assistante de ne pas insister.

Cette dernière se retourna pour partir, puis s'arrêta.

— J'ai presque oublié. *Elle* est là aujourd'hui, ne sois pas surprise.

Pendant un instant, Anjali ne sut pas de qui elle parlait, puis elle saisit.

— Merde. La nouvelle actionnaire ?

Crystal hocha la tête d'un air grave.

— La *principale* actionnaire. En personne. Et, bon sang. Si une personne pouvait cracher du feu, je parie qu'elle le ferait. Mme LeGrange est à l'étage en ce moment même.

Crystal jeta un œil vers les bureaux de la direction.

— Elle terrorise déjà tout le monde.

Anjali sirota son café et s'étrangla presque à cause du goût amer. Elle dissimula sa grimace et l'avala. Waouh. Maui l'avait gâtée de bien des manières.

— Je l'ai vue passer et je jurerais qu'elle a le sourire d'une vipère, confia son assistante. Même si elle a promis de ne pas apporter de changements importants, je n'en crois pas un mot.

Le téléphone sonna sur le bureau de Crystal et elle se hâta de sortir, au grand soulagement d'Anjali. Les rumeurs à propos d'une nouvelle actionnaire principale avaient circulé pendant un mois, cependant elle n'avait pas le temps de s'appesantir dessus. Elle devait se mettre au travail, et vite.

Avec un dernier regard envieux en direction des quelques morceaux de ciel entre les bâtiments voisins, elle se retroussa les manches. Bon sang, ce qu'elle ne donnerait pas pour respirer l'air frais et revigorant de Maui. Il lui fallut cinq bonnes minutes de débat interne, mais elle prit enfin le rythme. À tel point qu'elle manqua presque la réunion d'équipe et finit par se précipiter à son rendez-vous avec le chef du département à quinze heures. Les deux réunions lui filèrent le tournis. En une semaine, tant de choses s'étaient passées, et pourtant, d'une certaine manière, rien n'était arrivé. Le même cycle se répétait, encore et encore. Alors qu'un projet sortait des rails de la planification, un autre était presque terminé. Ils étaient tous différents, mais désespérément similaires.

Pendant ce temps-là, au cours de la semaine précédente, Quinn avait commencé à dormir davantage. À s'asseoir plus droit. À essayer de se retourner. Des changements monumentaux, en réalité. Le genre à ne pas rater, car ils n'arriveraient plus jamais.

Anjali soupira et se remit au travail. Se remettre sur les rails devint son mantra et il y avait tant à faire. Elle s'efforça de siroter le café sans goût et de travailler une heure de plus. Puis une autre, et encore une autre, et...

La porte de son bureau s'ouvrit brusquement pour la troisième fois en une heure.

— Quoi encore ? demanda-t-elle sans lever les yeux.

Une sensation sombre et menaçante la frappa dans l'estomac. Les poils de sa nuque se hérissèrent. Ses doigts se raidirent avant même qu'elle ne lève les yeux.

— Oh, rien, ronronna presque la femme à la porte.

C'était le ronronnement d'un chat qui se dressait au-dessus d'une souris, prêt à s'amuser.

Anjali écarquilla les yeux en détaillant l'inconnue devant la porte. Une robe en soie rouge. Des cheveux d'un noir de jais. Des yeux perçants.

Crystal se tenait derrière, articulant silencieusement : « Attention. C'est elle ».

— Désolée.

Anjali se leva d'un bond.

— Dure journée. C'est un plaisir de vous rencontrer.

Elle tendit la main.

— Anjali Jain, directrice du département des régions du nord et du centre.

Les yeux de la femme étincelèrent. Était-elle impressionnée par le sang-froid d'Anjali ? Amusée de l'avoir prise au dépourvu ?

Anjali se prépara pour l'une de ces poignes trop fermes provenant d'une femme qui faisait ses preuves dans un monde dominé par les hommes, cependant elle remarqua surtout combien sa peau était froide. Presque reptilienne.

— Moira LeGrange.

Elle soutint son regard.

— Je suis là pour me familiariser avec votre département. J'espère que ça ne vous dérange pas.

Ses mots contenaient un défi, comme si elle souhaitait vraiment que quelqu'un se dresse contre elle pour une fois. Et si cela arrivait... Des têtes tomberaient sûrement.

— Bien sûr que non.

Anjali désigna une chaise.

— Tout ce que vous voudrez.

Moira ferma la porte dans un clic puis se dirigea vers le bureau d'Anjali, envahissant son espace personnel. Elle balaya du regard les documents tout en faisant glisser ses doigts sur le bord d'un meuble de rangement puis d'un autre, prête à ouvrir tout ce qu'elle désirait.

Anjali se hérissa. Merde, c'était son bureau. Pour qui cette femme se prenait-elle ?

Elle ravala son indignation. *Cette* femme était Moira LeGrange et elle possédait 32% de Gleason Associates. Alors, théoriquement, elle pouvait fouiller dans ces tiroirs et ces dossiers comme elle l'entendait.

Pourtant, Anjali n'aimait pas ça. Pas du tout.

— Est-ce que je peux vous aider, madame LeGrange ? demanda-t-elle en prenant soin de rester professionnelle et non agacée.

Moira se retourna et les mots de Crystal résonnèrent dans la tête d'Anjali. *Un sourire de vipère.* Oui, ça lui allait bien.

La femme s'appuya sur le bureau, posant ses fesses sur les documents qui se trouvaient au bord. Anjali en prit note mentalement. Cette Moira avait beau se donner du mal pour suinter la richesse et la noblesse, elle avait des origines modestes. Ce qui la rendait deux fois plus dangereuse, car cela signifiait qu'elle s'était frayé un chemin jusqu'à ses millions. Non, ses milliards. Et son regard était celui d'une chasseresse qui n'était pas du tout lassée de son sport.

— Parlez-moi du dossier Cumberland.

Elle sourit sans la moindre trace d'humour ou de chaleur.

Anjali sourcilla. Le dossier Cumberland était important et le projet avait beaucoup avancé en son absence. Elle n'avait pu que le suivre depuis Maui. Est-ce que Moira la mettait à l'épreuve ?

À l'école, Anjali n'avait jamais été le genre d'élève à s'asseoir au fond de la classe pour faire des bêtises, le genre d'élève que le professeur essayait de prendre au dépourvu. Mais à présent, pour la première fois, elle savait ce que ces enfants ressentaient.

Dieu merci, elle avait commencé la journée en se concentrant justement sur ce dossier.

— Bien entendu. Que voulez-vous savoir ?

Les yeux de Moira luisaient de mécontentement.

— Où il en est. Ce que vous faites pour vous assurer que ce soit une réussite.

Anjali commença à lui donner des chiffres, à sortir des tableaux, à montrer ses connaissances comme jamais depuis qu'elle avait défendu son mémoire à l'université. Pendant ce temps, Moira se pencha suffisamment pour qu'elle sente la chaleur de sa respiration sur sa nuque.

« Putain, si on pouvait cracher du feu, je parie qu'elle le ferait. » Anjali avait cru que Crystal exagérait, pourtant ce n'était peut-être pas le cas.

Quand Anjali s'écarta de son bureau, essayant à nouveau d'avoir un peu d'espace, Moira fit le tour de la pièce, touchant les photographies et les souvenirs qui décoraient subtilement l'espace. D'une certaine manière, Anjali avait l'impression qu'elle s'immisçait dans son intimité. Son estomac se retourna quand Moira s'arrêta pour examiner la photographie de deux filles dans une cabane dans un arbre. Elle lui tournait le dos, donc Anjali ne pouvait pas lire l'expression de son visage, malgré tout elle était sûre que ses épaules s'étaient raidies.

Anjali continua néanmoins à lui donner ses explications d'une voix ferme. Lorsqu'elle eut terminé, Moira se retourna et fit une déclaration sortie de nulle part.

— D'après ce que j'ai compris, vous venez de rentrer de vacances.

Anjali sourcilla sous l'effet de la surprise. Comment une nouvelle actionnaire pouvait-elle le savoir ? Elle redressa toutefois ses épaules et regarda Moira dans les yeux. En tant qu'employée, elle avait des droits et elle le savait.

Le problème, c'était que la regarder directement dans les yeux était douloureux. Ils étaient durs et scintillants ; tournoyant presque, par moments.

— Un problème de famille, répondit Anjali en s'intimant de garder son calme. J'ai pris des jours de congés approuvés.

Alors voilà, voulait-elle ajouter.

Moira haussa un sourcil parfaitement épilé et souligné au crayon.

— Haha. Un congé approuvé... à Hawaï ?

Anjali agrippa son stylo suffisamment fort pour le briser. Bon sang, qui lui avait parlé d'Hawaï ?

— Mon problème n'impliquait pas de traîner autour de la piscine, si c'est ce que vous insinuez.

Moira sourit, dévoilant des dents légèrement pointues.

— Je n'insinue rien.

Anjali faillit lâcher : « Ah non ? Bien. Alors, sortez de mon bureau et laissez-moi travailler, sale garce. »

À l'extérieur, le reste de l'étage était silencieux et immobile. Les quelques personnes qui se déplaçaient, d'habitude très affairées, passaient en vitesse, évitant leurs regards. Même Crystal n'osait pas jeter un coup d'œil pour voir ce qui se tramait.

— Je peux faire autre chose pour vous ? demanda-t-elle en essayant de pousser Moira à partir.

Les yeux agités de cette dernière balayèrent à nouveau la pièce et s'arrêtèrent sur la photo d'enfance d'Anjali et Lourdes. Elle saisit le cadre et l'examina avec un sourire cruel.

Anjali se raidit et serra les poings. On ne pouvait pas laisser la pauvre Lourdes en paix ?

— Oh, le bon vieux temps, commenta Moira. L'innocence.

Elle soupira et reposa le cadre à quelques centimètres de là où elle l'avait pris.

Anjali résista à l'envie de le remettre à sa place en criant : « Sortez ! »

Pourtant Moira continua son exploration. Elle déplaça des documents et les désordonna. Un stylo par ici, une feuille par là. Anjali repensa à son appartement saccagé et se surprit à jeter un regard noir au dos de Moira. Mais non. C'était ridicule. Moira LeGrange ne se salirait pas les mains avec ce genre de comportement sournois.

— Alors, dites-moi... continua la femme en se retournant vers elle.

Mais quand ses yeux se dirigèrent vers le mur en verre derrière celle-ci, ils s'immobilisèrent presque. Au début, Moira donnait l'impression d'avoir vu un fantôme. Soudain, la lumière se refléta dans ses iris et ses yeux semblèrent briller. Elle afficha un sourire mielleux et son regard devint celui d'une prédatrice. Pendant un instant, Anjali fut soulagée que son attention soit dirigée ailleurs, mais ensuite, elle comprit ce qui l'intéressait et blêmit.

Dell était devant son bureau, paralysé sur place. Il tenait Quinn dans le siège et il avait une liasse de documents dans la main. Les papiers de l'adoption ? Anjali aurait dû être folle de joie, pourtant elle se sentit juste nauséeuse. Même Dell semblait pris par surprise. Un tic apparut dans sa joue droite, là où il aurait dû y avoir une fossette.

Sous l'effet d'un instinct qu'Anjali ne pouvait pas expliquer, elle fit un pas de côté pour bloquer la vue de Moira.

Mais il était trop tard. La femme se lécha presque les lèvres et la dépassa en murmurant :

— Merci, madame Jain. Ce sera tout.

L'air se comprima lorsque Moira passa à côté d'elle, comme les nuages de l'orage à l'extérieur. L'atmosphère autour d'Anjali palpita et les poils de ses bras se hérissèrent. Bon sang, qui était cette femme ? Et que voulait-elle à Dell ?

Chapitre 13

— Vous devez être monsieur O'Roarke, ronronna Moira.

Dell l'entendit à peine par-dessus le rugissement dans ses oreilles. Le sang coulait à toute vitesse dans ses veines et chacun de ses muscles se tendit. Ses crocs commencèrent à sortir de ses gencives tandis que son lion essayait de se libérer.

Tue-la. Mets-la en pièces. Maintenant, tant que tu le peux, cria son lion.

Il était tenté de le faire. Terriblement. Mais Quinn était là...

Une toute nouvelle émotion se forma dans ses entrailles, se joignant au dégoût et à la colère qui bouillonnaient déjà en lui. La peur, une peur désespérée qui ne ressemblait à rien de ce qu'il connaissait. Pas pour lui, mais pour Quinn et Anjali.

Qu'est-ce que Moira fichait ici ?

Il passa Quinn à Anjali et cria quatre mots dans son esprit. *Prends-la et fuis !*

Il agrippa ensuite Moira par le bras, le pinçant fortement, et traversa le couloir jusqu'à une salle de conférence vide, où il la poussa contre le mur. Le mur avant de la pièce était vitré, ce qui signifiait qu'il ne pouvait pas prendre sa forme de lion et lui arracher la gorge. Dommage.

Il claqua la porte et avança vers elle d'un pas vengeur. Moira LeGrange, la dragonne. L'ennemie mortelle des métamorphes de Koa Point. Une garce sournoise et meurtrière qui ne s'arrêterait devant rien dans sa quête de pouvoir.

Devant rien, lui lancèrent les yeux de Moira.

Pas un petit bébé. Pas une seule couche de convenance ou de fierté. Pas une humaine innocente qui s'avérait impliquée dans cette affaire.

Anjali ! cria son lion.

— Moira, grogna Dell, s'assurant d'exprimer son dégoût.

Elle toucha son propre bras, là où il avait dû lui laisser un hématome, souriant comme si cela lui plaisait. Bon sang, quelle malade.

Vraiment malade, répondit son lion.

Et vraiment inquiétante, car son partenaire et elle avaient été vaincus par Silas et Cassandra, deux dragons de Koa Point. Drax avait été tué. Moira s'était échappée, cependant elle avait été privée de son pouvoir et ostracisée par tous les clans de dragons honnêtes.

On dirait qu'elle s'en est remise, grogna son lion en regardant ses bijoux de luxe et ses ongles manucurés.

Soit Moira jouait la comédie, soit elle avait trouvé un moyen de saisir une partie de la fortune de son défunt amant et de l'investir correctement.

Tue-la, grogna son lion. *Tue-la tant que tu en as l'occasion.*

En dehors de la salle de conférence, des dizaines de paires d'yeux le regardaient. Il pouvait les sentir derrière son dos. Impossible de faire le nécessaire. De plus, il avait perdu l'élément de surprise dont il disposait. S'il changeait de forme, Moira le ferait aussi, et la dernière chose dont il avait besoin, c'était un dragon en maraude dans le même couloir que les deux femmes qu'il aimait.

Il cligna des yeux. Qu'il *aimait* ? Il lui fallut faire appel à tout son self-control pour ne pas se retourner et regarder Anjali et Quinn. Le devoir et le destin étaient déjà deux émotions puissantes, suffisantes pour diriger la vie d'un métamorphe. Mais l'amour impliquait aussi sa forme humaine. Et l'amour était terrifiant. L'amour pouvait pousser un homme à perdre la tête. L'amour pouvait faire pleurer un soldat endurci. L'amour pouvait mettre la vie d'un homme sens dessus dessous.

Il se mordit la lèvre. L'amour lui avait déjà fait tout cela.

Bien entendu, dit son lion. *Nous sommes déjà impliqués.*

Les yeux de Moira se tournèrent vers quelque chose derrière lui et ses entrailles se serrèrent. Il ne pouvait pas se permettre de lui montrer ce qu'Anjali et Quinn signifiaient pour lui. Elle l'utiliserait à son avantage et en tirerait tout ce qu'elle pourrait.

Mais, merde. Il était trop tard. Moira l'avait remarqué et il pouvait presque la voir enregistrer cette information.

— Qu'est-ce que tu fous là ?

Il l'obligea à se concentrer à nouveau sur son visage.

— Oh, je possède cette entreprise, maintenant.

Elle sourit, lissant sa robe, propre sur elle et féminine. Le seul indice prouvant qu'elle était une tueuse impitoyable était dans son regard.

— Enfin, une part majoritaire. Alors, la question, mon cher lion, c'est toi, qu'est-ce que tu fais là ?

L'espoir illumina son regard.

— Tu es venu me voir, pas vrai ?

Dell resta bouche bée. Était-elle folle ?

Oui, répondit immédiatement son lion.

Il le voyait dans ses yeux, maintenant qu'il y prêtait attention. Au-delà de la lueur avide de métamorphe, un éclat jaune clair la trahissait.

Dell serra les poings. Super. Il n'avait pas juste une tueuse sans cœur et cupide sur les bras, mais une tueuse sans cœur, cupide *et* mentalement perturbée. Une femme qui mettrait le feu à la moitié du centre-ville de Chicago si elle le désirait.

— Pourquoi est-ce que je voudrais te voir ? aboya-t-il, s'assurant que ses mots soient fermes.

Mais elle ne sembla pas l'entendre. Elle souriait, perdue dans son propre monde.

— Oui...

Elle marcha en cercle autour de lui comme une dresseuse de chevaux autour d'un nouveau pur-sang prometteur.

Dell se retourna aussi, les mains levées, prêt à attaquer. Elle lui donnait tant la chair de poule qu'elle aurait tout aussi bien pu passer une brosse en acier sur tout son corps.

— Oui, murmura-t-elle entre ses dents. Tu pourrais faire l'affaire.

Il fronça les sourcils. De quoi parlait-elle ?

— Je ne m'attendais pas à te voir, ronronna Moira en faisant glisser un doigt le long de la mâchoire de Dell.

Il eut un mouvement de recul, mais elle sourit et poursuivit.

— Mais tu feras sûrement l'affaire.

La lueur dans ses yeux n'était plus attentive, mais excitée tandis que son regard balayait et déshabillait le corps de Dell de haut en bas. Elle passa une main sur son épaule d'une manière trop intime, puis hocha la tête et annonça :

— J'ai une offre à te proposer.

Dell écarquilla les yeux. Qu'est-ce que... ?

— Quoi que ce soit, ça ne m'intéresse pas.

— La même offre que j'ai proposée à ton frère, continua Moira comme s'il n'avait rien dit. Je suis sûre que tu ne pourras pas y résister.

Dell serra les poings si fort que ses ongles pénétrèrent sa peau. En quoi Quentin était-il lié à tout cela ?

— Tu n'as rien qui m'intéresse, grogna-t-il.

— Non ?

Moira redressa les épaules, mettant en avant son décolleté.

— Rien, grogna Dell, soudain pris de nausée.

Moira haussa un sourcil et jeta un coup d'œil en direction du bureau d'Anjali. Dell eut la chair de poule.

— Vraiment rien ?

Elle laissa le silence s'abattre dans la pièce une bonne minute, s'assurant que la menace soit bien claire avant de continuer sur un ton différent. Celui d'une femme d'affaires qui expliquait un plan tout à fait normal. Mais les détails n'avaient rien de normal.

— Comme tu l'as sans doute appris, je cherche du personnel. Et je ne prends que les meilleurs.

Dell fut tenté de sortir en trombe, de prendre Anjali et Quinn et de les emmener dans un endroit sûr, comme la maison de Silas. Moira n'oserait pas s'en prendre à elles là-bas. Mais dans un coin de son esprit, une sonnette d'alarme retentit. Les métamorphes de Koa Point et de la plantation de Koakea étaient tous nerveux à l'idée de ce qu'elle pourrait faire. Mais pour le moment, elle avait fait profil bas et personne n'avait découvert le moindre indice sur un plan en particulier. Il avait à présent l'occasion de découvrir exactement quel danger elle représentait.

Par conséquent, il ravala son dégoût et marmonna :

— Les meilleurs, hein ?

Elle hocha la tête.

— J'ai plusieurs postes de sécurité à couvrir, à tous les niveaux.

Le « niveau » qu'elle regardait était celui de son entrejambe. Dell se détourna légèrement, essayant de mémoriser les détails plutôt que d'être consumé par le dégoût. Apparemment, Moira avait reconstitué ses forces. La question, c'était de savoir pourquoi. Avait-elle l'intention de frapper ses rivaux, comme les métamorphes de Koa Point ? Ou préparait-elle un coup dans le monde des affaires à la manière de la mafia ?

— Mes hommes les plus loyaux seront récompensés par un poste supérieur. Avec toute une série d'avantages, bien évidemment.

Elle se faufila jusqu'à lui, pressant sa poitrine contre son bras. En même temps, elle fit lentement glisser sa main sur son torse.

Dell ne recula pas, il bondit en arrière, poussant Moira suffisamment fort pour qu'elle heurte la table de conférence au centre de la pièce. Du coin de l'œil, il vit une femme écarquiller les yeux et partir en courant, sans doute pour appeler la sécurité.

Malgré tout, Moira se lécha les lèvres et sourit.

— Oui, je serais ouverte à ce genre d'avantages aussi.

Elle tapota la table derrière elle et fit apparaître une image sexy dans l'esprit de Dell.

Son estomac se retourna. Pensait-elle vraiment qu'il était intéressé par des jeux sexuels ? Il fit un effort pour refermer ses barrières mentales. Les métamorphes devaient être puissants pour entrer dans l'esprit d'un inconnu, et il voulait que Moira sorte du sien, en particulier pendant qu'il rassemblait les pièces du puzzle.

Moira... Quentin. Avait-elle proposé la même chose à son frère ? Quand ? Quentin n'en avait pas parlé, cependant il avait mentionné avoir refusé un travail de mercenaire quand ils avaient parlé de la vie après l'armée. Bien entendu, son frère aurait ignoré l'offre de Moira, ce qui l'aurait agacée.

— Et ce loup, Brody ? suggéra-t-il, suivant son intuition. Tu pourrais l'engager.

Moira rit.

— McGuire ? Ce genre de personne est utile, je te le concède. Mais il est plus apte à faire des petits nettoyages ici et là.

Dell plissa les yeux. Est-ce que le « nettoyage » incluait le fait de tuer Lourdes ? Mais pourquoi ? Était-ce un moyen tordu de prendre sa revanche sur Quentin ?

— Brody n'est pas un homme suffisant pour moi.

Moira passa sa langue sur ses lèvres et balaya de nouveau des yeux le corps de Dell.

— Pas comme toi.

— Ça ne m'intéresse pas.

Elle afficha sa désapprobation.

— Un homme si talentueux…

— Tu ignores quels sont mes talents, marmonna-t-il pendant que son lion l'imaginait en train de lui arracher la gorge.

C'était un *talent* qu'il utilisait rarement, mais putain, il ne se retiendrait pas s'il en avait l'occasion.

— Ça me plairait peut-être de les découvrir. Et je suis sûre que tu aimerais le faire aussi.

Elle s'approcha de lui en roulant des hanches.

— Pourquoi est-ce vous ne prendriez pas un peu de plaisir à être vilain, monsieur O'Roarke ? Je vois bien que tu n'es pas comme ton frère.

Dell se raidit. Que voulait-elle dire ?

— Oh, j'ai mes sources, tu sais. Je sais exactement ce qu'il se passe sur le domaine de Silas. Et je sais qui vit à côté, dans la… ferme délabrée, c'est ça ?

C'est une plantation, fut-il sur le point d'aboyer, mais il était trop occupé à dissimuler sa surprise. Qu'est-ce que Moira savait, exactement ?

— Pauvre Silas, soupira Moira. Devoir se contenter de la seconde classe. Une compagne de seconde classe, une maison de seconde classe… Tout chez lui est de seconde classe.

Dell se hérissa. Silas Llewellyn était le métamorphe le plus élégant et le plus noble qu'il connaisse. Sa compagne, Cassandra, était incroyable. Ensemble, ils travaillaient dur pour maintenir la paix et la stabilité dans un monde de métamorphes versatiles. C'était Moira qui était de seconde classe.

— Et le pauvre ne s'amuse même pas, poursuivit Moira. Toi, en revanche...

Dell lui jeta un regard noir. Qu'est-ce que... ? Il s'amusait beaucoup, cependant il donnait de sa personne aussi. Moira se contenta de le fixer d'un regard amusé.

— Tu sais équilibrer ta vie.

Il grimaça. Vraiment ?

Elle rit.

— Je vois que tu essaies de jouer au chevalier servant, mais ça ne te va pas.

Ce n'est pas un jeu, grogna son lion en pensant à Anjali et à Quinn.

— Profiter de la vie est bien plus agréable, continua Moira. L'argent. Le sexe. Le pouvoir.

Dell fronça les sourcils. Peu de temps auparavant, paresser au soleil aurait été au sommet de sa liste. Il était un lion, après tout. Faire la fête aurait été en deuxième position. Ni trop fort ni trop bruyamment pour ne déranger personne, mais oui : s'amuser.

Pourtant, dernièrement, de nouvelles formes de divertissement étaient arrivées en haut de sa liste. Comme regarder Quinn avaler un biberon et voir le bébé affamé qu'elle était se transformer en bébé satisfait et fatigué. Ou regarder le lever du soleil avec Anjali, puis le regarder se coucher. Rire et parler avec elle. Toutes ces petites choses.

Il détendit les poings. Il avait beau ne pas être Quentin, il n'était plus vraiment l'ancien Dell non plus.

Moira continua à parler.

— Je peux t'assurer que jouer les vilains est bien plus amusant. On n'a qu'une vie, tu sais.

Dell grimaça en entendant l'écho de ses propres mots. D'une certaine façon, ils ne lui donnaient plus envie de faire l'imbécile comme avant. Au contraire, il voulait bien utiliser son temps. Élever Quinn, et bien le faire. Aimer Anjali. Passer ses journées à Maui...

Il commença à ignorer Moira, mais ce qu'elle dit ensuite le paralysa.

— Regarde Cynthia.

Il montra les dents en grognant.

— Cynthia ?

Moira gloussa.

— J'en sais plus sur ta petite communauté de métamorphes que tu ne le penses. Par exemple, je sais que ma chère cousine s'y cache.

Dell en resta bouche bée. Moira devait plaisanter. Il était impossible que Cynthia, si élégante et aristocrate, fasse partie de la même famille qu'elle. Impossible.

Il crispa les mains sur ses flancs, se disant qu'il ne devrait pas pousser Moira contre le mur ni l'étrangler. Cynthia et lui avaient leurs différends, mais honnêtement ? Il l'appréciait. Il la respectait. Elle était devenue comme une sœur pour lui, tout comme les Hoving étaient ses frères. Et Joey…

Une rage sombre et brûlante monta dans sa poitrine. Si Moira mentionnait Joey du même ton méprisant qu'elle avait utilisé pour parler de Cynthia, il deviendrait fou.

— Cynthia. Tellement responsable. Tellement respectable.

Sa voix suintait de dédain.

— Ça ne lui a pas permis d'acheter le bonheur, pas vrai ?

Un certain triomphe s'immisça dans son ton et Dell blêmit. Moira avait-elle un lien avec la mort du compagnon de Cynthia ?

— Acheter le bonheur ? Dell ne put s'empêcher de dire. Je ne suis pas sûr que ça marche comme ça.

Elle lui jeta un regard noir, remarquant enfin qu'il n'entrait pas dans son jeu.

— Je n'ai même pas encore parlé d'argent.

— Ce n'est pas la peine.

Elle renifla, laissant ses yeux glisser vers le bureau d'Anjali.

— Bien sûr, tu peux refuser mon offre…

— Et si je le fais ? dit-il, attirant brusquement l'attention de Moira de nouveau.

Elle haussa les épaules.

— Tu le regretteras, bien entendu. Tout le monde le regrettera.

De nulle part, elle afficha un sourire lumineux, comme si ce résultat était aussi bon que le fait de l'embaucher. Puis, elle inclina la tête.

— Ou. . .

— Ou ?

Dell montra ses crocs de lion.

Les lèvres de Moira tressaillirent.

— Ou tu acceptes mon offre, comme tu le devrais. Tu ne le regretteras pas, je te le promets. En fait, je laisserai ton. . . amie et cette charmante petite fille tranquilles.

Pendant une seconde, Dell resta immobile, choqué en réalisant tout ce que Moira savait. Soudain, quelque chose en lui se brisa d'un coup sec et il plaqua Moira contre le mur le plus proche, une main serrée autour de sa gorge.

— Ne t'avise même pas de les toucher, cracha-t-il entre ses dents.

Les yeux de Moira brillèrent d'enthousiasme, d'excitation même, ce qui était terrifiant. Il la serra plus fort, l'empêchant de respirer, se demandant s'il pouvait vraiment commettre un meurtre. Il sentit deux métamorphes approcher au bout du couloir. Il s'agissait sans doute de la sécurité de Moira. Cependant, il devrait se jeter sur eux et Moira ne semblait pas pressée de se transformer en dragon pour se sauver elle-même. Elle se contenta de le regarder avec ces yeux fous qui disaient qu'elle se délectait de la situation.

Fais-le, rugit son lion. *Débarrasse le monde de son mal une bonne fois pour toutes.*

Mais à l'extérieur, les gens hurlaient, alarmés, et une dizaine de témoins regardaient ce qu'il se passait. Pour eux, on aurait dit qu'un homme imposant agressait une femme menue. Si seulement ils pouvaient sentir le dragon sans pitié à l'intérieur de Moira. Bien entendu, être accusé de meurtre dans un tribunal humain en vaudrait la peine : son sacrifice personnel au profit de tous les métamorphes.

Tout à coup, il vit Anjali avec Quinn dans les bras et son regard terrifié qui le suppliait.

Les fines mèches de cheveux blonds de Quinn bougèrent tandis que celle-ci pleurait. Le son ne lui parvint pas dans la salle de réunion, néanmoins il le sentit déchirer son cœur. Tremblante, elle serrait dans sa petite main le lion en peluche qui se balançait.

Non, Dell. S'il te plaît.

Une dizaine d'autres voix lui remplirent la tête : celles de ses amis de Koakea. Ce n'était que le fruit de son imagination, pourtant ce fut suffisant pour faire bouillonner son esprit d'autre chose que de la rage.

Il secoua Moira.

— Quel est ton plan ?

— Tu aimerais savoir, hein ?

Sa voix était étranglée, cependant les traits de son visage étaient animés par toutes sortes de plans infâmes. Il resserra sa prise. Un peu plus fort, et Moira mourrait.

Fais-le, le mit-elle au défi du regard. *Fais-le.*

Le bras de Dell tressaillit et un millier de pensées se propagèrent dans son esprit. Devrait-il le faire ? Ou pas ?

Après un moment, il repoussa Moira sur le côté et la laissa tomber par terre.

Elle rit, l'air curieusement triomphant pour une femme à genoux.

— Tu es exactement comme ton frère.

Il pouffa. Il n'était pas du tout comme Quentin, le frère respectable et responsable. Dell était juste... Dell.

— Et tu n'es personne. Rien, dit-il sèchement, supposant que c'était ce qui ferait le plus de mal à Moira.

Il se retourna soudain et marcha à grands pas vers la porte. La foule réunie devant la vitre se dispersa, lui donnant une vue d'ensemble du bureau. Trois hommes imposants se frayaient un chemin vers lui à gauche : des métamorphes qui se précipitaient pour s'assurer que leur patronne allait bien. Il émit un petit rire. Oh oui, Moira avait bien besoin de nouveaux employés. Ils étaient entourés de deux agents de sécurité en uniformes. À sa droite, le couloir menait à une deuxième série d'ascenseurs.

— Dell, murmura Anjali en lui prenant le bras.

Une rivière de rage coulait dans les veines de Dell, mais à son contact, celle-ci s'apaisa et devint un petit ruisseau. Il saisit le siège du bébé et passa un bras autour des épaules d'Anjali pour qu'elle reste contre lui.

— Viens, grogna-t-il en se dirigeant vers le bout du couloir.

Chapitre 14

— Dell, le réprimanda Anjali tandis qu'il l'attirait dans le couloir.

Tout le monde les regardait, et pour cause. Il avait presque étranglé la nouvelle patronne.

Non pas qu'Anjali aurait refusé l'occasion de secouer Moira, cependant elle avait peur de ce que Dell était capable de faire. Elle n'avait jamais vu quelqu'un d'aussi furieux et dangereux, un soldat prêt à effectuer le sacrifice ultime.

Pourtant, même si Dell avait été menaçant envers Moira, il était protecteur envers Anjali. Dès qu'il s'approcha d'elle, il passa un bras autour de ses épaules, créant une cape blindée. Son bras semblait fait d'acier, même si la colère qui le traversait s'apaisa légèrement quand elle le toucha. Les cris frénétiques de Quinn s'étaient transformés en pleurs sourds, ce qui aidait aussi.

— Ne t'inquiète pas, ma chérie, murmura-t-il à l'intention de Quinn. Je suis là.

Anjali ne l'avait jamais vu jouer le *papa protecteur* avec autant d'intensité. Pas juste le rôle d'oncle gaga ; celui de père. Un père brusque et dur à cuire qui ferait tout pour protéger sa petite fille.

— Dell, murmura-t-elle, essayant de le calmer.

— Nous allons sortir d'ici, marmonna-t-il.

Lorsqu'ils atteignirent les ascenseurs, il appuya sur le bouton et se retourna pour regarder dans le couloir. Ou plutôt, pour regarder Moira qui était sortie de la salle de réunion et qui avait l'air curieusement satisfaite.

Qu'est-ce qui n'allait pas chez cette femme ? Anjali fronça les sourcils.

— Est-ce qu'elle aime être secouée ou juste provoquer les gens ?

— Les deux, grogna Dell.

Quand la porte de l'ascenseur s'ouvrit, Dell fit signe à tout le monde de sortir d'un regard intransigeant. Il fit ensuite entrer Anjali et appuya sur le bouton pour descendre.

— Je ne peux pas quitter le travail comme ça, protesta-t-elle.

— Si, tu peux.

— Je viens de revenir après une semaine d'absence. Je pourrais perdre mon travail.

Il ne répondit pas, mais sa joue tressauta.

— Dell... commença-t-elle.

Quand elle comprit que cela ne la mènerait à rien, elle tenta une autre approche, espérant le calmer.

— Tu veux prendre Quinn dans tes bras ?

Les lèvres de Dell s'étirèrent en un fin sourire.

— Oui, mais non. Je crois que nous devrions la laisser dans le siège pour le moment. Ça te va ?

Il serra les poings et Anjali hocha la tête.

— D'accord. Essaie juste de ne tuer personne en sortant.

Il émit un petit rire.

— Juste cette garce si elle croise ma route de nouveau.

Anjali laissa l'ascenseur passer le douzième, le onzième et le dixième étage avant de demander :

— Tu connais Mme LeGrange ?

— J'ai entendu parler d'elle.

Il pinça les lèvres après cela et Anjali décida qu'il était temps de céder.

L'ascenseur s'arrêta au neuvième étage, mais après avoir jeté un coup d'œil à Dell, les deux hommes d'affaires qui attendaient reculèrent en disant d'une petite voix :

— Nous prendrons le prochain.

Ses yeux scintillaient et il montrait presque les dents. Il demeura ainsi en traversant le hall et jusqu'à ce qu'ils sortent dans la rue, où il avait commencé à pleuvoir. À flots, en réalité. Les piétons se dispersaient pour trouver un refuge. Anjali ouvrit son blazer et couvrit Quinn tandis que Dell tenait sa veste au-dessus de leurs têtes. Mais Anjali fut trempée avant qu'ils ne montent dans un taxi.

— Où allez-vous ? demanda le chauffeur tandis que les essuie-glaces s'agitaient à toute vitesse d'un côté à l'autre.

Dell aboya l'adresse de North Astor, puis sortit son téléphone.

Anjali attacha Quinn et observa Dell en silence. Tout le monde savait que Moira LeGrange était exigeante, cependant Dell considérait qu'elle était dangereuse. Et ce n'était pas surprenant, étant donné la sensation effrayante qu'elle avait provoquée chez Anjali dans son bureau. Mais qu'est-ce qui lui donnait cette aura de pouvoir ? Et pourquoi semblait-elle similaire à la sensation de pouvoir qui bouillonnait en Dell ?

— Connor ? murmura Dell au téléphone. Écoute...

Il poursuivit sa conversation, faisant des préparatifs, regardant par la vitre arrière tout le temps. Le chauffeur avait allumé la radio et Anjali pouvait à peine entendre ce que Dell disait, toutefois ce qu'elle perçut la laissa bouche bée.

— Premier vol... Moira... Quentin...

Elle fronça les sourcils. En quoi le frère de Dell était-il lié à Moira ? Et pourquoi parlait-il d'un vol ?

— Nous venons tout juste d'arriver, protesta-t-elle.

Dell couvrit son téléphone et inclina la tête vers Quinn.

— Ce n'est pas sûr pour elle. Peut-être pas pour toi non plus.

Et toi ? voulait demander Anjali. Mais il avait repris sa conversation au téléphone.

Le taxi avançait lentement tandis que la pluie martelait le toit et le pare-brise, donnant à Anjali la sensation de traverser le temps et l'espace même s'ils n'avançaient pas rapidement. Elle fronça les sourcils en voyant son propre reflet dans la fenêtre. Est-ce que Lourdes avait ressenti cette sensation de perte de contrôle lors de ses derniers jours désespérés ?

Elle se pencha pour câliner Quinn, qui l'étudiait de ses grands yeux. Anjali fit de son mieux pour transmettre des ondes positives, toutefois c'était difficile.

— Tu veux ton lion ?

Elle sortit la peluche du sac à langer bébé.

Quinn le saisit et suça son oreille.

Anjali s'obligea à sourire. Lourdes avait insisté pour dire que ce lion protégerait Quinn. Si seulement c'était vrai...

Dell les regarda et fixa le lion des yeux tout en continuant son appel. Ce ne fut que lorsqu'Anjali toucha son bras qu'il se détendit légèrement. Elle posa sa main sur la sienne et la tint pendant le reste du trajet. Quand ils atteignirent le manoir en pierre calcaire, le portier les rejoignit sur le trottoir avec un parapluie et les accompagna jusqu'à la maison. À l'intérieur, il disparut après leur avoir adressé un rapide hochement de tête qui suggérait qu'il savait ce que Dell avait l'intention de faire.

— Le premier avion pour où ? demanda Anjali quand ils entrèrent dans le petit salon du deuxième étage et qu'elle eut fermé la porte.

— Maui.

Il sortit Quinn du siège et commença à faire les cent pas. Le bébé tendit les mains vers sa barbe et il mordilla délicatement ses doigts, ce qui la fit glousser.

— Maui ? Je ne peux pas partir comme ça. Je n'ai même pas mon ordinateur portable.

Il s'arrêta et la regarda.

— Tout d'abord, écoute-toi.

Elle grimaça. C'était effectivement un peu tordu de penser à son ordinateur portable dans un moment pareil. Mais, bon sang. Elle ne pouvait pas juste quitter son emploi.

— Deuxièmement, poursuivit-il, tu n'es pas en sécurité ici.

Elle noua les doigts. Le fait que son appartement soit mis sens dessus dessous était déjà un problème, et Moira lui faisait peur aussi. Mais était-ce vraiment une raison pour fuir la ville ?

— Dell, s'il te plaît, dis-moi ce qu'il se passe.

Il l'attira dans ses bras avec Quinn blottie entre eux.

— Je le ferai. Je te le jure. Dès que j'aurai organisé tout ça.

Il cala la tête sur la sienne un moment, puis soupira et s'écarta quand son téléphone sonna. Il lui rendit Quinn.

— Connor ?

Il marqua une pause et jura.

— Bon sang, tu ne peux pas faire mieux que ça ?

Anjali haussa les sourcils. Connor avait beau être l'ami de Dell, Cynthia et lui étaient clairement les dirigeants du groupe et elle n'avait jamais vu Dell défier l'un d'eux.

— Merde. Alors, prends l'hélico et retrouve-nous à Oahu. Oui, Oahu. Fais-le, d'accord ?

Il raccrocha, l'air sombre.

— Le premier vol pour Hawaï n'est que demain matin. Et il passe par Oahu. Mais de là, Connor peut nous ramener à la maison.

« *À la maison* » semblait tellement agréable, cependant Anjali s'obligea à secouer la tête.

— Hawaï ? Je ne peux pas.

Il saisit ses épaules.

— Il le faut. Tout cela est plus grave que nous le pensions.

Elle s'immobilisa.

— Plus grave ? Comment ça ?

Il secoua la tête.

— J'essaie encore de comprendre, mais la présence Moira n'annonce rien de bon. Vraiment rien de bon. Et puis, il y a le cas de Lourdes.

À l'extérieur, le vent rugit tandis que la tempête atteignait son apogée.

Une boule se forma dans la gorge d'Anjali.

— Ce n'était pas un suicide.

— Ce n'était pas un suicide. Pas si on prend en compte le saccage de ton appartement. Ce n'est pas une coïncidence.

— Tu veux dire que la personne qui a tué Lourdes est venue chez moi ? Qu'est-ce qu'elle cherchait ?

Dell ne répondit pas et la peur s'installa dans le creux de l'estomac d'Anjali. Ils se tournèrent lentement vers Quinn.

— Non.

Anjali serra le bébé.

— Pourquoi ?

Dell caressa la joue de Quinn qui gazouilla joyeusement.

— Je crois que c'est autant lié à Quentin qu'à Lourdes.

À l'extérieur, la tempête faisait rage. La pluie battait les fenêtres et coulait le long des vitres comme si elle essayait d'entrer.

— Comment ça ? demanda-t-elle.

Dell regarda Quinn.

— C'est en lien avec elle aussi.

— Comment ? Qui voudrait faire du mal à un bébé innocent ?

Dell grimaça.

— Moira, pour commencer.

Anjali en eut le souffle coupé. Il ne pouvait pas être sérieux, mais apparemment, c'était le cas. Il était très sérieux.

— Écoute, Quinn est spéciale, commença Dell.

Anjali ne put s'empêcher de sourire. Dell était vraiment passé du rôle d'oncle à celui de papa plein de fierté.

— Bien sûr que oui.

Il secoua la tête.

— Non. Je veux dire, vraiment spéciale.

— Tous les bébés le sont.

— Elle, encore plus.

Il la regarda dans les yeux et ses lèvres bougèrent, lui donnant l'impression qu'il était sur le point de faire une grande annonce.

Cependant quelqu'un frappa soudain à la porte et il tourna brusquement la tête.

— Oui ?

— Monsieur, l'appela le maître d'hôtel en murmurant.

Dell hésita et Anjali avait envie de crier. Qu'avait-il été sur le point de dire ? Que se passait-il ?

— Je reviens tout de suite, dit Dell en s'éloignant.

Tandis qu'il sortait pour parler au maître d'hôtel, Anjali s'approcha de la fenêtre. Ce matin-là, elle avait admiré une vue fantastique du lac. À présent, elle pouvait à peine voir le trottoir. De l'eau inondait les caniveaux et le vent faisait plier les arbres. Un homme se hâtait sur le trottoir, tenant une mallette au-dessus de sa tête. Un autre se recroquevilla à côté d'un lampadaire et... leva les yeux ?

Anjali s'éloigna de la fenêtre. Cet inconnu avait-il regardé dans sa direction ?

Elle jeta un autre coup d'œil, néanmoins l'homme avait disparu. L'avait-elle imaginé ?

Elle serra Quinn dans ses bras et recommença à faire les cent pas. Mince. Elle voyait le danger partout. Dell était-il paranoïaque ou le danger était-il aussi considérable ? Et si c'était le cas...

Elle baissa les yeux vers la petite, écoutant les battements de son propre cœur. Quel que soit le danger face à ceux, elle ferait n'importe quoi pour la protéger.

Et si ça te faisait perdre ton emploi ? demanda une petite voix au fond de son esprit. *Ou que ça mettait fin à ta carrière ?*

Anjali fixa la cheminée vide du regard et laissa échapper un long et lent soupir. Les choses iraient-elles aussi loin ?

∞∞∞

Quinn mit une éternité à se calmer ce soir-là, cependant elle finit par s'endormir dans le nid de couvertures que Dell lui avait préparé à côté du lit. Ils étaient sortis du petit salon et avaient opté pour la chambre d'amis, plus confortable, au fond du premier étage. La pièce était décorée de peintures de châteaux et un feu crépitait dans la cheminée. Un dragon avec des joyaux à la place des yeux avait été sculpté sur le manteau de cheminée et les flammes semblaient les lécher. Pourtant, les lueurs vacillantes n'étaient pas effrayantes, mais réconfortantes et protectrices. Anjali s'assit sur le canapé avec Dell, regardant le feu tournoyer chaque fois qu'une rafale s'engouffrait dans la cheminée.

— Pour information, ce n'était pas aussi bon que la cuisine de ma mère, dit-elle, essayant de détendre l'atmosphère.

Elle désigna les boîtes de nourriture dans lesquelles ils avaient picoré et qui se trouvaient sur la table, au milieu de la pièce. C'était le deuxième soir qu'ils mangeaient à emporter dans un restaurant indien, et ils étaient tout aussi tendus par l'angoisse qu'au premier.

Il était bon de voir Dell sourire, même légèrement.

— Un jour, je te jure que je te préparerai ce repas.

Il avait été au téléphone toute la soirée, mais entre deux appels, il lui avait donné un peu plus d'explications sur Moira. Il lui avait dit qu'elle avait essayé d'engager Quentin et qu'il avait refusé. Que ses amis avaient eu des problèmes avec elle par le passé. Malgré tout ce qu'il avait révélé, Anjali avait l'impression qu'il cachait quelque chose.

— Moira et Silas se connaissent depuis très longtemps, dit-il.

Anjali regarda autour d'elle.

— Silas, le propriétaire de cet endroit ?

Il hocha la tête.

— Sa famille est l'un de ces clans au sang bleu. Il a hérité d'une fortune, y compris de cet endroit. Mais c'est un type bien. Très terre-à-terre. Un bon commandant.

Anjali voulait en entendre plus sur le lien entre Silas et Moira et sur le genre de « clan » que Dell avait mentionné, cependant cela ne semblait pas être le bon moment.

— Vous êtes vraiment proches, pas vrai ? murmura Anjali.

Dell hocha la tête.

— Je suppose que c'est ce qui arrive après avoir servi ensemble pendant dix ans. Tous ces entraînements. Toute cette attente. Tous ces combats.

Sa voix devint acerbe et il s'éclaircit la gorge.

— Alors, oui. Nous sommes proches.

Elle serra ses doigts des siens.

Tu étais proche de ton frère aussi, fut-elle sur le point de dire. *Il te manque plus que tu ne veux l'admettre.*

Un jour, elle permettrait à Dell d'exprimer son chagrin. Mais ce soir-là... Elle laissa échapper un long et lent soupir. Ils avaient assez de choses à gérer pour une nuit.

Peu à peu, elle s'était résignée à quitter Chicago. Quoi qu'il se passe, tout cela la dépassait. Et si elle voulait survivre à un deuxième long vol en deux jours, elle devait se détendre un peu. Lui aussi. Elle ne l'avait jamais vu aussi tendu.

— D'accord, annonça-t-elle en se redressant.

Dell sourcilla.

— D'accord, quoi ?

Elle le fit se lever.

— Il est temps de faire du yoga.

Il grogna.

— Je suis fatigué.

Elle agita un doigt.

— Un sage m'a dit un jour que c'est dans ces moments-là qu'on en a le plus besoin.

Elle repensa à cette fois, à Lahaina, et les souvenirs la réconfortèrent. Elle leva les yeux vers lui. C'était lui qui l'avait sortie de la déprime ce jour-là. À présent, c'était à elle de l'aider.

Dell grimaça.

— Ce bon à rien ? Il n'y a pas de sagesse en lui.

Elle s'approcha de lui et lui prit tendrement le menton.

— Cet homme n'a jamais été un bon à rien. Seulement, il ne savait pas ce qu'il valait jusqu'à maintenant.

Il ne dit pas un mot, néanmoins sa pomme d'Adam s'agita.

— Et il doit vraiment se détendre, ajouta-t-elle. Alors, la posture de la montagne. Allons-y.

Elle s'était changée depuis longtemps et elle avait retiré ses chaussures, elle n'avait donc plus qu'à joindre les mains sur sa poitrine pour commencer. Dell l'imita, debout à un mètre d'elle et la dépassant d'une tête. Une lueur de reconnaissance brillait dans ses yeux.

— On inspire, on lève les bras…

Elle guida le mouvement.

— On expire, plongeon du cygne, murmura-t-il.

Elle sourit en se penchant avec lui. Elle devait se détendre aussi.

Ils annoncèrent les mouvements à tour de rôle, passant de la planche au cobra et au chien tête en bas, prenant de grandes inspirations.

— Posture de l'angle latéral.

Elle tendit le bras sur le côté en direction de Dell.

— Tope là ! plaisanta-t-il quand leurs mains se touchèrent.

La chaleur traversa le bras d'Anjali et atteignit sa poitrine.

— Celle-là me plaît, admit-elle.

— À moi aussi. Même chose de l'autre côté. Prête ?

Oh oui, elle était prête. Elle ferait tout pour oublier cette mauvaise journée.

Ils passèrent calmement d'un mouvement à l'autre, terminant avec la même posture de l'autre côté.

— Tope là.

Dell rit quand leurs mains se touchèrent.

Curieusement, aucun d'eux n'avait à lever les yeux pour que leurs paumes se rejoignent à la perfection. Cela se faisait naturellement.

— Oh, j'en ai une, dit Dell d'une voix plus légère qu'au début. Ça va te plaire...

Ils essayèrent une demi-douzaine de mouvements différents, s'imitant l'un l'autre et se touchant de temps en temps.

— J'appelle ça, la tape dans le pied.

Dell se pencha, leva une jambe derrière lui et agita la jambe.

— Allez, fais-le.

Anjali rit et l'imita, posant son pied contre le sien.

— Oh, et maintenant, nous pouvons nous mettre... comme ça, dit-elle en lui montrant ce qu'elle avait en tête.

Ils se retrouvèrent face à face en position assise en V oblique, se tenant par les mains pour ne pas tomber en arrière. Même si Dell pesait plus qu'elle, ils s'équilibraient parfaitement.

Le feu crépita et le monde extérieur sembla de plus en plus éloigné. Anjali retira son sweat-shirt et ses chaussettes, sentant la chaleur lui monter aux joues. Dell cessa de froncer les sourcils et ses yeux scintillèrent. Elle lui adressa un grand sourire, se demandant pourquoi elle rougissait. Ils faisaient juste du yoga, pas vrai ?

Ils devaient être plus proches pour les mouvements suivants, qui étaient plus complexes, et leurs corps s'effleurèrent. Elle détourna les yeux des siens à contrecœur, puis croisa à nouveau son regard lorsqu'ils furent face à face. Quand ils reprirent la posture de la montagne, Anjali se retrouva très près de lui, leurs lèvres séparées d'à peine trois centimètres. Dell baissa les yeux vers sa bouche et ses yeux s'illuminèrent.

Anjali retint sa respiration, luttant contre l'envie de l'embrasser.

Soudain, elle chancela et Dell lui adressa un grand sourire.

— On s'améliore.

Anjali s'éventa avec l'avant de son T-shirt.

— Oh, oui.

Il tendit la main et elle la saisit machinalement. Dell tendit alors sa main gauche au-dessus de la droite.

— Maintenant, penche-toi lentement en arrière…

Ils s'accroupirent, se soutenant l'un autre, les yeux rivés l'un vers l'autre.

Il eut une autre idée.

— Oh, voilà un autre mouvement. Ne bouge pas.

Elle poussa un petit cri lorsqu'il se pencha en arrière en l'attirant vers lui, ce qui le fit rire.

— Tu te souviens de la posture du bébé volant ?

Elle hocha la tête, s'accrochant à ses mains.

— Comment l'oublier ?

— Ça ne marche pas qu'avec les bébés, tu sais.

Il lui adressa un clin d'œil et s'allongea lentement sur le dos.

— Un… Deux… Trois.

Il la tira en avant à la fin du décompte, et juste comme ça, elle se retrouva en l'air. Les pieds de Dell soutinrent ses hanches et il lui tint fermement les mains, la maintenant en équilibre au-dessus de son corps.

Elle poussa un cri.

— Waouh. Tu ne veux pas me prévenir la prochaine fois ? Dell rit.

— Qui a besoin d'un avertissement ? Regarde. Tu t'en sors bien.

Elle lui sourit.

— Un bébé volant, hein ?

— Cette version s'appelle la beauté volante.

Elle sourit. Il la tenait si facilement et son regard était si chaleureux qu'il était bien trop facile de le croire. Et qui sait ? Elle était peut-être vraiment belle. Libre. Il fallait peut-être juste un homme comme Dell pour qu'elle le voie.

Sa confiance en elle monta et peu à peu, elle lâcha ses mains, le laissant la maintenir en équilibre uniquement avec ses pieds.

— Maintenant, tu voles vraiment, dit-il.

C'était tellement agréable qu'elle devint encore plus téméraire.

— D'accord, attends. Tu me tiens ?

— Bien sûr que je te tiens.

Elle étira un bras par-dessus sa propre épaule pour atteindre son pied. Plus loin... Plus loin...

Dell murmura sous l'effet de l'émerveillement lorsqu'elle attrapa son pied et qu'elle se cambra lentement en arrière.

Elle maintint le regard rivé vers un point du plafond, se sentant forte et en équilibre grâce aux bras parfaitement stables de Dell.

— Tu y es, souffla-t-il.

Anjali sourit en prenant la posture de l'arc. Waouh. Elle y arrivait vraiment. La posture de l'arc, et pas par terre, mais en l'air. Sans les mains. Était-ce vraiment elle ?

Elle rompit lentement la position, prenant les mains de Dell et affichant un sourire jusqu'aux oreilles. Il la baissa jusqu'à ce qu'elle soit à trois centimètres de son corps, leurs visages parfaitement alignés. Et cette fois, au lieu de se demander si elle oserait l'embrasser, elle le fit.

Elle lâcha ses mains et posa les siennes sur son visage avant de couvrir sa bouche d'un baiser. Hésitant d'abord, puis plus profond. La chaleur traversa son corps et sa poitrine se souleva tandis qu'elle plaçait son corps sur le sien.

Oui, voulait-elle fredonner. *Oui.*

Les mains de Dell saisirent sa taille tandis que ses lèvres bougeaient sous les siennes. Doucement. Délicatement. Il la laissa prendre les rênes sans essayer de prouver quoi que ce soit. C'était *elle* qui prouvait quelque chose.

Comme quoi ? murmura une petite voix dans le fond de l'esprit d'Anjali.

Elle s'accrocha au baiser tout en prenant lentement conscience de la réponse.

Prouver que je peux lâcher prise.

Toute sa vie, elle avait été prudente et responsable. Elle avait évité les ennuis et elle avait fait tout ce qu'il fallait. Cependant Dell avait éveillé quelque chose de malicieux en elle et soudain, elle voulait juste lâcher prise. Plus d'inquiétudes. Plus d'inhibitions. Plus de règles.

— Anjali, marmonna-t-il sous le baiser.

Elle secoua la tête. Il était hors de question qu'elle le laisse ralentir. Il avait si bon goût et elle avait tellement envie de lui...

— Anjali, murmura-t-il avec plus d'insistance.

Elle fit une pause pour reprendre sa respiration.

— Je suis occupée à t'embrasser, si tu n'avais pas remarqué.

Il sourit et repoussa ses cheveux en arrière.

— Oh, j'ai remarqué. Mais le bébé...

Il désigna l'autre côté de la pièce.

— Elle dort profondément.

Anjali déposa une série de baisers sur sa mâchoire.

— Et le maître d'hôtel... ajouta-t-il.

Elle rit.

— Mieux vaut pour lui qu'il n'entre pas de sitôt.

Le sourire de Dell s'agrandit.

— Non ?

— Non, dit-elle fermement.

Puis, elle recula et le regarda directement dans ses yeux magnifiques. Mordorés, comme ceux d'un lion.

— J'ai un fantasme qui ressemble beaucoup à ça, dit-elle.

— C'est drôle, moi aussi.

Sa voix était grave et enrouée.

— Mais dans le mien, nous sommes nus, rétorqua-t-elle, se sentant audacieuse.

Les yeux de Dell scintillèrent.

— Dans le mien aussi.

Elle s'attendait presque à ce qu'il fasse preuve d'humour et suggère qu'ils tentent le coup, mais au lieu de cela, son sourire s'estompa.

Elle se pencha, ne voulant pas le laisser s'en sortir aussi facilement. Il avait envie d'elle. Elle avait envie de lui. Pourquoi résistait-il ?

— Dis-moi que tu ne le sens pas aussi, murmura-t-elle.

— Oh, je le sens, dit-il d'une voix rauque.

Elle sourit, car elle pouvait le sentir durcir là où il fallait.

— Mais pour une fois, j'essaie d'être responsable, ajouta-t-il.

Elle éclata de rire.

— Et pour une fois, j'essaie de vivre.

Il se mordit la lèvre.

— Alors, qu'est-ce qu'on fait ? demanda-t-il.

— C'est simple. Tu fais ce que je te dis.

Il rit.

— C'est toi qui commandes, hein ?

— Ouais. Ce soir, c'est moi.

Elle frotta ses hanches contre celles de Dell, observant ses yeux luire de désir.

De toute évidence, il avait envie d'elle aussi. Elle le voyait bien dans la manière dont sa poitrine se gonflait et se creusait, sans parler de l'étincelle dans ses yeux. Mais il se retenait. Son regard se tourna brusquement vers Quinn et son esprit sembla réfléchir à la folle journée qu'ils avaient eue, et peut-être à ce qui allait se passer ensuite.

Elle prit son visage entre ses mains.

— Pour une fois, je ne veux rien planifier. Je ne veux pas réfléchir à toutes les options et choisir la meilleure. Je veux juste...

Elle laissa sa phrase en suspens. Comment mettre des mots sur ce qu'elle ressentait ?

— Qu'est-ce que tu veux ? murmura-t-il.

Si elle regardait la pièce élégamment meublée, rien ne semblait clair. Mais quand elle se concentra sur ses yeux, la réponse lui vint à l'esprit.

— Toi, Dell. Je te veux, toi.

Les lèvres de ce dernier tressaillirent et elle sentit qu'il luttait intérieurement. Mais un moment plus tard, quelque chose se passa en lui et son regard refléta la lumière du feu. Ses muscles se serrèrent et il roula sur le côté, épinglant Anjali contre la moquette, la couvrant de baisers qui étaient à la fois doux et sauvages. On aurait dit qu'il y avait deux Dell qui voulaient l'aimer à leur manière.

Elle enfonça ses doigts dans ses cheveux jusqu'à son chignon décoiffé dans sa nuque. À l'aveugle, elle défit ses cheveux et les laissa tomber en cascade sur ses épaules.

— Ça fait un moment que je veux faire ça, admit-elle en repoussant ses mèches blondes.

Il sourit.

— Il y a beaucoup de choses que je veux faire depuis un moment.

Soudain, il prit un air sérieux, se tenant en équilibre trois centimètres au-dessus de son corps.

— Dernière chance. Tu sais, si tu as des doutes.

— Je n'en ai pas.

Elle enroula ses jambes autour des siennes.

Une lueur animale apparut dans les yeux de Dell, envoyant un fourmillement le long de la colonne vertébrale d'Anjali. Ce qui l'excita encore plus et lui donna encore plus envie de lui.

— Une fois que j'aurai commencé, je ne voudrai plus arrêter.

Dell fit glisser ses lèvres le long de sa mâchoire.

Elle pencha la tête en arrière, lui donnant l'espace nécessaire pour l'explorer. Sa vue se brouilla et ses oreilles grésillèrent comme si ces flammes tourbillonnantes étaient sorties de la cheminée pour inonder ses veines. Elle se cambra alors et roula sur le côté pour se replacer au-dessus de lui.

— Arrêter ?

Elle rit en frottant sa mâchoire contre la sienne.

— Qui a parlé d'arrêter ?

Chapitre 15

Dell s'efforça de garder le contrôle, mais c'était difficile avec le lion qui criait dans son esprit.

Marque-la ! Prends-la ! Fais-la nôtre !

Il pouvait le faire. Une morsure, et Anjali serait liée à lui pour toujours. Ce serait facile. Mais il était hors de question qu'il profite de sa confiance de cette manière.

Agitant un fouet imaginaire, il apaisa la bête. Il obligea sa forme humaine à se calmer aussi, car il semblait crucial qu'Anjali prenne les choses en main, peu importait à quel point il souhaitait désespérément libérer tous ses désirs refoulés. Comme s'il avait une leçon de plus à apprendre sur l'amour.

L'amour ? ricana son lion. *Je sais tout de l'amour.*

À une époque, il aurait été d'accord. Mais à présent, il n'en était plus si sûr. L'amour n'était pas qu'une question d'amusement et de jeux, ce n'était pas que de la douleur non plus.

Alors, qu'est-ce que c'est ? demanda son lion.

Son esprit fut vide jusqu'à ce qu'il regarde Anjali dans les yeux. Il y trouva la réponse : l'amour était un mélange de tout. D'espoir. De joie. De sacrifice.

L'amour ne prend pas. L'amour donne, dit une voix féminine dans son esprit.

Une voix qu'il ne reconnut pas.

L'amour, c'est attendre si nécessaire.

Attendre ? marmonna son lion. Anjali bougeait sur lui, sa respiration plus forte, ses baisers plus fermes.

Attendre, dit Dell en déplaçant ses mains sur ses côtes.

— Oui, murmura Anjali. S'il te plaît.

Il titilla la partie inférieure de ses seins assez longtemps pour qu'elle danse contre lui. Bon sang, comme elle était belle. Sa peau était aussi soyeuse qu'il l'avait imaginée et ses lèvres reflétaient sa personnalité. Douces et insistantes. Prudentes un moment, audacieuses un moment plus tard.

La bête en lui grogna en signe d'approbation.

Comme une lionne.

Tous les humains avaient une facette animale et il rêvait de libérer la sienne. Ou de rôder dans de grandes prairies avec lui. De prendre le soleil sur les corniches en pierres près de chez lui, un côté de son corps blotti contre le sien.

Toute la scène se déroula dans sa tête. Elle était si réelle qu'elle le transporta loin du manoir de Chicago battu par le vent et jusqu'à sa maison à Maui. Anjali et lui étaient sur la terrasse, blottis l'un contre l'autre sous leur forme de lion. Quinn était entre eux, jouant avec les oreilles poilues de Dell. Elle affichait son sourire de bébé, paisible. Le soleil brillait et la vie était belle.

Son cœur battit plus fort et même son lion cessa d'agiter la queue.

Oui, grogna la bête. *Oui.*

Soudain, il cligna des paupières et revint dans cette chambre contenant trop de meubles à l'arrière du manoir. Un fantasme à la fois, pas vrai?

Mais même le présent semblait irréel. La pluie battait les fenêtres du manoir centenaire et les branches frappaient les murs. La lueur de la cheminée se reflétait sur la peau d'Anjali et son odeur de jasmin et de noix de coco chatouillait ses narines. Elle marqua une pause au-dessus de lui, examinant son visage, le poussant à se demander si elle imaginait des choses aussi. Mais un moment plus tard, une lueur malicieuse brilla dans ses yeux et elle recula pour retirer son chemisier.

Il la regarda, émerveillé par le soutien-gorge blanc contrastant avec sa peau foncée. Heureusement que le manoir de Silas était sécurisé, car il se sentait sortir de l'état d'alerte dont il avait besoin pour défendre sa compagne et son enfant. Et quand Anjali passa les mains dans son dos pour dégrafer son soutien-gorge...

Eh bien, il était attentif... Mais uniquement envers elle. Les coups furieux des branches sur le toit devinrent distants et le hurlement du vent n'était plus qu'un bruit de fond.

Il gloussa en voyant la perle qui pendait juste au-dessus de ses seins.

— Joli.

Les yeux d'Anjali scintillèrent.

— Un souvenir de Maui, tu sais.

— Je sais, dit-il en touchant ses côtes. Dommage que ce ne soit pas une vraie.

Les yeux d'Anjali scintillèrent.

— On ne sait jamais. Ce qui est vrai, je veux dire.

Ce qu'il y a entre nous est vrai, murmura son lion. *Nous sommes compagnons. C'est le destin.*

Le destin, répéta une voix de femme au fond de son esprit.

Était-ce le destin qui murmurait? Était-ce la perle? Dell l'ignorait. Cela ne l'intéressait pas beaucoup non plus. Pas quand Anjali se penchait pour l'embrasser sur la bouche. Il empoigna ses seins et ferma les yeux face à l'accès d'émotions qui montaient en lui.

— Putain, tu es tellement belle.

Elle gloussa.

— Tu as les yeux fermés.

Il hocha la tête sans les ouvrir, concentré sur ses pouces qui glissaient délicatement sur la peau douce d'Anjali.

— Belle dans tous les sens du terme. À toucher. À sentir. À goûter.

Elle comprit l'allusion et glissa plus haut, dirigeant un de ses tétons durs vers la bouche de Dell. Il passa ses lèvres dessus et alors qu'il gémissait presque de plaisir, Anjali poussa un petit cri. Elle se balança sur lui, lui offrant un côté, puis l'autre. Mais à un moment, elle se pencha en arrière, comme si elle venait de se souvenir qu'elle avait les commandes.

Elle tira sur le T-shirt de Dell.

— Ça, ça doit disparaître. *Pronto.*

— Oui, madame.

Il se plia en deux et passa son T-shirt par-dessus sa tête.

Les yeux d'Anjali suivirent chaque ligne de ses abdominaux. Il se tint ainsi un peu plus longtemps que nécessaire pour qu'elle puisse l'admirer à volonté.

— Crâneur, le réprimanda-t-elle une seconde plus tard, détournant le regard.

Il rit.

— Peut-être un peu.

— Ça, ça doit disparaître aussi.

Elle tira sur son pantalon, reprenant son air autoritaire.

Le sourire de Dell s'agrandit.

— Avide, hein ?

— Absolument.

Elle hocha la tête en s'occupant de sa braguette.

Cette femme était très efficace et en peu de temps, ils furent tous les deux nus. Nus et un peu étourdis, il devait bien l'admettre. Car le corps d'Anjali était parfaitement harmonieux, couleur café, mis à part ses tétons plus foncés et les boucles entre ses jambes. Ses yeux sombres se remplirent de lumière et le corps de Dell fourmilla chaque fois que ses mains le caressaient. Et elle le caressa beaucoup, à tel point qu'il grogna.

— Eh bien.

Elle passa le bout de ses doigts le long de son sexe.

— Nous allons vraiment devoir faire quelque chose à ce sujet.

Ses yeux roulèrent dans leurs orbites tandis que tous ses muscles se tendaient.

— J'adorerais que tu y fasses quelque chose.

Il imagina Anjali enrouler ses doigts délicats autour de lui et le caresser fermement, cependant quand elle se pencha en avant pour embrasser son ventre, des feux d'artifice explosèrent dans sa tête. Allait-elle vraiment... ?

Elle descendit tout en déposant une série de baisers sur le corps de Dell. Elle traça une ligne qui l'amena directement à...

Il retint sa respiration tandis que ses lèvres se refermaient sur son gland. Un baiser hésitant mena à un autre et peu après, elle posa ses mains sur les cuisses de Dell et le prit entièrement dans sa bouche.

À l'extérieur, le vent hurla et Dell faillit bien se joindre à lui. D'un moment à l'autre, il se réveillerait et son rêve prendrait fin. Il devrait retourner à la réalité de son ancienne vie en se cachant derrière des sourires et en dissimulant ses émotions à l'aide de plaisanteries. Il ferait semblant de s'amuser alors que tout ce qu'il voulait, c'était... c'était...

Anjali, dit son lion.

Pourtant, curieusement, le rêve ne prit pas fin. L'extase continua, le rendant fou. Quand elle se redressa pour reprendre sa respiration, il se surprit à en faire de même.

— Est-ce que je me débrouille bien ?

Le rire de Dell résonna dans la pièce.

— Est-ce que tu as besoin de poser la question ?

Elle gloussa et se remit sur lui pour une nouvelle minute de bonheur. Soudain, elle serra les lèvres et se redressa, passant d'un plaisir à l'autre en se plaçant à califourchon sur son membre dur.

— Préservatif, parvint-il à murmurer.

Elle grogna, toutefois elle le laissa se précipiter dans la salle de bains, où il fouilla dans la coiffeuse et où, Dieu merci, il en trouva quelques-uns. Quand il revint à la hâte vers Anjali, elle se remit en position, à califourchon sur lui, le prenant lentement.

Oh, oui, grogna son lion tandis qu'il la pénétrait de plus en plus profondément.

— Allonge-toi et profite, murmura Anjali.

Elle pencha la tête en arrière et commença à onduler sur lui, et il n'avait qu'à agripper ses hanches. C'était tout ce qu'il voulait faire à ce moment-là. Ça, et essayer de se reprendre d'une manière ou d'une autre. Les lions préféraient le sexe brutal et possessif, à quatre pattes. La bonne vieille position de l'amazone ne devrait pas être aussi agréable. Il n'avait pas encore joui, pourtant c'était déjà la meilleure relation de sa vie.

Les yeux parés de bijoux du dragon gravé au-dessus de la cheminée scintillèrent et le lion de Dell grogna dans son esprit.

Bien sûr que oui. C'est notre compagne.

Il donna un coup de hanches vers le haut, regardant les seins d'Anjali rebondir délicatement et ses lèvres former des exclamations silencieuses tandis qu'elle bougeait. Il espérait qu'elle prenait autant de plaisir que lui et que cette histoire de compagne n'allait pas que dans un sens. La perle pendait de son collier et il pourrait jurer l'avoir vue scintiller. Ou s'agissait-il d'un jeu de lumière ?

Anjali bougea plus rapidement, s'approchant de l'orgasme, mais chaque fois qu'il pensait qu'elle allait jouir, elle grimaçait et criait.

— Presque... murmura-t-elle en s'affalant sur lui. Mais...

Il détestait qu'elle ne puisse pas jouir.

Alors, arrange ça, dit sèchement son lion.

— Et si je prenais les choses en main ? lui murmura-t-il à l'oreille.

Enfin, il essaya de murmurer, mais ce fut un grognement qui sortit.

— Oui, s'il te plaît.

Les mots étaient à peine sortis de sa bouche quand il roula sur le côté et qu'il se mit au-dessus d'elle. Il la prit dans ses bras et se releva. Une seconde plus tard, ils étaient au lit. Si vite que la flamme de la bougie qu'elle avait allumée et placée sur la table de chevet plus tôt vacilla, menaçant de s'éteindre. Anjali s'enfonça dans le matelas tout comme Dell s'enfonça en elle : reconnaissante, les yeux grands ouverts et affamés, les mains tremblantes. Délicatement, comme s'ils étaient faits l'un pour l'autre. Avidement, car son lion cherchait à jouir.

Prends-la. Montre-lui, rugit la bête.

Il se retira de quelques centimètres, souleva un peu plus les jambes d'Anjali et la pénétra à nouveau. Elle cria et planta ses ongles dans son dos.

Ça va ? lui demanda-t-il d'un regard.

C'est tellement bon, lut-il dans ses yeux.

Il replaça ses mains de chaque côté du corps d'Anjali et recommença : il se retira et la pénétra à nouveau. Encore et encore, jusqu'à ce que son propre corps soit en feu et hurle pour obtenir sa libération. Ses crocs commencèrent à sortir de ses gencives et il ne put s'empêcher d'imaginer à quel point il serait bon de les enfoncer en elle pour en faire sa compagne. Et même s'il savait qu'il ne pouvait pas aller jusque-là, il pouvait faire autre chose. C'est-à-dire, lui donner le moment le plus sensuel de sa vie.

— Oui ! criait Anjali à chaque pénétration.

Ses muscles internes se contractèrent, faisant brûler Dell de désir. Ses seins étaient comme des oreillers, sa poitrine couverte d'une fine couche de sueur.

Il ferma les yeux, effectuant des va-et-vient plus rapides, clignant des yeux pour essuyer la sueur de ses yeux. Il la supplia silencieusement de tenir bon, car il était tellement proche de l'orgasme et voulait jouir en même temps qu'elle. Il tendit les mains, trouva son clitoris et appuya fermement dessus, la faisant grogner. Puis, avec un dernier coup puissant de hanches, il explosa en elle.

Anjali cria, se cambrant contre lui.

Il la tint contre son corps pendant toute sa libération. Probablement trop fort, cependant cela ne sembla pas la déranger. Ses bras étaient tout aussi serrés autour de lui et sa voix était distante lorsqu'elle gémit pendant son orgasme.

À l'extérieur, un volet claqua et le vent hurla. Les flammes crépitèrent et tournoyèrent. Mais même avec tout ce bruit de fond, Dell entendait sa propre âme chanter. Il voulait lever le menton et pousser un rugissement de lion suffisamment fort pour surpasser cette tempête, toutefois il parvint à le réprimer.

Ma compagne, soupira son lion.

Il s'accrocha à Anjali tandis que les muscles de celle-ci se détendaient les uns après les autres. Soudain, ils se contractèrent à nouveau quand une nouvelle vague de plaisir la frappa. Anjali cria et il se raidit en elle, augmentant encore son plaisir. Elle se détendit à nouveau et il en fit de même, petit à petit.

— Salut, murmura-t-elle en ouvrant les yeux, un sourire timide sur les lèvres.

— Salut.

Il sourit et l'embrassa. Il se perdit à nouveau dans le contact doux et soyeux de ses lèvres. Il prit un moment pour se débarrasser du préservatif, puis se retourna pour faire face à Anjali.

— Tu as créé un monstre, gloussa-t-elle en passant ses mains sur les fesses de Dell.

Il fit semblant de regarder autour de lui.

— Je ne vois qu'une beauté volante.

Elle rit, puis cala sensuellement son visage contre son oreille.

— Je devrais être exténuée, mais j'en veux plus.

Il sourit et frotta son érection contre sa hanche.

— C'est drôle, car puisque tu en parles...

Et ils reprirent de plus belle. La plupart des femmes se seraient écroulées sur le matelas et se seraient perdues dans le confort de la satisfaction, pourtant Anjali ne faisait que commencer.

Elle ferait une bonne lionne, c'est certain. Son lion sourit.

Dell se plaça au-dessus du corps d'Anjali, laissant tout le reste se troubler. Ses seins étaient doux et ronds. Son ventre était illuminé par le feu. Et quand il écarta ses jambes pour l'explorer plus bas...

Le paradis. Certains disaient qu'il pouvait se trouver à Maui, mais pour lui, il était juste là. Le goût d'Anjali sur sa langue pendant qu'il la dévorait. La chair douce et accueillante sous ses doigts. Le tunnel sombre de nerfs qui l'appelait.

— Oui... gémit Anjali tandis qu'il passait sa langue sur elle, les rendant fous tous les deux.

Oui, grogna son lion.

Son sexe brûlait d'envie de jouir et son corps palpitait d'un désir doux et ardent.

— Dell ! cria Anjali.

Il recula et lui parla d'une voix pressante et rauque.

— Retourne-toi.

Il avait beau ne pas pouvoir faire d'elle sa compagne ce soir-là, il pouvait laisser son lion rôder un peu plus près de la surface.

Anjali roula sur le côté et se serra contre lui à quatre pattes. Elle regarda par-dessus son épaule et agita les fesses.

Oui, disaient ses yeux. *Prends-moi. Marque-moi. Fais-moi tienne.*

Dell déglutit. Avait-il déjà été regardé par une femme avec autant de confiance, faisant gonfler son sexe *et* son cœur ?

Jamais, grogna son lion. *Il n'y a eu personne auparavant et il n'y aura plus jamais personne à l'avenir.*

— Dell, grogna-t-elle en se heurtant à lui comme une chatte en chaleur.

Il agrippa ses hanches et glissa contre elle plusieurs fois. Soudain, il la pénétra et ils gémirent tous les deux. Doucement dans un premier temps, puis plus fort, suivant l'intensité de ses coups de boutoir.

Anjali bloqua ses hanches en arrière et ses bras en avant, se préparant. Ses mains tordirent les draps et les sons étouffés qu'elle émit assurèrent à Dell qu'elle prenait du plaisir. Ses courbes se calaient parfaitement avec les mains de Dell, et la perle se balança sous son corps tandis qu'ils bougeaient ensemble.

Chaque fois qu'il entrait en elle, la brûlure augmentait. Chaque fois qu'il se retirait, son âme pleurait. Et chaque fois qu'Anjali poussait un cri de plaisir, Dell voulait crier aussi.

Je n'ai jamais ressenti ça avec qui que ce soit. Avec personne d'autre que toi.

Puis, avec un dernier coup de hanches ferme, il explosa en elle. Anjali poussa un cri alors qu'il penchait la tête en arrière dans un grognement grave et animal. Pendant un moment, ils restèrent immobiles et durs comme une statue érotique. Il se pencha ensuite doucement sur elle et couvrit ses mains des siennes. Une goutte de cire coula lentement de la bougie sur la table de chevet, fondant tout comme lui.

— Oh. Mon. Dieu.

Anjali s'allongea sur le ventre.

Dell se détendit, laissant son poids peser sur elle tandis qu'il inspirait son odeur incroyable.

— Je ne suis pas trop lourd ?

Elle secoua la tête contre l'oreiller.

— Juste comme il faut.

Il agrippa le drap et les essuya, puis nicha son menton contre l'épaule d'Anjali et le fit glisser sur elle en longues caresses délibérées.

Anjali soupira, puis gloussa, et finit par couiner.

— Qu'est-ce que tu fais ?

— Je te possède, dit-il sans réfléchir.

Il grimaça soudain. Merde. Cela ne donnait peut-être pas la bonne impression.

Heureusement, elle se contenta de glousser et de s'étirer. De toute évidence, elle prenait du bon temps.

— Tu es comme un animal, tu sais.

Oh, je sais, voulait-il dire.

— Un ours, peut-être.

Elle gloussa et il émit un petit rire.

— Un quoi ?

Elle rit.

— Ce n'est pas assez civilisé pour toi ? D'accord, alors... euh...

Elle y réfléchit un instant.

— Qu'est-ce que tu dirais d'un lion ?

Il resta immobile un moment, laissant l'éclair traverser ses veines. Anjali était-elle au courant ? S'était-il trahi d'une façon ou d'une autre ?

M'aime-t-elle aussi ? demanda son lion avec un peu trop d'enthousiasme.

Mais la voix d'Anjali portait une certaine inflexion qui signifiait qu'elle plaisantait. Dell ne savait pas s'il devait ressentir du soulagement ou de la honte. Il la couvrit d'une autre caresse de sa barbe le long de son dos et il s'obligea à prendre un ton guilleret.

— Un lion. Ça me plaît. Le roi de la jungle, et tu es ma compagne.

— Ça ne devrait pas me plaire, mais c'est le cas.

Elle soupira sous son corps.

Il ferma les yeux, imaginant cette corniche rocheuse à côté de sa maison. Elle et lui...

Anjali se tortilla un peu et il roula lentement sur le côté, se donnant de l'espace pour blottir son visage ailleurs que contre son dos. Il posa son menton dans la vallée située entre ses seins et s'y frotta de bas en haut, faisant rougir la peau d'Anjali.

Elle emmêla ses doigts dans ses cheveux.

— Tu ferais un très bon lion.

Il prit une profonde inspiration. Si seulement elle savait.

— Toi aussi, murmura-t-il, lui faisant une promesse silencieuse.

Au moment même où ils arriveraient à Maui, il lui dirait la vérité. Sur lui. Sur son frère. Sur Quinn. Mais pour le moment...

Il écarta une mèche des cheveux d'Anjali et sourit, mêlant soudain douceur et amertume.

— Nous sommes comme eux, tu sais.

Anjali se blottit contre son épaule, y trouvant parfaitement sa place.

— Comme qui ?

— Quentin. Lourdes. Mais tu es Quentin, le chevalier en armure scintillante, et c'est toi qui me sauves. Et je suis Lourdes.

Anjali rit, prit son visage entre ses mains et passa un pouce sur sa joue.

— Tu ne lui ressembles vraiment pas.

Il sourit, essayant de ne pas se laisser emporter par des pensées tristes.

— Je suppose que non.

— Hé, tu sais. Je crois que c'est toi qui me sauves, murmura Anjali.

La pluie se calma et frappa le toit plus légèrement. La gêne monta en lui face à ce rappel du monde extérieur. Quentin était entré dans la vie de Lourdes sans vouloir lui faire de mal, cependant il avait fini par lui attirer toute une série de problèmes. La même chose pouvait-elle arriver à Anjali ?

Son lion grogna.

Il y a une grande différence. Quentin a quitté Lourdes. Et ils n'étaient pas compagnons.

Le visage de Dell se durcit lorsqu'il regarda en direction de Quinn, endormie. Il se demanda s'il avait vraiment la force de relever le défi de sa vie. Le fait de prendre soin d'un enfant : oui. Le fait de conquérir sa compagne : oh, oui. Le fait de venger Quentin : trois fois oui. Mais tout cela en même temps ? C'était là toute la difficulté. Chaque fois qu'il se concentrait sur une chose, il prenait le risque de faire échouer les deux autres.

— Hé.

Anjali tint son visage entre ses mains.

— Rien de tout ça.

— Rien de tout quoi ?

Elle ne dit rien, toutefois ses yeux la trahirent.

Je vois en toi, disaient-ils. *Et je t'aime quand même.*

— Je ne veux pas de Quentin. Je te veux, toi, murmura Anjali.

Elle soupira et couvrit ses lèvres avant qu'il ne puisse parler.

— Et maintenant, j'ai vraiment besoin de dormir. Et toi aussi. Dieu sait que Quinn ne va pas dormir toute la nuit.

Il feignit un grognement.

— Bon sang. Encore des biberons. Encore des couches.

Elle rit, se blottissant contre son flanc.

— Tu adores ça.

Il embrassa l'épaule d'Anjali et fut sur le point de protester. C'est alors qu'il regarda les flammes. Un instant. Comment quelqu'un pouvait-il aimer ces repas de minuit ? Toutes ces heures à faire de son mieux avec Quinn, mais à se sentir complètement dépassé. Toutes les manières dont le bébé avait mis sa vie sens dessus dessous en l'espace d'une semaine. Tout ce à quoi il avait renoncé.

Anjali gloussa, l'air fatiguée.

— Tu adores ça et tu le sais.

Il se sentait éreinté, pourtant quand il ferma les yeux et qu'il écouta son cœur, la réponse était claire.

Il souffla sur la bougie posée sur la table de chevet et murmura :

— Tu as raison. C'est vrai.

Chapitre 16

Anjali dormit mieux qu'elle ne l'avait fait depuis des années, dérivant parmi ses rêves. Certains étaient torrides, lui permettant de revivre la meilleure relation sexuelle de sa vie. D'autres étaient étranges et mystiques, mais curieusement réconfortants. Elle rêva que le dragon sculpté se libérait du manteau de la cheminée, qu'il s'envolait par la fenêtre et qu'il devenait cent fois plus grand. Il gardait un œil sur Dell, Quinn et elle, rôdant autour de la maison. Elle rêva d'un loup qui grognait, empêchant les intrus d'entrer. Plus elle se blottissait contre Dell, plus les rêves semblaient réels. On aurait dit que le maître d'hôtel et l'agent de sécurité se transformaient en animaux pendant la nuit.

Le rêve le plus fou, et son préféré, fut celui où le lion en peluche de Quinn se leva et fit les cent pas devant la porte pour la protéger. Il grandit de plus en plus jusqu'à ce qu'il s'élève, agitant sa queue poilue à chaque instant. Puis, il se retourna et la regarda de ses yeux mordorés, comme ceux de Dell.

Curieusement, ces rêves lui donnaient un sentiment de paix.

Elle se réveilla lentement et confortablement et se blottit plus près de lui. Son corps palpita presque de satisfaction et le lit était encore chaud, pourtant il n'était plus là. Elle se redressa d'un air inquiet, puis sourit. La lumière du soleil passait par les fenêtres, claire et vive. Apparemment, la tempête s'était calmée. Dell faisait les cent pas dans la pièce, portant un caleçon, mais pas de T-shirt, montrant des peintures à Quinn.

— Tu vois le château, ma chérie ? Les dragons aiment les châteaux. Ils peuvent voler autour...

Anjali sourit. C'était tellement adorable de l'entendre inventer des histoires pour le bébé.

— Mais ils sont pleins de courants d'air, poursuivit-il. On est mieux à Maui, sans l'ombre d'un doute.

Anjali s'allongea à nouveau dans le lit. On était *vraiment* mieux à Maui. Mieux que dans un château plein de courants d'air et mieux qu'à Chicago. Cependant l'île faisait tout autant partie d'un conte de fées que le château de cette peinture. C'était un endroit dont on rêvait, un lieu à visiter peut-être un jour, mais pas un foyer où imaginer sérieusement de vivre.

De cette manière, Maui était un peu comme Dell. Le genre d'homme pour lequel une femme craquait, toutefois pas un homme avec lequel on pouvait envisager une relation sérieuse.

Elle fit la moue. Cela avait peut-être été vrai à propos de l'ancien Dell, mais pas de l'homme qui se tenait devant elle à présent et qui embrassait tendrement le bébé sur la tête. Ce Dell était le genre d'homme qu'il ne fallait pas laisser partir. Bien entendu, elle venait de passer une nuit torride dans ses bras. Cela ne lui facilitait pas la tâche pour porter des jugements rationnels, en particulier avec son torse nu juste devant elle.

Il leva le lion en peluche et le fit avancer.

— Mais, les lions… Ils aiment rôder. Ils chassent la nuit et ils prennent le soleil au milieu de la journée.

Anjali sourit. Curieusement, cela ressemblait aux vraies habitudes de Dell. Entre son emploi de barman et les patrouilles autour de la propriété, il était souvent occupé le soir et la nuit. Les premières heures du matin étaient dévouées au travail sur le domaine de la plantation ou dans cette belle maison près de la crique. Et oui, il aimait les siestes au soleil au milieu de la journée.

Anjali ferma les yeux, se demandant si elle pourrait un jour trouver sa place dans ce genre de vie.

— Salut, dit doucement Dell.

Anjali leva les yeux et lui sourit.

— Salut.

Au moment même où leurs regards se croisèrent, son corps se réchauffa. Si Quinn n'avait pas été là, bouillonnant d'énergie, elle avait l'impression que Dell se serait précipité au lit et lui aurait à nouveau fait incroyablement bien l'amour.

Au lieu de cela, ils se sourirent et elle sortit lentement du lit. Elle était complètement nue, cependant les yeux étincelants de Dell restèrent rivés sur les siens tandis qu'elle avançait vers lui.

— Bonjour.

Elle l'embrassa, puis embrassa Quinn.

— Bonjour, répondit-il en tapotant Quinn sur le nez. Est-ce que tu peux donner un baiser à Anjali, ma chérie ? Non ? D'accord, alors je vais le faire.

Et il le fit, poussant Anjali à se demander comment ils pourraient occuper Quinn assez longtemps pour retourner au lit. Soudain, Dell s'écarta en soupirant et elle aussi.

Peut-être plus tard, lut-elle dans ses yeux étincelants.

Oh oui, plus tard, voulait-elle dire. Mais un coup d'œil à l'horloge la ramena à la réalité comme si elle était frappée par une avalanche.

— Ho là. Est-ce qu'il est vraiment sept heures ?

Dell hocha la tête.

— J'ai appelé un taxi pour qu'il vienne à sept heures quarante-cinq.

Ce ne fut que lorsqu'Anjali entra dans la douche qu'elle comprit le sens de ses mots, morceau par morceau. Leur vol à Hawaï. Le danger dont Dell était tellement sûr. Leur départ précipité de Chicago.

Elle termina de se doucher à la hâte et se sécha, sourcillant sous la lumière qui filtrait par la fenêtre haute de la salle de bains. Le soir précédent, il avait été facile de croire au danger, entre le souvenir de Moira et la tempête qui faisait rage. Mais la clarté du matin la fit marquer une pause. Elle avait un travail à Chicago. Sa famille vivait en banlieue. Comment pouvait-elle partir ?

— Tu es bientôt prête ? demanda Dell quand elle retourna dans la chambre.

Les portes du petit salon étaient ouvertes et le petit-déjeuner avait été servi. Le sac à langer était prêt à côté de l'entrée et Dell se démenait dans la pièce, ramassant le peu d'affaires qu'il avait apportées.

Anjali resta immobile, ayant l'impression qu'elle avait heurté un mur en briques. Toute sa vie, elle avait travaillé dur, elle avait réfléchi à ce qu'elle faisait et elle avait pris chaque décision délibérément. Était-elle vraiment prête à faire cela ?

— Presque, murmura-t-elle en essayant de faire bouger ses membres.

Elle s'habilla et prit son téléphone. Dell tourna brusquement la tête vers elle.

— Je dois appeler le bureau, expliqua-t-elle.

Elle vit presque les mots « *ne fais pas ça* » se former sur la langue de Dell, mais il se retint.

— Ne dis pas où nous allons ni quand. Ne leur donne pas de détails.

Son visage était sombre et il hocha sèchement la tête en direction de Quinn, qui gazouillait joyeusement dans le nid de couvertures sur le sol.

Juste comme ça, la sensation menaçante de danger revint dans la pièce.

Les mains d'Anjali tremblèrent lorsqu'elle appela son bureau. Pas son assistante, Crystal, mais Ken, son supérieur direct, dont la voix était froide et dure.

— *Mademoiselle Jain. Que se passe-t-il exactement ?*

Elle déglutit. Ken avait toujours insisté pour qu'ils s'appellent par leurs prénoms, alors ce « *mademoiselle Jain* » n'était pas du tout bon signe. Elle hésita, car comment pouvait-elle lui expliquer ?

— *Vous êtes partie.*

Elle grimaça.

— Je suis désolée. L'urgence familiale dont j'ai parlé la semaine dernière n'était pas aussi maîtrisée que je le pensais. S'il vous plaît, laissez-moi vous expliquer.

— *Oui. Et si vous veniez et que vous me racontiez tout ? Et pendant que vous y êtes, vous pourrez m'expliquer pourquoi vous être montrée impolie envers Mme LeGrange.*

Elle en resta bouche bée.

— Je vous demande pardon ?

— *Elle était très contrariée.*

Elle était *contrariée* ? Anjali avait envie de crier, cependant Ken poursuivit avec le même ton brusque.

— *Ensuite, vous pourrez aussi m'expliquer comment il est possible que votre visiteur non autorisé ait agressé notre nouvelle actionnaire.*

— Agressé ? s'exclama Anjali.

Dell leva les yeux depuis l'endroit où il était agenouillé pour chatouiller les pieds de Quinn.

— *Nous avons des témoins. Apparemment, cet homme est un ancien membre des Forces spéciales. Le genre qui peut tuer à mains nues. Et ses mains étaient posées sur Mme LeGrange.*

Anjali n'en croyait pas ses oreilles.

— Mme LeGrange a menacé sa fille. Que feriez-vous si quelqu'un menaçait une de vos filles, Ken ?

La ligne devint silencieuse pendant au moins une demi-seconde.

— *De toute évidence, cet homme est dérangé. Une sorte de stress post-traumatique, d'après ce que j'ai compris.*

Les joues d'Anjali chauffèrent.

— Quoi ?

Dell leva brusquement la tête.

— *Écoutez, Anjali. Je sais que vous travaillez bien, alors je vais vous donner une autre chance. Oubliez cet homme, qui qu'il soit, et nous ferons de notre mieux pour limiter les dégâts et oublier tout cela.*

Anjali avait envie de crier.

Oublier quoi ? C'est Moira qui touchait à tout dans mon bureau et qui touchait mon homme.

Dell transporta Quinn vers la fenêtre et hocha la tête à l'intention d'Anjali. Le taxi attendait à l'extérieur.

— *Écoutez, je dois partir,* dit Ken.

Moi aussi, murmura presque Anjali.

— *Prenez une heure. Non, prenez-en deux.*

Waouh, quel cadeau.

— *Ressaisissez-vous. Puis venez et remettez-vous au travail. Vous m'entendez ? Si vous n'êtes pas ici à midi...*

Il ne termina pas sa phrase.

— Ken...

Anjali fixa son téléphone du regard quand la ligne fut déconnectée.

Elle ferma les yeux. Merde. À quel point pouvait-elle perdre le contrôle de la situation ?

— Il est temps de partir, dit doucement Dell.

Elle ouvrit et ferma la bouche, mais elle ne pouvait pas parler. Elle ne put que suivre Dell silencieusement sur le trottoir pendant que les engrenages tournaient dans sa tête.

Il aurait été intelligent de se présenter au bureau immédiatement. Pour limiter les dégâts, comme l'avait dit Ken. Cependant Dell la pressa dans le taxi comme s'il y avait des tireurs d'élite sur les toits alentour. Couraient-ils vraiment un si grand danger, ou s'agissait-il seulement de son imagination ?

Cet homme est dérangé.

L'avait-elle mal jugé ?

— Dell... dit-elle.

Mais ce ne fut qu'un murmure.

Il s'appuya sur la portière ouverte du taxi, lui faisant signe d'entrer. Quinn était dans ses bras, tendant les siens vers Anjali comme pour s'assurer qu'elle venait.

Anjali déglutit. Allait-elle partir avec eux ?

Dell avait signé les documents de l'adoption. Il était sur le chemin du retour à Maui, où ses amis l'aideraient avec Quinn. C'était logique. Mais elle ?

Si vous n'êtes pas ici à midi...

Elle avait passé des années à construire sa carrière. À se sacrifier. À travailler pendant de longues heures. Allait-elle vraiment renoncer à tout cela ?

L'air matinal était frais, néanmoins elle commença à transpirer et ses jambes refusèrent de bouger. Laisser partir Dell et Quinn à ce moment-là la briserait, cependant c'était peut-être pour le mieux. Comme retirer un pansement et en finir avec la douleur d'un coup sec.

— Anjali, murmura Dell d'une voix tremblante.

La même qui avait réveillé une partie de son âme au cours de la semaine précédente, la voix qui avait murmuré tous ces mots doux la veille.

— Vous montez, m'dame ? cria le chauffeur de taxi.

Toute la rue sembla s'immobiliser tandis que les martèlements de son cœur résonnèrent dans ses oreilles.

Tu n'es pas obligée de faire ça, dit une petite voix.

Anjali fronça les sourcils. Non, elle n'était pas obligée. Mais, putain. Comment pourrait-elle ne pas le faire ?

Autour de son cou, la perle sembla se réchauffer. Et peu à peu, ses doutes disparurent les uns après les autres.

Un moment plus tard, sa main était ferme dans celle de Dell et elle monta dans le taxi. Elle prit Quinn des bras puissants de son compagnon et la serra contre elle.

— Nous allons à l'aéroport, dit Anjali au chauffeur. Aussi vite que possible.

Chapitre 17

Anjali regarda par la vitre tandis que le taxi zigzaguait sur LaSalle Drive, mais quand il rejoignit la route I-90 en direction de l'aéroport, elle se tourna vers Dell.

— Je te jure que je t'expliquerai tout quand nous arriverons à Maui, murmura-t-il en lui embrassant la main.

Anjali ferma les yeux. D'une certaine manière, elle doutait qu'il puisse le faire, tout comme elle ne pourrait jamais expliquer la décision qu'elle venait de prendre. Sa main trembla dans la sienne. Était-il conscient de ce qu'elle avait fait à l'instant ?

— Je te jure que je vais t'expliquer, répéta-t-il comme s'il avait lu dans ses pensées.

Sa voix était déterminée et des flammes tournoyaient dans ses yeux. Elles y tournoyaient vraiment et elle le fixa du regard.

— Est-ce que tu vas expliquer ça aussi ?

Elle passa un doigt le long de sa joue.

Il cligna des yeux, confus.

— Expliquer quoi ?

— Tes yeux brillent. De nouveau.

Il sembla inquiet et elle rit presque. Bien sûr, elle l'avait remarqué auparavant. Plusieurs fois, en réalité. Que s'imaginait-il ?

Il prit une profonde inspiration, lui saisit les mains et baissa la tête.

— Je t'expliquerai ça aussi. Je te le promets.

Anjali inclina la tête. Sa voix était déterminée, mais hésitante. Quel grand secret lui cachait-il ?

Elle serra ses mains et fit rouler ses épaules plusieurs fois.

— D'accord. À quelle heure est le vol ?

Dell se redressa, l'air reconnaissant.

— À onze heures.

Il lui montra les papiers, lui donnant quelque chose sur quoi se concentrer pour ne pas penser au fait qu'elle était sur le point de perdre son emploi. Environ une heure après le décollage, si Ken avait été sérieux.

Serrer Quinn contre elle l'aidait, tout comme le vacarme de l'aéroport. Dell attira autant de regards admirateurs qu'à Maui, et même Anjali dut sourire. Il portait ses bottes de combat et son pantalon de treillis habituels, les poches remplies d'objets pour bébés : un biberon le long de sa cuisse musclée, le lion en peluche dans une autre poche et un hochet dans une troisième.

— Quoi ? demanda-t-il en la voyant sourire.

Elle lui donna une tape sur les fesses, juste parce qu'elle pouvait le faire.

— On dirait G.I. Adorable. Toutes les femmes de l'aéroport veulent vous ramener à la maison, Quinn et toi.

Il lui adressa un sourire triomphant.

— Il n'y a qu'une femme que je désire dans tout cet aéroport. Enfin, plutôt deux. Toi et toi.

Il la désigna, puis Quinn.

Rire était plus agréable que se faire du souci, Anjali se permit donc de céder un moment. De faire semblant qu'elle n'était pas sur le point de perdre son travail. Que Dell était son mari et que Quinn était sa fille. Qu'elle était chez elle à Maui.

Ça pourrait être le cas, murmura une petite voix dans sa tête.

Vraiment ? Toutes les histoires de fins heureuses qu'Anjali avait entendues en grandissant impliquaient des choix responsables, des plans d'épargne et des décisions mûrement réfléchies. Pas des risques fous comme tout laisser tomber pour un homme et un bébé qui n'était même pas d'elle.

Mais, et si c'était possible ?

— Quel âge a votre fille ? demanda une femme plus âgée.

— Presque quatorze semaines, répondit Dell sans cette milliseconde d'hésitation qu'il avait montrée quelques jours auparavant.

— Elle vous ressemble beaucoup, s'extasia une autre.

Une ombre s'abattit sur le visage de Dell et sa voix était rauque lorsqu'il répondit.

— Oui. Tout le portrait de son père.

Anjali lui serra la main. Le chagrin qu'il ressentait pour Quentin pourrait bien ne jamais diminuer, toutefois cela ne devait pas l'empêcher d'être un parent rempli de fierté. Bien entendu, il devrait penser à la manière dont Quinn devrait l'appeler. Papa? Dell? Elle n'osa néanmoins pas poser la question, car cela en posait une autre. Quinn aurait-elle un jour une maman?

Anjali fit la moue. Elle devrait peut-être ajouter cela à la liste de choses dont il fallait parler une fois qu'ils arriveraient à Maui. Dell n'avait été clair à propos de rien, mis à part qu'il y avait un danger à fuir, et honnêtement, elle non plus. Mais une fois que tout serait plus calme, si ça arrivait un jour, ils devraient parler. Cela ne faisait aucun doute.

Pour le moment, elle devait se concentrer sur d'autres choses. Il observait chaque inconnu et jetait des coups d'œil vers toutes les sorties, plus vigilant que jamais. Quand il s'éloigna pour appeler ses amis à Maui, ses épaules se raidirent. Il ne se détendit que lorsque l'avion décolla. À la seconde où le signal indiquant qu'il fallait attacher sa ceinture s'éteignit, Anjali leva l'accoudoir entre eux et se blottit contre lui. Le contact sembla le calmer un peu et l'aida elle aussi.

— C'est agréable, soupira-t-il quand elle posa sa tête sur son épaule.

— C'est agréable, répéta-t-elle en fermant les yeux.

Quinn était encore active, essayant d'escalader le torse de Dell et d'agripper sa barbe. Mais d'une certaine manière, c'était apaisant. Il mordilla ses doigts boudinés de bébé, faisant preuve d'une grande patience. Anjali se surprit à se sentir patiente aussi. Peut-être qu'ils trouveraient une solution, d'une manière ou d'une autre. Peut-être que tout irait bien.

Elle ferma les yeux et se laissa emporter par le sommeil. Elle rêva de la manière dont Dell l'avait touchée la veille. Des *endroits* où il l'avait touchée, et de ce qu'il lui avait fait ressentir. Chérie, protégée et respectée en même temps.

Elle soupira, ouvrit les yeux et le vit en train de l'observer d'un regard plein de désir. Elle rougit.

— Est-ce que tu penses à ce que je pense ?

Il haussa son sourcil droit et s'éclaircit la gorge.

— Je ne suis pas sûr que tes pensées soient aussi coquines que les miennes.

Elle rit.

— Nous étions nus dans les miennes.

Il haussa les épaules.

— Ça va sans dire. La question, c'est : Où ? Comment ?

Les joues d'Anjali s'échauffèrent tandis que le fantasme se jouait à nouveau dans sa tête. Un fantasme qu'elle avait pu réaliser la veille, un fantasme où elle avait été en levrette, la tête posée sur le matelas et les fesses entre les mains de Dell. Elle pouvait presque sentir ses coups de reins et voir sa perle se balancer de manière hypnotique.

Elle s'éventa et se pencha.

— Comme hier soir. Mais je nous imaginais à la plage, pas dans ce manoir.

Les yeux de Dell scintillèrent.

— Comme quelle partie d'hier soir ?

La chaleur monta aux joues d'Anjali. Elle n'avait jamais vraiment eu de conversation coquine auparavant. Cependant, elle était en train de vivre beaucoup de premières fois.

— La levrette.

Dell agita une main, rejetant ce terme.

— C'est un mot tellement inapproprié.

— Alors, comment est-ce que tu l'appellerais ?

Son regard devint malicieux et il lui murmura à l'oreille.

— Tu te souviens de ce que tu as dit sur les lions ? Je préfère.

Un éclair de chaleur traversa le corps d'Anjali tandis qu'elle l'imaginait se serrer contre elle.

— Bon sang, pourquoi est-ce que le vol doit être si long ?

Il éclata de rire.

— Attends qu'on arrive à la maison. Tu vas voir.

À la maison. Elle s'accrocha à ces mots, les laissant rouler dans son esprit. Chez elle, c'était son appartement à Chicago, pas vrai ?

Un moment plus tard, elle fronça les sourcils en imaginant le saccage qu'elle avait découvert là-bas.

Dell lui donna un léger coup de coude.

— Rien de tout ça. Pense à quelque chose de joyeux.

— Comme quoi ?

Le sourire de Dell était absolument licencieux.

— Comme les autres choses dont tu rêves.

Ils parlèrent de choses coquines un moment. Ils dormirent. Regardèrent un film. Marchèrent dans l'allée avec Quinn. Plusieurs heures plus tard, à San Francisco, ils changèrent d'avion et subirent un retard d'une heure. Le vol jusqu'à Oahu sembla tout aussi long, mais finalement, le deuxième appareil commença sa descente.

— C'est bientôt fini, murmura Dell d'un air soulagé.

Anjali mit sa montre à l'heure et regarda Oahu apparaître par le hublot. Le soleil se couchait, faisant briller les pentes escarpées de l'île, même si Dell ne semblait pas impressionné.

— Maui est plus belle, murmura-t-il.

Elle rit.

— Tu vis à Maui depuis quoi ? Quatre mois ?

— Cinq.

Elle gloussa. Quand il décidait quelque chose, ce n'était pas rien. Tout comme en ce qui concernait Quinn. Et elle aussi. Ou du moins, elle l'espérait.

Anjali reprit le contrôle de ses pensées avant que son imagination ne lui échappe.

— Un dernier vol…

Dell soupira.

— Bon sang, comme ce sera bon d'être à la maison. Avec un peu de chance, Connor nous attendra déjà la porte.

— Je n'arrive pas à croire que je suis là, couina une jeune femme quand l'avion atterrit enfin et que les passagers sortirent dans l'air humide d'Oahu. *Hawaï.*

Anjali fit la moue. Oui, Hawaï. Et maintenant ? Elle connaissait le plan : trouver Connor, prendre l'hélicoptère jusqu'à Maui et retourner à Koakea pour être en sécurité. Mais ensuite ?

Le siège pour bébé les attendait à la porte et elle mit Quinn dedans, laissant le porte-bébé de côté un moment. Quinn roucoula, donnant des coups de pied et agitant le hochet qui était accroché au manche. Dell était sorti de l'avion derrière Anjali et elle vit sa poitrine se gonfler quand il prit une profonde inspiration. Mais au lieu de sourire lorsqu'il inhala les odeurs tropicales, il fronça les sourcils.

Anjali regarda autour d'elle. Est-ce qu'il y avait un problème ?

Tandis qu'ils traversaient la rampe menant au hall, il leva le menton et remua le nez. La main qu'il avait posée délicatement sur le bras d'Anjali se resserra et il écarquilla les yeux d'un air alarmé.

— Qu'est-ce qu'il y a ?

Elle agrippa la poignée du siège pour bébé.

Cela ressemblait à la scène qui avait eu lieu à son bureau la veille. Il plissa les yeux et redressa les épaules, se hérissant sans un mot.

Elle regarda autour d'elle. Il y avait des gens partout, pourtant elle ne remarquait rien de suspect.

— Est-ce que tout va bien ?

C'était une question stupide, car Dell était en état d'alerte. Il ne dit pas un mot, cependant il agrippa le siège pour bébé et fit avancer Anjali. Rapidement.

— Reste près de moi.

Cela n'annonçait rien de bon et Anjali se surprit à se blottir contre son flanc. Il enroula un bras autour de ses épaules, marchant de plus en plus vite. Le hall s'étendait devant eux et elle regarda derrière elle. Qu'est-ce qui l'avait alarmé ?

Il se dépêcha, puis s'arrêta brusquement.

— Merde.

Anjali suivit son regard. Il y avait trois hommes en costume devant eux. Des hommes qui auraient pu être n'importe qui, mais ils regardaient directement dans leur direction.

Dell fit demi-tour avec elle, puis fila vers un côté du couloir qui donnait sur une porte où était inscrit « Personnel autorisé uniquement ».

— Holà. Attends ! cria Anjali.

Mais Dell entra sans hésiter. Une alarme sonna, mais il ne marqua pas un seul temps d'arrêt. Anjali regarda par-dessus son épaule, apercevant de nouveau les hommes qui avançaient à un rythme déterminé. Une seconde plus tard, la porte se ferma et l'empêcha de les voir.

— Dell...

Elle essaya de ne pas succomber à la paranoïa.

— Où allons-nous ?

— Dehors.

Il la dirigea vers le couloir suivant et commença à courir.

— Nous devons vite sortir d'ici.

Tandis qu'il la tirait derrière lui, Anjali murmura :

— Que se passe-t-il ?

Il lui faisait peur, sans parler de Quinn, qui rebondissait dans son siège pour bébé. L'alarme sonnait encore et ce n'était qu'une question de temps avant que des gardes de sécurité armés apparaissent.

— Ces types... commença Dell.

Anjali fronça les sourcils. Qu'est-ce qui l'avait tant provoqué chez eux ? Elle ne les avait jamais vus auparavant.

— Tu les connais ?

— Je sais qu'ils apportent des ennuis.

Anjali l'examina minutieusement. Est-ce que son patron avait raison ? « De toute évidence, cet homme est dérangé. Une sorte de stress post-traumatique. »

Le visage de Dell était crispé et il n'arrêtait pas de regarder en arrière, tout comme elle. Soudain, les trois hommes apparurent subitement au bout du couloir et elle s'immobilisa.

— Brody.

Cette vision lui glaça le sang et son corps se raidit. Elle ne l'avait jamais rencontré, cependant Lourdes lui avait envoyé une photo un jour. Une photo d'une époque plus heureuse, quand elle venait de rencontrer l'homme qui la maltraiterait et la tourmenterait au cours des années suivantes.

Dell n'était pas paranoïaque, apparemment. Et putain! Elle sentait sa malveillance depuis l'autre côté du couloir.

— Brody, affirma Dell.

Il la fit tourner au coin à toute vitesse, puis emprunta une nouvelle porte. Il marqua une brève pause, barricadant le passage avec un chariot à bagages vide avant de désigner l'autre côté d'une piste ouverte.

— Allons-y.

— La piste? protesta Anjali. Nous ne pouvons pas aller là-bas.

— Bien sûr que si.

Il lui prit le bras et l'entraîna. Les couleurs du soleil couchant enflammaient le ciel et le sifflement des moteurs d'avion gronda dans les oreilles d'Anjali. Soudain, une détonation se fit entendre, puis une autre. Anjali regarda derrière elle et poussa un petit cri. Brody et les autres hommes enfonçaient la porte, essayant de se frayer un chemin à l'extérieur.

— Connor?! aboya Dell dans son téléphone. J'ai besoin que tu viennes ici tout de suite!

Anjali ignorait comment il pouvait imaginer que Connor pourrait l'entendre avec tout ce bruit de fond. Mais l'idée que ses amis des Forces spéciales viennent à leur rescousse était très attirante.

— Merde. Tu es où?!

Dell jura.

— Eh bien, ramène tes fesses ici. Et vite!

Sans rien ajouter, il raccrocha son téléphone et le mit dans sa poche.

— Où sont-ils? demanda Anjali.

— Encore à l'héliport. Ce satané héliport, marmonna Dell. Viens!

Ils coururent à toute vitesse et péniblement en portant Quinn. Lorsqu'ils traversèrent la piste ouverte, Anjali se sentit terriblement vulnérable, comme s'il y avait des tireurs d'élite quelque part et qu'elle était dans leur ligne de mire. Son cœur martelait dans sa poitrine, et pas seulement à cause de l'effort physique.

Tout à coup, elle comprit. Était-ce ce que Lourdes avait ressenti cette nuit-là près des rails de chemin de fer ? Le désespoir. La peur. La sensation d'être traquée ?

— Brody, murmura-t-elle, plus certaine que jamais que la mort de Lourdes n'avait pas été un suicide.

Chapitre 18

Deux hangars de fret imposants se trouvaient de l'autre côté de la piste. Anjali suivit Dell le long de l'étroite allée qu'il y avait entre eux, puis sur un parking sinistrement calme rempli de chariots à bagages. Il filait tout droit, se ruant entre les rangs irréguliers.

— Comment Connor saura-t-il où nous trouver ? demanda-t-elle tandis qu'ils couraient.

Il répondit d'une voix basse et rauque.

— Crois-moi, il le saura.

Elle fronça les sourcils. Comment ça ?

— Je t'expliquerai, murmura-t-il. Plus tard. Je te jure que je t'expliquerai.

Il tourna à gauche et une minute plus tard, ils se ruèrent dans un énorme hangar. Dell courut jusqu'au fond, cependant la porte était verrouillée.

— Merde.

Il se dirigea dans le sens opposé. Des câbles jonchaient le sol et tout le hangar était un terrain miné de bacs à ordures, d'établis et de cônes de sécurité orange.

— Bon sang, marmonna-t-il.

Une autre impasse. Anjali se retourna. Ce n'était vraiment pas une bonne chose, car Brody et deux types se ruaient vers la porte ouverte du hangar.

Dell jura à nouveau en regardant autour de lui. Un jet de taille moyenne était garé au milieu, entouré de boîtes d'équipement, de plates-formes et d'outils. Des escaliers mobiles menaient à la porte ouverte de l'avion et des échafaudages encombraient la partie arrière.

— Attends.

207

Dell tendit le porte-bébé à Anjali puis appuya tout son poids contre l'escalier mobile. Celui-ci commença lentement à rouler. Anjali aida autant que possible avec un seul bras tandis que Dell le manœuvrait vers l'aile du jet.

— Allez, vas-y.

Il lui fit signe de monter.

Elle blêmit.

— Là-haut ?

— Allez. Allez, grogna-t-il tandis que Brody et les autres passaient par la porte du hangar.

Le bruit sourd et métallique de ses pas résonna tandis qu'elle montait les escaliers à toute vitesse. Soudain, elle marqua une pause, regardant l'espace qui la séparait de l'aile. Il y avait à peine soixante centimètres. Ce n'était rien. Mais à cette hauteur...

Dell sauta et tendit la main vers elle.

— Je te tiens.

Au moment où ses doigts s'enroulèrent autour des siens, un fourmillement traversa le corps d'Anjali et quelque chose palpita dans sa poitrine. Elle baissa les yeux, s'attendant presque à voir Quinn en train d'agripper son T-shirt. Mais la petite était dans son siège et il n'y avait que la perle contre sa poitrine.

Anjali s'écarta du bord de l'aile de l'avion et s'agenouilla au-dessus de Quinn, répétant les mots de Dell.

— Je te tiens.

Il enroula ses bras autour d'elles et baissa la tête d'une manière qui la terrifia. Qu'était-il sur le point de faire ?

— Anjali, murmura-t-il. Je n'ai jamais cru que nous en arriverions là. Je pensais que j'aurais l'occasion de t'expliquer.

Elle agrippa ses mains, terrifiée par le regret dans sa voix.

— Expliquer quoi ?

Mais les trois hommes s'approchaient rapidement en se criant des ordres.

— Attrapez-la ! Attrapez la gamine !

Anjali blêmit. Quinn s'agitait dans tous les sens, faisant presque tomber sa peluche. Dell l'attrapa juste à temps.

— Je voulais avoir l'occasion d'expliquer ça, murmura-t-il en tendant le petit lion à Anjali. De t'expliquer ce que je suis.

Anjali le fixa du regard. De quoi parlait-il ?

Il embrassa ses doigts.

— Je t'aime. Je suis sérieux.

Elle resta bouche bée. Il le lui disait là ? À ce moment-là ?

— Dell… murmura-t-elle.

Elle l'aimait aussi. Même si elle avait résisté à cette idée, elle en était certaine à présent. Pourtant, à ce moment, elle voulait juste comprendre ce qu'il se passait.

— Crois-moi, dit Dell.

Il se retourna ensuite d'un air déterminé. Avec un mouvement rapide du pied, il repoussa les escaliers. Ils roulèrent hors de leur portée, les rendant inaccessibles. Mais au lieu de reculer ou de prendre son téléphone pour appeler à l'aide, Dell se plaça sur le bord de l'aile et baissa les yeux.

Anjali écarquilla les yeux. Allait-il sauter ? Était-il devenu fou ? Il ne pouvait pas repousser trois hommes tout seul.

— Attends ! cria-t-elle en tendant le bras vers lui.

Le regret dans ses yeux était difficile à regarder.

— J'ai déjà trop attendu.

Puis il s'efforça de sourire.

— S'il te plaît. Fais-moi confiance. Fais confiance à ça.

Elle regarda le lion en peluche, l'air confus, puis baissa les yeux.

— C'est trop haut pour sauter.

Dell afficha un sourire doux-amer.

— Fais-moi confiance. Les chats retombent toujours sur leurs pattes.

Ses yeux se tournèrent vers Quinn, puis son regard se durcit lentement tandis qu'il se retournait.

— Dell ! cria Anjali.

Toutefois il était trop tard. Il était déjà en train de sauter.

Elle le regarda avec horreur, s'attendant presque à entendre le craquement des os cassés quand il percuterait la surface en ciment du hangar. Pourtant, fidèle à sa parole, Dell atterrit aussi gracieusement qu'un félin, touchant à peine le sol avant de rouler pour absorber l'impact. Il bondit ensuite sur ses pieds et fit face aux trois hommes. Ils coururent jusqu'à lui et s'arrêtèrent brusquement pour l'observer.

— Eh bien. Qu'est-ce que nous avons là ? ricana Brody.

Dell plaça silencieusement un pied devant l'autre, se mettant en position de boxeur. Un des autres hommes éclata de rire.

— Moira ne plaisantait pas. Il ressemble bien à son frère.

Anjali le fixa du regard. C'était Moira qui avait envoyé ces voyous ?

Dell étira son cou et fit craquer ses jointures sans prononcer un seul mot.

Le troisième homme rit.

— Tu vas essayer de jouer au Lancelot aussi ?

Lancelot. Quentin. La tête d'Anjali bourdonna tandis qu'elle faisait le lien. Quentin avait fait fuir Brody loin de Lourdes. Ça, elle le savait. Mais quel était le lien avec Moira ?

Dell ricana.

— Sortez d'ici tant que vous en avez l'occasion.

— Pas sans ce bébé, grogna Brody.

— Ce n'est pas ton bébé, dit sèchement Dell.

— Ce n'est pas le tien non plus.

Le visage de Dell devint sérieux.

— Maintenant, si.

Brody gloussa.

— Tu aurais dû accepter l'offre de Moira tant que tu en avais l'occasion.

Anjali méprisait déjà Brody, mais quand la lumière scintilla sur la bague imposante qu'il portait au doigt, elle le détesta encore plus. Lourdes avait eu une cicatrice à cause de ce bijou.

— Et tu as trouvé cette offre alléchante ? Pas étonnant.

La voix de Dell était remplie de mépris. Brody afficha un grand sourire.

— Je sais reconnaître une bonne affaire quand j'en vois une.

Anjali avait envie de crier. Quel genre d'accord pouvait impliquer de faire du mal à un bébé innocent ? Les lèvres de Dell s'étirèrent en signe de dédain.

— J'en suis sûr. Mais c'est terminé, loup.

Anjali plissa les yeux. *Loup ?*

Quinn remua, agitant le lion en peluche. Anjali fronça les sourcils et toucha sa propre poitrine, se demandant ce qui lui donnait des coups à cet endroit. Une source de friction, frottant sa peau.

Brody rit.

— C'est peut-être terminé pour toi. Mais en ce qui me concerne, je ne peux pas te dire à quel point tout ça est satisfaisant. Ce sera comme tuer ton ordure de frère.

Les joues de Dell tressaillirent.

— C'est une satisfaction tordue. S'attaquer à des femmes innocentes. Pourchasser le mauvais homme...

Brody sourit.

— Gagner un tas d'argent. Me venger.

Anjali cria presque. Quel genre de personne se vengeait d'un bébé ?

Dell émit un petit rire.

— Oui, c'est ça. Ce que je ne comprends pas, c'est pourquoi le bébé intéresse Moira.

Brody haussa les épaules.

— Elle cherche la même chose que moi. Effacer toute trace de ton connard de frère.

Il sourit.

— J'ai de la chance. Je suis venu au bon endroit. Deux pour le prix d'un : toi et l'enfant. Sans parler de cette fille.

Il tendit un pouce vers Anjali.

— Putain, comme elle a énervé Moira.

— C'est *moi* qu'elle a énervée, marmonna Anjali.

Elle regarda autour d'elle, observant le tas d'outils sur les échafaudages. Comme elle aimerait agripper un marteau et le lui jeter.

— Chut, murmura-t-elle quand Quinn commença à renifler avant de sangloter.

Brody leva les yeux d'un air agacé.

— Oui. J'arrive, chérie.

Anjali lui adressa un regard noir et recommença à chercher un moyen de se défendre ou de s'enfuir. Il était hors de question qu'elle laisse Brody mettre la main sur Quinn. Peu importait ce qu'elle devait faire, elle refusait de laisser ça arriver.

Dell claqua des doigts, détournant d'elle l'attention de Brody.

— C'est ta dernière chance, enfoiré.

Anjali jeta un coup d'œil vers la porte du hangar, espérant que les amis de Dell apparaissent comme par miracle. Mais il n'avait même pas pu indiquer correctement leur emplacement. Il était impossible que Connor et les autres arrivent sous peu.

Brody rit.

— Tu as eu ta chance. Maintenant, c'est à moi.

Anjali s'attendait à ce qu'il bondisse, les poings levés, mais au lieu de cela, Brody se mit à quatre pattes. Les deux hommes qui l'entouraient en firent de même et l'un d'eux grogna.

Dell leva vers elle des yeux qui la suppliaient de le pardonner, cependant Anjali ne comprenait pas pourquoi.

Je t'aime, avait-il dit.

Elle serra Quinn et articula silencieusement.

Je t'aime.

Pendant un bref moment lumineux, Dell afficha un grand sourire. Était-ce sa vraie personnalité qui transparaissait ? Soudain, Anjali réalisa que Dell était un mélange de ces hommes : nonchalant *et* responsable. Insouciant *et* sérieux jusqu'à la moelle.

Son sourire s'estompa quand il se retourna vers Brody, et celui d'Anjali aussi.

— Quoi ? cria-t-elle en faisant un pas en arrière.

Des poils étaient sortis du dos de Brody et il grognait comme un chien. Les deux autres hommes étaient à quatre pattes, leurs T-shirts se déchirant dans le bas du dos.

Dell fit un pas en avant et leva les yeux pour lui adresser un dernier regard affligé.

— Fais-moi confiance, murmura-t-il.

Anjali secoua la tête. Quoi qu'il ait l'intention de faire, elle était terrorisée.

Lorsqu'elle regarda derrière lui, elle poussa un cri. Il y avait un loup à la place de Brody, un autre à la place de l'homme à sa droite et un tigre à rayures à sa gauche.

C'était impossible. C'était une hallucination, pas vrai ?

Dell émit un son étranglé.

— Non ! s'exclama Anjali.

La même chose terrible arrivait à Dell. Ses épaules s'affaissèrent, son T-shirt se déchira et...

— Dell...

Elle se couvrit la bouche de la main.

Quinn agita la main et gazouilla, secouant son animal en peluche. Anjali la regarda brièvement avant de se tourner à nouveau vers Dell. Sa barbe dorée s'épaissit, couvrant une partie de plus en plus grande de son visage et de son cou, jusqu'à se transformer en crinière.

Elle resta bouche bée. Une crinière ?

Non, pas juste une crinière. Il avait une queue et quatre pattes pourvues de griffes.

Elle s'immobilisa, fixant le lion du regard. Dell ? Elle essayait de comprendre.

Faiblement, les mots qu'il avait prononcés lui traversèrent l'esprit.

Je voulais avoir l'occasion de t'expliquer ça. De t'expliquer ce que je suis.

La bouche d'Anjali s'ouvrit et se ferma. Waouh. Pas étonnant qu'il ait eu du mal à le lui expliquer. Elle pouvait à peine comprendre ce qu'elle voyait de ses propres yeux.

Les bêtes en contrebas décrivaient lentement un cercle en grognant. Quinn donnait des coups de pied et roucoulait. Anjali s'agenouilla à côté d'elle.

— Ne regarde pas, chérie. Ne...

Anjali ne termina pas sa phrase, les yeux rivés sur Quinn. Le bébé était le portrait craché de son père, Quentin, et de Dell. Des cheveux blonds. Des joues rondes. Une mâchoire forte...

Elle baissa les yeux vers Dell, qui faisait les cent pas sous forme de lion, puis se tourna à nouveau vers Quinn.

« Elle est spéciale », avait-il dit.

Si Anjali n'avait pas été debout sur l'aile incurvée de l'avion, elle aurait pu s'écrouler sur le sol. D'ailleurs, ses genoux tremblaient. Tout ce qu'il s'était passé au cours des dernières semaines lui revint à l'esprit sous un jour complètement différent.

La réaction de Dell en voyant la peluche en forme de lion. Sa réticence à parler de certaines choses. Ces nuits qu'il passait à rôder autour de la plantation. *Rôder*, tout comme l'énorme félin plus bas.

« Fais-moi confiance », avait-il dit. Elle ne cessait de repenser à ces mots, en particulier quand elle était sur le point de crier ou de fuir. « Fais confiance à ça ».

Ça, c'était la peluche en forme de lion, mais Dell n'avait pas parlé de jouets. Il avait parlé d'avoir confiance en lui, un lion. Anjali prit une profonde inspiration, se disant qu'elle pourrait avoir une crise de nerfs plus tard. Pour le moment, elle devait s'occuper de Quinn.

Un rugissement retentit plus bas, suivi par un grognement canin. Elle ne voulait pas regarder, cependant elle ne put s'en empêcher quand l'affrontement commença. Un loup contre un lion ne semblait peut-être pas être un combat équitable, néanmoins Brody avait le soutien d'un autre loup et d'un tigre. Ils bondirent tous en même temps, cherchant à griffer et à mordre Dell. Pendant un moment, tout devint flou : les rayures du tigre, les fourrures marron des loups et les poils fauves de Dell. Soudain, ils se séparèrent, plus furieux qu'avant.

Anjali ferma les yeux, puis s'obligea à les ouvrir à nouveau. Elle ne pouvait pas rester là, à faire semblant qu'il ne se passait rien. Elle devait faire quelque chose. Pendant une seconde grisante, son esprit se remplit d'idées pour aider Dell. Mais ensuite, elle déglutit et regarda le bébé. Elle devait protéger Quinn, pas se battre.

Et, merde. Le deuxième loup ne faisait plus les cent pas en dehors du champ de bataille. Il rôdait autour de l'aile de l'avion, regardant dans sa direction.

Anjali fuit ces yeux rouges et meurtriers.

L'animal marqua une pause et se concentra sur les escaliers mobiles. Le cœur d'Anjali s'arrêta presque lorsqu'elle suivit le regard calculateur de la bête. Bon sang, non.

Sa gueule s'ouvrit en un grand sourire et il trotta vers les escaliers, sautant pour pousser la structure avec ses pattes avant.

— Non, murmura Anjali.

Si. Le loup se lécha les babines et poussa les escaliers plus près de l'aile, un centimètre après l'autre. Dell rugit, toutefois il ne pouvait pas faire grand-chose pour l'en empêcher tant que Brody et le tigre l'attaquaient.

Anjali courut vers la partie centrale de l'avion, regardant la courbe lisse qui s'élevait devant elle. Il était impossible qu'elle l'escalade avec un bébé. Elle se retourna, se précipita le long de l'aile et regarda en bas. Elle se détourna en renâclant. Les félins atterrissaient sur leurs pattes, mais elle ne sauterait certainement pas de si haut.

Elle se retourna. Le loup s'approchait de plus en plus. Pendant ce temps-là, le combat faisait rage et l'un des félins hurla de douleur. Anjali grimaça. S'agissait-il de Dell ?

Quinn commença à pleurer et Anjali fit tout son possible pour se concentrer. Le loup approchait, cependant elle n'avait rien pour défendre le bébé.

Un vague souvenir lui traversa l'esprit et elle se précipita à nouveau vers la caisse à outils, fouillant rapidement à l'intérieur. Il y avait un grand tournevis, mais l'idée de l'utiliser la rendait malade.

— Merde… marmonna-t-elle en le mettant de côté.

Ensuite, elle trouva une scie, une pince et une clé à molette de la taille de son avant-bras. Elle marqua une pause avec la clé en main. Est-ce que ça fonctionnerait ?

Dell rugit en contrebas. En même temps, l'aile fut secouée et Anjali s'accroupit, déséquilibrée. Les escaliers mobiles venaient de heurter l'aile et le loup les escaladait en bondissant, prêt à l'attaquer.

Il vient chercher le bébé ! cria son esprit.

Elle fixa la clé à molette des yeux, essayant de rassembler le courage de l'utiliser comme arme. Mais elle ne se sentait que rongée par une peur désespérée. La peur de ne pas pouvoir le faire. La peur de n'être pas assez douée. La peur d'échouer lamentablement. Le loup atteindrait Quinn et…

Anjali interrompit ces pensées, montrant presque les dents. Non, il ne l'atteindrait pas. Hors de question. Elle serra la clé à molette et la brandit d'un mouvement hésitant. L'objet était lourd, mais oui, ça fonctionnerait.

Il vaudrait mieux, dit une petite voix dans sa tête.

Elle pivota, empoigna le siège pour bébé et courut jusqu'au bout de l'aile. Puis, elle posa Quinn, recula de deux pas et cria au loup en approche :

— Laisse-nous tranquilles.

Un long filet de bave coula de la gueule de l'animal lorsqu'il sourit. Un sourire qui disait qu'il ne les laisserait pas tranquilles tant qu'il n'aurait pas obtenu ce qu'il voulait.

Anjali secoua la tête en pensant :

Il faudra me passer sur le corps.

Elle ne le dit cependant pas à voix haute, par peur de donner des idées au loup.

La bête baissa la tête et s'approcha. Ses yeux passaient d'Anjali au siège pour bébé tandis qu'il émettait un grognement d'avertissement.

Anjali secoua la main, lui montrant bien la clé à molette en acier.

— Je t'ai dit de nous laisser tranquilles.

Le loup mordit l'air comme s'il essayait d'attraper une mouche, lui donnant envie de grimacer. Plus bas, l'autre loup, Brody, hurla de douleur et elle acclama presque Dell. Mais une seconde après le lion hurla de douleur, reculant face au tigre. Ils étaient tous les deux ensanglantés, néanmoins l'épaule de Dell était ouverte par une profonde blessure irrégulière.

Le loup essaya de mordre Anjali, tirant profit de sa distraction. Elle fit son possible pour lui donner un coup de clé à molette. Il recula, jappant de colère. Un moment plus tard, il s'accroupit, prêt à bondir.

Et, juste comme ça, tout son avenir proche se joua dans l'esprit d'Anjali. Au ralenti, lui donnant une image claire de sa fin. Le loup l'attaquerait et la ferait tomber sur l'aile. Quand ils heurteraient le métal, la bête se jetterait sur la chair tendre de son cou. Le porte-bébé commencerait à glisser vers le bord et elle ne pourrait rien faire pour l'en empêcher. Peu après, Quinn tomberait… tomberait…

Un diaporama de tout ce à quoi elle tenait lui passa par la tête. Ses parents. Ses frères. Mais plus que tout, Quinn et Dell. Ce qui sortit du lot, mis à part ces deux personnes, c'était le fait qu'aucune de ces images précédant sa mort ne montrait son travail, son appartement ou ses projets de carrière. Au contraire, ses regrets se concentraient sur les couchers de soleil qu'elle ne verrait jamais. Sur le fait de ne pas voir Quinn grandir. Sur Dell et la vie qu'elle ne pourrait pas passer avec lui.

Finalement, son esprit lui montra une image de Dell et elle dans un futur lointain, assis côte à côte sur la plage, en train de rire. Ils semblaient bien plus âgés et pourtant bien plus heureux que lorsqu'ils s'étaient rencontrés.

Son esprit lui montra tout cela et une seconde plus tard, tout s'effaça.

Elle grimaça. Sa grand-mère aurait dit qu'il s'agissait de l'œuvre du karma et qu'elle aurait une seconde chance dans sa prochaine vie. Mais elle ne voulait pas d'une autre vie. Elle voulait celle-là.

La mort aurait tout aussi bien pu lui glousser à l'oreille pour toute réponse.

Tu es sur le point de tout perdre. Tu comprends ?

Non, elle ne comprenait pas. Pourquoi lui aurait-on confié Quinn pour que les choses se terminent ainsi ? Pourquoi serait-elle tombée amoureuse d'un homme merveilleux pour le perdre dans un combat sanglant ? Pourquoi réaliserait-elle ce qui comptait vraiment dans sa vie juste pour qu'on le lui vole ?

La perle chauffa sur son cou, et Anjali se surprit à grimacer. Presque à grogner. À crier sans s'adresser à personne en particulier.

— Non !

Il ne s'agissait pas d'un cri désespéré ou d'une protestation de dernière minute. C'était un hurlement de défi.

— Non ! hurla-t-elle une deuxième fois.

Qui disait que les choses devaient finir ainsi ?

Elles n'ont pas à finir ainsi, murmura une voix de femme dans sa tête.

Un retentissement furieux résonna dans sa tête, comme si le destin l'avait entendue et s'était indigné.

Eh bien, pas de bol, marmonna-t-elle presque. *C'est ton plan stupide qui m'indigne.*

Le retentissement cessa et elle imagina la Grande Faucheuse baisser les yeux vers elle, faisant le point.

Non ? Alors, qu'est-ce que tu as l'intention de faire, exactement ? demanda sa voix rauque.

Le temps avait ralenti de nouveau, mais à ce moment-là, il recommença à s'écouler et le loup bondit en l'air. Directement vers elle, tout comme elle l'avait imaginé. Elle donna un grand coup de clé à molette, prenant de l'élan, serrant les dents.

Ça ! grogna-t-elle pour elle-même. *C'est ça que j'ai l'intention de faire !*

Le loup l'avait presque atteinte, mais elle refusa de reculer. Elle se concentra sur ces énormes mâchoires et visa.

Et, *bam !* La clé à molette heurta son museau, faisant hurler la bête. Il recula sur le côté, s'approchant dangereusement du bord de l'aile.

Je t'ai eu ! s'exclama presque Anjali.

Mais il se retourna, plus furieux que jamais, et bondit à nouveau. Puis, une fois de plus. Anjali se retrouva dans un combat similaire à celui qui avait lieu plus bas. Elle frappait un brouillard de fourrure et de crocs. Des griffes fendirent son avant-bras, la faisant crier, malgré tout elle continua à se battre. Elle ne ressentait que de la fureur, car ce loup voulait tuer Quinn.

Elle agita sauvagement la clé à molette, sentant ses frappes se connecter à un pouvoir qui allait au-delà de tout ce qu'elle avait ressenti auparavant. Elle donna des coups de pied et de poing, criant comme une folle. Et finalement, quand tout sembla perdu, elle poussa le loup de toutes ses forces.

Il bascula en arrière, griffant désespérément. Ses pattes arrière glissèrent de l'aile et pendant une fraction de seconde, le loup égratigna la surface lisse et métallique avec ses pattes avant. Soudain, hurlant, il glissa et tomba par terre.

Anjali se retourna juste avant qu'il heurte le ciment. Cela lui permit de ne pas voir l'image épouvantable, toutefois elle entendit le craquement mortel et le lourd silence qui s'en suivit. Lorsqu'elle jeta un coup d'œil, elle déglutit. Comment pouvait-il encore bouger après une telle chute ?

Mais le loup ne bougeait pas, il se transformait à nouveau en humain. Un homme aussi mort qu'il l'avait été. Anjali le scruta, se sentant malade, puis regarda le tigre, le lion et l'autre loup. Toutes ces bêtes assoiffées de sang.

Elle se retourna et saisit le siège pour bébé, tentée de fuir. Néanmoins quand son regard tomba sur les yeux mordorés de Quinn, elle s'arrêta.

Anjali regarda le félin dans les yeux. Des yeux semblables à ceux de Dell.

Elle le vit en train de rire et de lui montrer les vagues. De la regarder dans les yeux tandis qu'il lui faisait l'amour. Puis, elle l'imagina au petit matin, murmurant des choses à Quinn. Embrassant le front du bébé, lui promettant d'être là pour elle.

Les yeux d'Anjali se reposèrent sur le combat en contrebas. Dell avait beau se battre pour sa vie et celle de Quinn, il n'était pas une bête assoiffée de sang. Brody et les autres créatures l'étaient.

Je t'aime.

Ses mots résonnèrent dans son esprit.

Elle eut envie de pleurer quand le combat reprit de plus belle. Le tigre occupait Dell à l'avant tandis que Brody le harcelait par-derrière. Peu à peu, ils l'épuisaient. Tout ce dont ces ennemis avaient besoin, c'était une ouverture. Ensuite, ils bondiraient.

Un endroit de sa poitrine se réchauffa et elle couvrit la perle de sa main, sentant sa chaleur et son pouvoir.

« Une fausse, sans doute », avait dit Dell. « Même à Maui, une fondation pour enfants ne distribuerait pas ce genre de trucs. »

Anjali regarda la perle. Non ?

Plus elle la serrait dans sa main, plus la chaleur devenait intense. Une inondation d'amour la submergea, suivie par une explosion de rage. Brody avait pourri la vie de Lourdes jusqu'à la toute fin. Il avait fait de Quinn une orpheline. Et à présent, il agissait de manière déloyale contre Dell.

Anjali se redressa, agrippant la clé à molette. Elle fit un pas en direction des escaliers mobiles qui étaient placés contre l'aile, puis se retourna vers Quinn.

Bon sang, était-elle devenue folle ?

Un regard vers le bébé lui assura qu'elle faisait ce qu'il fallait. Elle plaça un pied sur la marche supérieure, contemplant la bataille qui faisait rage. Elle jeta ensuite un dernier coup d'œil à Quinn.

— Je reviens tout de suite, promit-elle avant de descendre se battre.

Chapitre 19

Le rugissement de Dell retentit dans tout le hangar... et dans ses oreilles. Un signe évident que le loup et le tigre l'épuisaient de plus en plus.

Je ne les laisserai pas faire, grogna son lion. *Ils ne doivent atteindre ni Anjali ni Quinn.*

Il cligna des yeux, essayant de se concentrer. La détermination pouvait aider à remporter un combat, cependant le corps devait aussi faire sa part. Et le sien saignait d'une dizaine de blessures différentes. Putain, ce combat contre le loup de Brody et le tigre était moche. Brody l'attaquait par le flanc, et une seconde plus tard, le tigre revenait à la charge de l'autre côté avec ses griffes de plusieurs centimètres. Quand il s'était retourné pour contrer le félin, le loup avait enfoncé ses dents dans la cheville de Dell. Il avait cru qu'il s'agissait seulement de deux minables voyous, toutefois ces deux-là s'avéraient être des combattants très expérimentés... et ils ne le jouaient pas à la loyale.

Qu'à cela ne tienne, il avait de l'expérience, lui aussi. Et c'était le combat de sa vie, parce qu'il s'agissait de sa compagne et de son enfant, là-haut.

Ma compagne ! cria son lion, cherchant éperdument à lever les yeux.

Anjali était-elle terrifiée ? Comprendrait-elle qu'il n'était pas un monstre à redouter ou à haïr ?

Tu aurais dû le lui dire, siffla la bête.

Oui, eh bien, à ce compte-là, il aurait dû faire beaucoup de choses. Mais avant qu'Anjali et Quinn n'entrent dans sa vie, il avait fonctionné en pilote automatique, sans trop réfléchir. Ces derniers jours, il avait fait beaucoup de progrès. Mais était-il trop tard ?

Il serra les dents. Il ne pouvait pas être trop tard. Il ne pouvait pas échouer. Ce n'était pas envisageable.

Le tigre tournait dans un sens et le loup dans l'autre, et il fit volte-face. Au-delà gisait le corps du second loup, qui était tombé de très haut. Le cœur de Dell avait failli s'arrêter lorsqu'une ombre avait basculé depuis l'aile, et il n'avait jamais ressenti un tel soulagement en réalisant que ce n'était pas Anjali. Sans qu'il comprenne comment, elle avait réussi à combattre un métamorphe à elle seule.

Je t'avais dit qu'elle était géniale, lâcha son lion.

Ça, il le savait. Néanmoins il y avait autre chose à l'œuvre là-haut. Une sorte de puissance d'un autre monde qui emplissait l'air d'une vibration sourde, indétectable par les oreilles humaines. En revanche, celles des métamorphes...

Même Brody et le tigre avaient levé les yeux quand le bruit avait commencé, un peu plus tôt. La sensation d'une nouvelle force mystérieuse... comme un gladiateur surprise faisant son entrée dans l'arène. La donne avait changé, même s'il ignorait en quoi. Tout ce qu'il avait aperçu sur l'aile, c'étaient Anjali, le porte-bébé et le loup. Y avait-il quelqu'un d'autre qu'il ne pouvait pas distinguer ?

Dès que cette pensée le frappa, son cœur s'emballa. Et si un autre métamorphe s'approchait furtivement d'Anjali depuis l'autre côté ?

Il s'empressa alors de repousser ses adversaires, opéra une pirouette et se rua vers l'escalier déroulant. Brody et le tigre le talonnaient. En quelques enjambées, Dell redoubla de vitesse et prit de l'avance. À en juger par son état d'épuisement, cela n'aurait pas dû être possible. Mais plus il se rapprochait d'Anjali, plus il sentait cette puissance qui lui tendait les bras, l'accueillant presque.

Mais qu'est-ce que c'est ? demanda son lion.

Il n'en avait aucune idée. Il savait seulement qu'il devait la rejoindre, et vite. Soudain, waouh ! Anjali était là, à trois marches du haut, accourant vers lui. Était-elle devenue folle ?

Non, chuchota son lion. *Elle est plutôt très courageuse.*

Son cœur battait la chamade. Elle était descendue pour l'aider.

Il y avait tant de choses qu'il voulait dire, mais il n'en avait pas le temps. Tout ce qu'il pouvait faire, c'était formuler son ressenti en quelques mots et les envoyer vers son esprit afin qu'elle comprenne.

Putain, je t'aime. Mais s'il te plaît, s'il te plaît, recule. J'arrive.

Pendant un moment terrifiant, il crut qu'elle ne bougerait pas. Mais elle finit par hocher la tête et remonta sur l'aile, lui laissant tout l'espace.

Il se jeta du haut de l'escalier sur l'aile avant de s'arrêter net. Ça alors, Anjali avait un air particulièrement féroce. La perle brune pendait à son cou, reflétant les derniers rayons du couchant, et quelque chose de métallique brillait dans ses mains. Toutefois rien n'était comparable à l'éclat de son regard qui semblait dire : « Essaie, enfoiré. Essaie de me prendre ce bébé. »

Il faillit sourire, mais quand il prit conscience qu'elle avait les yeux rivés sur lui, il tressaillit. Tout ce qu'Anjali voyait était un lion sanguinaire. Qu'allait-elle penser ?

Mais une fraction de seconde plus tard, elle tendit le doigt derrière lui en criant :

— Attention !

Il se retourna juste à temps pour frapper Brody. Le loup glissa vers l'avion, son équilibre aussi incertain qu'un chien sur une plaque de verglas. Le tigre, quant à lui, s'attardait vers l'avant avec un air de pure jubilation.

Oh, ça va me plaire, disait le regard assassin de ce fumier.

Dell laissa échapper un rugissement tonitruant qui résonna dans tout le hangar. Rien ne franchirait la barrière de son corps qui protégeait l'extrémité de l'aile, où se tenaient Anjali et Quinn.

Sa crinière était maculée de sang, cependant il la hérissa en se redressant tant bien que mal. Il se sentait grand et puissant comme jamais auparavant. Il avait pourtant combattu dans des dizaines de batailles, à la fois pour les métamorphes et l'armée, pourtant il avait toujours eu l'impression de jouer un jeu, même si la mort était une issue possible. Cette fois, en revanche...

Il rugit à nouveau. Jusqu'à présent, les enjeux n'avaient jamais été aussi élevés. Sa vie ne comptait pas, mais celle d'Anjali et de Quinn, si. Et s'il flanchait...

Il fit tournoyer sa queue, défiant le tigre d'approcher. Il ne faiblirait pas. Il n'échouerait pas.

Le tigre montra les crocs en approchant, étudiant Dell, à la recherche de points faibles.

Ce dernier faillit en rire.

Tu n'en trouveras pas à l'extérieur, l'ami.

Son point faible était son cœur. Le tigre ne le voyait-il donc pas ?

Brody surgit derrière le tigre, et ils échangèrent un signe de tête, partageant un plan secret. Soudain ils se remirent à avancer en grognant.

Ce devait être un spectacle terrifiant pour Anjali, néanmoins tout ce que Dell ressentait, c'était cette toute-puissance. Une sorte d'énergie qu'il n'arrivait pas à analyser. Ce n'était pas la force brute de la haine ou de la vengeance, mais un pouvoir plus doux, plus déterminé que tout ce qu'il avait jamais ressenti dans sa vie.

Tout à coup, la vérité le frappa de plein fouet. C'était le pouvoir de l'amour.

À cette pensée, il sourit comme un idiot... ce qui n'était pas incohérent, parce qu'il avait eu tort sur toute la ligne à ce sujet. L'amour n'était pas le désir, pas plus que le frisson d'une courte aventure. L'amour était le puits le plus profond, le torrent le plus impétueux et le plus calme des lacs... tout à la fois. Ce n'était ni un joug, ni une barrière, ni un bandeau sur les yeux qui faisait perdre aux hommes le fil de leurs rêves. L'amour était l'horizon le plus vaste qu'il ait jamais contemplé.

Le tigre gronda, agacé par le sourire de Dell. Une fraction de seconde plus tard, il se jeta sur lui. Brody bondit à son tour.

Attends. Concentre-toi.

Dell chassa de son esprit toute pensée étrangère à l'ennemi et à cette aile d'avion de quatre mètres de large qu'il devait à tout prix les empêcher de franchir. Il sortit les griffes et les crocs, parant les coups du tigre et le repoussant. Mais alors qu'il était sur le point de lui porter le coup fatal, le loup lui sauta dans le dos, lui lacérant l'épaule. Le tigre revint soudain en force, le faisant dangereusement reculer près du bord de l'aile. C'était une tactique lâche, mais efficace, et il était épuisé. À bout...

Anjali poussa un cri, et une seconde plus tard, Dell l'imita. Le loup lui avait échappé et fonçait à présent droit sur elle. Dell fit volte-face pour le poursuivre, mais le tigre planta ses griffes dans ses flancs pour le ralentir.

Dell lâcha un rugissement éperdu.

Non, non, non !

Anjali brandissait la clé à molette comme une mère furibonde, une amie vengeresse, une amoureuse prête à se battre jusqu'à la mort. Brody s'élança, lui sautant à la gorge.

Au même moment, Dell se dégagea du tigre sans prêter plus attention à la douleur insoutenable de ses griffes qui lui transperçaient la chair. Mais il arrivait trop tard. Le loup était sur Anjali...

— Non ! cria-t-elle.

Ce n'était pas un non désespéré, mais un *non* farouche qui semblait dire que la fête était finie.

Elle tomba à la renverse quand Brody la plaqua au sol, toutefois la clé atteignit sa cible. Le loup grogna et s'affaissa sur le côté, assommé. Anjali s'acharna, le frappant de plus belle, sans relâche.

Vas-y, Anjali ! voulait l'encourager Dell alors que Brody, les yeux hagards, glissait au bord de l'aile et dégringolait par terre.

Mais il n'eut pas le temps de se réjouir, car le tigre lança son attaque suivante. La bête le plaqua au sol pour lui déchirer la gorge, essayant de franchir la crinière épaisse de Dell et refermer sur lui ses mâchoires mortelles. Ensemble, ils roulèrent, se rapprochant inexorablement d'Anjali et de Quinn.

Le cœur de Dell battait à tout rompre. Bientôt, les femmes de sa vie seraient acculées juste au bord de l'aile. Malgré tout il ne pouvait pas se débarrasser du tigre, pas dans son état.

Son esprit carburait à la recherche d'une solution autre que l'ultime option, c'est-à-dire se laisser rouler sur le côté de l'aile. Ce serait la mort assurée, et même si ça en valait la peine, il préférait vraiment survivre. Pour enfin dire à Anjali ce qu'il ressentait pour elle, et pour tenir Quinn dans ses bras. Pour la voir grandir. Pour... pour...

Le tigre grondait tout en le poussant de plus en plus près du bord. Il ne lui laissait pas le choix.

Je t'aime, Anjali, chuchota Dell, ne parvenant qu'à émettre un borborygme confus.

Soudain il banda tous les muscles de son corps et bascula sur l'aile, entraînant le tigre dans sa chute. Au début, sa fourrure glissa sur l'acier froid et dur. Jusqu'à ce que...

Le tigre rugit, pris au dépourvu.

— Non ! hurla Anjali alors que Dell et le tigre dérapaient sur la dernière plaque en tôle.

Après quoi, il tomba dans le vide. Irrémédiablement...

Non ! cria son lion, refusant la mort.

Pas de chance, mon vieux, chercha-t-il à lui répondre pendant les quelques secondes atroces de cette longue chute vers le béton en contrebas. Il n'y avait rien d'autre que l'air entre lui et le sol.

Rectification, il n'y a rien d'autre qu'un tigre entre nous et le sol, précisa son lion en faisant une embardée sur la droite.

S'il se retournait en temps voulu, il pourrait utiliser le corps de l'animal pour amortir son atterrissage.

Et l'instant d'après : *vlan !* Dell s'arrêta net. Tous les os de son corps furent ébranlés et ses dents s'entrechoquèrent. Si Anjali ne l'avait pas appelé, il aurait pu s'évanouir. Il aurait même pu sombrer dans la mort, car plus rien ne semblait avoir d'importance. Mais elle continua à l'appeler, le ramenant à la vie en même temps qu'elle le tirait du cadavre du tigre...

Ses pensées se figèrent un instant. Quoi ? Comment était-ce possible ?

— Dell... souffla Anjali en le faisant glisser tout doucement vers le sol.

Il cligna des paupières. Était-elle vraiment à ses côtés ? Le brouillard dans son esprit se dissipa légèrement. Peut-être n'avait-il pas heurté le sol de plein fouet. Peut-être le tigre avait-il amorti sa chute. Peut-être...

— Dell...

Il aurait pu rester étendu là éternellement, cependant des larmes chaudes coulaient sur ses joues. Anjali pleurait et il n'en fallut pas plus pour le bouleverser ; il retrouva juste assez d'énergie pour reprendre forme humaine et se remettre à bouger.

— Quinn... chuchota-t-il.

Anjali le regarda fixement avant de hocher la tête. La seconde d'après, elle fila. Ses pas résonnèrent dans l'escalier, une fois pendant son ascension, et une autre alors qu'elle dévalait les marches pour revenir auprès de lui. Elle réapparut enfin avec le porte-bébé, guidant sa main vers la joue de la fillette.

— Tu vois ? Elle va bien. Je vais bien. Alors, ne t'avise pas de nous quitter. Tu m'entends ?

Il fronça les sourcils. Pourquoi les quitterait-il ? Soudain, une vague de douleur parcourut tout son corps et le sens de ses paroles devint limpide. Cette ombre noire qui gagnait du terrain aux abords de sa conscience était peut-être plus dangereuse qu'il n'y paraissait.

— Je n'irai nulle part, dit-il en nouant leurs doigts ; des doigts humains, parce qu'il avait repris sa forme initiale.

Ce contact lui donna le coup de fouet dont il avait besoin pour résister à la douce tentation de la mort. Et alors que le nuage noir s'évaporait, il se concentra sur la perle autour du cou d'Anjali. Il tendit la main pour l'effleurer.

— Waouh, gémit-il d'une voix rauque en retirant sa main.

Anjali déglutit.

— Waouh, tu peux le dire. Tu as senti ?

Il hocha lentement la tête. Ça, oui alors, il l'avait senti.

— Une perle du désir, chuchota-t-il.

C'était forcément de cela qu'il s'agissait !

— Une perle du *quoi* ?

Avant qu'il puisse répondre, Anjali secoua la tête.

— Attends. Je m'en fiche tant que tu vas bien.

Il la dévisagea attentivement. Elle avait été témoin de sa transformation en lion. Elle avait vu la crinière, les crocs, la queue. Sans compter qu'il était meurtri, couvert de sang et nu comme un ver. Cela ne lui posait-il aucun problème ?

Apparemment, elle avait lu dans ses pensées, car elle se pencha pour l'embrasser sur le front.

— Je me fiche de tout, tant que tu vas bien.

Le soulagement déferla dans ses veines et il ferma les yeux.

— Mais est-ce que tu vas *vraiment* bien ? demanda-t-elle un moment plus tard.

— Je te l'ai déjà dit, répondit-il d'une voix éraillée. Les chats retombent toujours sur leurs pattes.

Anjali se contenta de le regarder longuement avant d'écarter les cheveux de ses yeux avec délicatesse. Sans doute allait-elle exprimer son horreur ou sa stupéfaction, mais au lieu de ça, elle murmura deux petits mots :

— Tant mieux.

Mis à part la douleur qui vibrait encore dans chacun de ses os, il ne s'était jamais senti aussi bien, aussi chanceux ni aussi riche qu'en cet instant. Anjali était là, Quinn aussi. L'ennemi était vaincu.

Soudain, Anjali poussa un cri de terreur en se relevant. Dell essaya de se retourner pour se mettre debout à son tour, cependant un millier de lames aiguisées semblèrent lui lacérer le corps et il s'immobilisa.

— Non !

Anjali récupéra la clé à molette qu'elle avait laissé tomber.

— Il y en a un autre, ajouta-t-elle.

Un aboiement grave lui répondit ; une syllabe sèche, suivie d'une autre, et Dell s'autorisa à se détendre.

— Tout va bien. C'est Chase.

La mâchoire d'Anjali se décrocha.

— Chase ?

Aussitôt, des bruits de pas se firent entendre et quelqu'un souffla à voix basse :

— *Putain de merde !*

Dell le salua d'une voix faible.

— Et lui, c'est Connor.

Sous sa forme humaine, heureusement, parce que Dell était certain qu'Anjali avait vu bien assez de métamorphes pour une seule journée. Elle n'avait aucun besoin de voir un dragon dans toute sa splendeur. Tim était là, lui aussi, dans son corps humain.

Enfin, la cavalerie était arrivée !

Chase accourut à quatre pattes et renifla les cadavres de leurs ennemis. Anjali s'accroupit à côté de Dell sans lâcher sa clé à molette.

— Tu es sûr que c'est Chase ? chuchota-t-elle.

Il hocha la tête et lui prit la main. En même temps, il envoya une pensée dans l'esprit de son camarade.

J'apprécie ton soutien, mon vieux, mais pour l'instant...

Avec un aboiement, son ami recula de quelques pas.

— Tout le monde va bien ? s'enquit Connor en arrivant.

Dell émit un grognement.

— À part Brody et ses hommes ? Oui. Je crois. N'est-ce pas ? fit-il en serrant la main d'Anjali.

Elle déglutit.

— Je suis un peu déboussolée, mais ça va.

Un *peu* déboussolée ? Cette femme était vraiment incroyable.

— Je te jure que je vais tout t'expliquer.

Il aurait tant voulu avoir l'énergie de la serrer dans ses bras.

Elle pinça les lèvres en jetant un regard circulaire.

— D'accord, mais plus tard.

Bordel de merde, résonna la voix de Connor dans son esprit. *Elle a combattu un tigre et deux loups... avec cette clé à molette ?*

Dell sourit et répondit par un autre grognement.

Je l'ai un peu aidée avec le tigre. Mais en gros, oui. Attention à ne pas énerver ma petite femme.

Connor haussa un sourcil.

Ta femme ?

Oui, elle est à moi. Alors, ne te fais pas d'illusions.

Connor renifla avant que Tim n'intervienne :

Tu veux dire à toi... Vraiment à toi ? Sérieusement ?

Dell grimaça. Oui, très sérieusement.

Ma compagne, imposa-t-il à leurs esprits. *Et mon enfant. Et ne cherchez même pas à me chambrer là-dessus.*

Tim répondit avec un sourire immense.

Oh, on va bien s'amuser, crois-moi. Dès qu'on sera sortis d'ici.

Son visage retrouva toute sa gravité alors qu'il examinait les environs.

Jusqu'à présent, les agents de sécurité ne les avaient pas rejoints, mais ils devaient s'en aller au plus vite. L'ennui, c'était que Dell pouvait à peine bouger. Au même instant, Quinn se mit à agiter les pieds dans le porte-bébé. Vers la fin du combat, elle avait gardé le silence, comme si elle avait senti le danger. Maintenant que c'était terminé, elle recommençait à pleurer.

— Tout va bien, ma chérie, dit Anjali en la prenant dans ses bras.

Mais le bébé sanglota encore jusqu'à ce qu'elle la rapproche de Dell.

— Tu vois ? Il va bien.

Il tendit les bras pour la toucher.

— Salut, toi. Comment va ma grande fille ?

Quinn pleurait si fort qu'elle vira à l'écarlate, et même Connor essaya de la calmer, cependant rien n'y fit jusqu'à ce qu'Anjali la pose tout doucement sur le torse de Dell en murmurant :

— Il va bien. Papa va bien.

Dell serra enfin Quinn dans ses bras. Bien après que ses pleurs se furent apaisés, son cœur continua à marteler ses côtes.

— Papa ? fit-il en regardant Anjali.

Elle sourit en désignant Quinn.

— Elle a l'air de le penser, en tout cas.

Connor ouvrit la bouche, néanmoins Tim entraîna à l'écart le métamorphe dragon, leur laissant un peu d'intimité.

— C'est le destin, vieux, souffla Tim en s'éloignant. On ne joue pas avec ça.

Dell prit une grande inspiration, se concentrant sur Anjali.

— Et toi, qu'est-ce que tu en penses ?

Elle fit la moue, puis hocha la tête avec un petit sourire.

— Je pense que Quinn a bon goût.

Il eut un petit rire. Le bébé dans un bras, il tendit l'autre main à Anjali.

— C'est vrai. Je veux dire, en ce qui concerne sa mère.

Les yeux d'Anjali s'embuèrent à ces mots.

— Pauvre Lourdes.

Dell secoua la tête. Il y aurait un temps pour faire le deuil de son amie, cependant ce n'était pas ce qu'il voulait dire.

— Je parle de sa nouvelle maman. Toi.

Les beaux yeux noirs d'Anjali s'agrandirent de surprise.

— Moi ?

Il acquiesça.

— Quinn l'a compris. Et je le sais, moi aussi. Comme tu l'as dit, elle a bon goût.

Elle se mordit la lèvre en rougissant.

— Alors... si tu es son nouveau père, et que je suis sa mère... on va devoir s'arranger.

Il répondit avec un sourire éclatant.

— Oui, pas le choix. Tu vas pouvoir le supporter ?

À présent, les larmes coulaient librement sur les joues d'Anjali. Putain, il aurait même pu en laisser échapper une ou deux lui-même quand elle se pencha pour le serrer dans ses bras, Quinn entre leurs cœurs.

— Oui, je pense pouvoir le supporter.

Pendant les minutes qui suivirent, ils restèrent là, dans l'étreinte à trois la plus tendre de l'histoire. Soudain, Dell éclata de rire. C'était douloureux, mais il était trop heureux pour résister.

— Je crois qu'il a perdu la tête, marmonna Connor.

Dell était hilare. Non, il n'avait rien perdu du tout. Au contraire, il avait gagné. Une compagne. Une fille. Une toute nouvelle vie.

Une vie meilleure, entonna son lion.

— Oh, mon Dieu. Attends, dit précipitamment Anjali, le glaçant d'effroi.

Avait-elle déjà des doutes ?

Pourtant, elle rayonnait, tout à coup. Lui effleurant la joue avec douceur, elle lança :

— Je ne te l'ai jamais dit. Je suis tellement désolée. Je t'aime. Je t'aime, Dell.

Il expira, au comble du soulagement, et la serra à nouveau dans ses bras.

— Je t'aime, moi aussi. Et toi également, ajouta-t-il en touchant Quinn. Je vous aime toutes les deux.

Anjali arqua un sourcil avec un air espiègle.

— Fini le célibat. Tu es sûr de pouvoir le supporter ?

Il opina du chef vigoureusement.

— Je n'ai jamais été aussi sûr de toute ma vie.

Chapitre 20

Une semaine plus tard...

— Hmm.

Anjali faisait courir son menton le long du cou de Dell.

— Je n'en reviens pas qu'on ait fait ça.

Elle en avait la chair de poule et son corps semblait ronronner de satisfaction.

Il l'étreignit un peu plus fort.

— Il faut le croire, mon amour. Maintenant, tu es coincée avec moi.

Elle se surprit à frotter son menton contre sa mâchoire et il ricana tout bas.

— Regarde ce que tu m'as fait, dit-elle.

Dell baissa les yeux, observant ostensiblement son corps entièrement nu jusqu'au point où ils se rejoignaient encore, après les ébats les plus intenses de sa vie.

— Et quel est le problème... ? demanda-t-il.

Elle lui donna une petite tape sur le bras, certaine de ses blessures étant encore visibles. Connor, Chase et Tim l'avaient presque porté hors du hangar et jusqu'à l'hélicoptère ce terrible jour, une semaine plus tôt. Si la plupart de ses plaies avaient guéri à une vitesse éclair, les pires étaient encore sensibles.

— Tu as une terrible influence sur moi, reprit-elle. Une semaine avec toi, et j'ai déjà pris toutes ces mauvaises habitudes. Faire la grasse matinée. Faire l'amour à tout moment de la journée...

— Hé ! Qui a dit que ces habitudes étaient mauvaises ?

Elle continua comme si elle n'avait pas entendu.

— Et je me comporte déjà comme un lion en te caressant comme ça. Mais je ne peux pas m'en empêcher.

Avant même d'avoir terminé sa phrase, elle glissait à nouveau sa joue sur sa peau. C'était si bon.

— Je me suis vraiment laissé mordre ?

Il répondit avec un grand sourire, resserrant ses bras autour d'elle.

— Rectificatif : tu m'as *supplié de* te mordre.

Elle fondit dans ses bras, souriant malgré elle. Oui, elle avait presque supplié pour qu'il réalise la morsure d'union. Un concept qui lui avait paru totalement étranger lorsque Dell l'avait évoqué pour la première fois. Mais Jenna et Hailey avaient ajouté quelques détails croustillants, et l'idée avait fait lentement son chemin jusqu'à devenir une envie brûlante. Dell avait insisté pour qu'ils attendent, cependant l'envie en elle avait été si irrésistible qu'elle avait fini par le convaincre.

Le destin, avait chuchoté une petite voix dans sa tête.

Elle sourit, effleurant la perle qui pendait à son cou. Elle avait encore beaucoup à apprendre sur le monde des métamorphes, toutefois cette histoire de destin, elle la ressentait dans sa chair.

Elle étouffa un petit gloussement coquin.

Je la ressens à d'autres endroits aussi.

— Tu vois, tu me dévergondes, répondit Dell.

Elle ferma les yeux, écoutant les battements de son cœur.

— Pas du tout.

— Bien sûr que si. C'est terrible. Je me couche avant dix heures du soir, je vérifie les informations nutritionnelles sur les étiquettes. Et le pire, c'est que j'ai même fait un planning pour la semaine prochaine.

Il frissonna et lança :

— C'est trop responsable, tout ça !

Après une seconde de silence, il ajouta :

— Et le plus dingue, c'est que ça en vaut la peine.

Elle passa une main sur son torse.

— Je te l'avais dit.

Pendant la longue minute qui suivit, ils se câlinèrent sans rien dire. Dell finit par reculer et elle protesta en gémissant.

— J'ai créé un monstre, dit-il en riant avant de l'embrasser. Laisse-moi juste me débarbouiller un peu. Je reviens tout de suite.

— Tu as intérêt.

Elle s'installa confortablement dans les draps et se toucha machinalement le cou. Il n'y avait pas de sang, pas de douleur. Rien qu'une chaleur constante dans ses veines.

— Il nous reste environ cinq minutes avant que Quinn ne se réveille, et j'ai besoin de... de...

Elle chercha son mot.

— Te prélasser ? proposa Dell avec un sourire félin, ou plus exactement, un sourire léonin.

C'était si évident maintenant : la barbe blonde, l'épaisse chevelure ondulée, les yeux d'un brun presque doré. Cela aurait dû lui sauter aux yeux !

Il lui avait tout expliqué sur les métamorphes, ces derniers jours : son arrière-arrière-grand-père était le premier lion de la famille, un rare survivant d'une attaque de métamorphes, puis Dell avait rencontré les frères Hoving à l'armée, et plus récemment, il s'était installé à Maui. Tous ses amis à Koakea étaient des métamorphes, comme ceux du domaine voisin... sauf la chatte calicot, Keiki.

« Elle, ce n'est qu'une petite créature, mais elle a le cœur d'un lion », lui avait dit Dell.

Il avait également évoqué les compagnons et compagnes, unis par le destin. Cela aurait dû lui paraître insensé, et pourtant, ce n'était pas si incohérent.

Anjali s'enfonça plus profondément dans les draps. Au début, elle était persuadée qu'elle mettrait du temps à se faire à l'idée de cette morsure d'union, mais en fin de compte... Waouh ! Avait-elle vraiment supplié un métamorphe de la mordre dans le cou pour la lier à lui à jamais ?

Une décharge d'énergie traversa tout son corps et une voix suave ronronna dans son esprit :

Oh, oui. C'est exactement ce que nous avons fait.

Elle resta pétrifiée. Dell lui avait dit que chaque humain avait un côté animal, et que seule l'union avec un métamorphe pouvait le réveiller. Mais si vite ? Entendait-elle vraiment la lionne qui sommeillait en elle ?

— Oh oui, renchérit Dell en se glissant dans le lit à côté d'elle.

Elle le dévisagea.

— Attends une minute. Tu as entendu ?

Il se remit à la caresser avidement.

— J'ai entendu ma compagne.

Il la regarda alors dans les yeux et Anjali capta un murmure dans son esprit :

Oh, oui.

Il venait vraiment d'imiter la voix suave de sa lionne intérieure !

Anjali enfouit son visage dans l'oreiller.

— Je vais devoir faire attention à ce que je pense, à partir de maintenant.

Il éclata de rire.

— Attends, tu vas voir. C'est très pratique.

Elle ramena le drap sur sa tête en gémissant.

— Oh, non. Est-ce que tout le monde peut lire dans mes pensées ? Nous avons cette réunion aujourd'hui, et...

Il l'embrassa à travers le drap.

— Ne t'inquiète pas. Seulement moi pour l'instant. Tu devras apprendre à communiquer avec les autres de cette façon, et tu pourras bloquer tes pensées quand tu le voudras.

Elle s'autorisa à souffler un peu. Tant mieux.

Dell retira le drap et passa les doigts dans ses cheveux.

— Arrête, lui dit-il. Tu me déconcentres. Laisse-moi admirer ma compagne.

Elle ferma les yeux et s'abandonna à la magie de ses caresses pendant un moment. Enfin, elle rouvrit les paupières, plus attentive.

— Est-ce que je peux vraiment me transformer en lionne ?

Il lui effleura la joue.

— Quand tu seras prête.

Au fond, elle redoutait ce qu'elle pourrait ressentir, et malgré tout, un besoin tourmenté et ardent la taraudait. Franchement, au début, apprendre à s'occuper de Quinn l'avait terrifiée aussi, et pourtant elle avait fini par tout maîtriser. Théoriquement, elle pouvait bien maîtriser sa nouvelle identité de métamorphe.

Mais tout de même, voir son corps se transformer complètement... Cette idée était à la fois terrifiante et très attirante.

— Je te promets que ça se passera bien, chuchota Dell d'une voix délicieusement tentatrice.

Elle enroula sa jambe autour de la sienne, sentant son corps s'embraser à nouveau. Bon sang, Dell la dévergondait vraiment. Elle se plaqua contre lui, alignant leurs hanches jusqu'à ce que...

Quinn émit un gazouillis depuis la pièce d'à côté avant de se mettre à pleurer.

Anjali gémit, laissant sa tête retomber contre l'épaule de Dell.

— Maintenant ?

Dell éclata de rire.

— Elle nous a déjà accordé cette grasse matinée.

Il l'embrassa une dernière fois avant de s'écarter.

— Et je te promets que dès qu'elle fera sa prochaine sieste, on reprendra là où on s'est arrêtés. D'accord ?

Il lança à Anjali la chemise qu'il lui avait retirée plus tôt et enfila son propre caleçon. Quand ils étaient seuls, ils préféraient rester entièrement nus. Mais un code de conduite tacite les contraignait à s'habiller en présence de la petite... ou du moins, à couvrir les parties les plus intimes.

— Bonjour, ma chérie. On a bien dormi ? fit Dell en se dirigeant vers la pièce voisine.

Anjali sourit. Tous les trois étaient restés terrés chez lui depuis quelques jours, se remettant lentement de leurs émotions. Dell avait assuré dans le rôle du papa poule. Ils en avaient discuté et conclu qu'il était préférable pour Quinn de grandir aussi normalement que possible, en connaissant l'existence de ses parents biologiques tout en appelant Anjali et Dell *maman* et *papa*. Anjali en avait douté, au début, mais maintenant, cela lui semblait juste. Une nuit, elle s'était attardée sur le rivage, au coucher du soleil, en pensant à Lourdes.

Elle était sûre d'avoir senti l'esprit de son amie qui lui souriait, lui assurant que tout allait bien.

Je veux seulement le meilleur pour elle.

Lourdes avait dit cela une fois, à Chicago, et Anjali était convaincue qu'elle le lui avait encore soufflé cette nuit-là, sur la plage.

Elle jeta un œil vers la commode, de l'autre côté de la chambre, où elle avait placé la photo de son amie et elle dans la cabane. Dell avait déjà l'intention d'en construire une pour Quinn selon le même modèle, et Anjali adorait cette idée.

Elle soupira, émerveillée par la facilité avec laquelle tout s'était déroulé. Et pas seulement pour Dell et elle. Cynthia avait essayé d'organiser une adoption et Anjali s'était sentie un peu triste pour le gentil couple qu'elle avait trouvé, cependant peu de temps après, les deux dragons métamorphes avaient appelé pour leur annoncer une grossesse totalement inattendue. Ils étaient fous de joie à cette nouvelle, et Anjali s'était réjouie pour eux. Le destin, semblait-il, œuvrait de diverses manières.

Alors, oui. Elle était vraiment maman maintenant, et Dell était papa. Sa propre mère était aux anges qu'elle se soit trouvé un homme, à tel point qu'elle n'avait pas bronché en apprenant qu'il n'était ni indien, ni médecin ni avocat. Apparemment, sa mère était désespérée et se contentait de l'idée qu'elle soit en couple, quel que soit l'heureux élu. Tout ce qui l'intéressait, c'était de rencontrer Quinn et les futurs petits-enfants qui, selon elle, arriveraient bientôt. Anjali avait beau essayer de freiner les choses, l'enthousiasme de sa mère ne faiblissait pas.

Dell ne disait rien de son côté, néanmoins cette idée semblait lui plaire. Quant à Anjali, elle n'était pas prête à l'admettre, toutefois elle aimait aussi la perspective d'avoir beaucoup d'enfants. Alors, qui savait ?

— Va voir maman, dit Dell en lui remettant Quinn.

— Salut, ma grande, s'extasia Anjali alors qu'il s'éloignait pour préparer un biberon.

Les yeux de la petite étaient brillants, toujours remplis d'émerveillement. Anjali berça le bébé avec un sourire imperturbable. Quand elle était allongée dans les bras de Dell, elle se sentait brûler, mais avec Quinn dans ses bras, elle ressentait une autre chaleur tout aussi agréable.

— La fille la plus chanceuse du monde, souffla-t-elle. Je parle de moi, tu sais.

Elle avait Dell, une fille, et une belle maison neuve. Plus de travail, certes, mais elle économisait depuis longtemps. Elle pouvait bien se permettre de prendre un congé maternité, non ? Elle avait appelé son bureau pour poser sa démission et elle s'était sentie libérée en prenant cette décision, comme dans de nombreux aspects de sa nouvelle vie.

Quinn chouina avec impatience.

— J'arrive, lança Dell depuis la cuisine.

Une minute plus tard, il était de retour avec un biberon chaud et un sourire avenant.

— Petite gourmande...

Ils s'installèrent tous les trois sur le lit, Quinn au milieu, Dell avec le biberon du côté gauche et Anjali sur la droite, le regard empreint d'amour.

— Je pourrais la contempler pendant des heures, murmura-t-elle en songeant à la rapidité avec laquelle sa vie avait changé, et pour le mieux.

Elle pouvait contempler Dell pendant des heures, aussi. Son sourire avait toujours été merveilleux, cependant celui qu'il leur réservait à Quinn et à elle ne manquait pas de l'émouvoir à tous les coups.

— Moi aussi. Mais n'oublie pas qu'on a cette réunion.

Anjali gloussa.

— Tu as aussi proposé de cuisiner.

Il gémit en s'écroulant à côté de Quinn.

— À quoi est-ce que je pensais ?

— Tu pensais que ce serait une bonne idée d'offrir un bon repas à tout le monde.

Anjali se pencha vers lui et l'embrassa. Ce devait être un baiser sur la joue, mais de sa propre initiative, il termina sur ses lèvres... un baiser long et profond qu'elle ne voulait plus quitter.

— Je t'aime, chuchota-t-elle.

— Je t'aime, ma compagne.

Le temps fila, et bientôt, ce fut la fin de matinée. Anjali n'avait pas l'habitude de laisser passer le temps. Au bureau, elle avait travaillé d'arrache-pied du matin au soir, et n'avait jamais eu assez de temps pour tout faire. À Koakea, en revanche, chaque minute était un cadeau qui s'écoulait lentement, paisiblement. Elle pouvait rire avec Quinn, humer le parfum des fleurs tropicales et écouter le bouillonnement du ruisseau. Le temps semblait plus riche, presque plus pur, et son âme se sentait enfin en paix. Pas de téléphone, de boîte de réception surchargée ni de réunions à toute heure. Malgré tout, lorsqu'elle jeta un coup d'œil à l'horloge, elle se demanda où leur matinée avait disparu.

— Pas disparu, précisa Dell quand elle lui en fit part. C'était du temps bien investi.

Cette idée lui plaisait beaucoup. Investir dans des choses plus importantes que les biens matériels. Comme Quinn, par exemple, ou Dell. En un mot, le bonheur.

La vie aurait été plutôt parfaite sans le spectre de cette réunion. Même si Dell l'avait rassurée, elle était toujours nerveuse à l'idée d'affronter les autres. Bien sûr, elle avait déjà rencontré tout le monde à la plantation de Koakea, et ils étaient tous gentils. Mais c'était avant qu'elle ne découvre qu'ils pouvaient se transformer en ours, loups, lions et dragons. Et puis, elle était tombée amoureuse de Dell. Les autres étaient-ils vraiment prêts à accueillir une inconnue dans leur clan si soudé ?

Debout devant le miroir, elle évaluait son legging et le kurti indien en coton qu'elle avait choisi. Trop décontracté ? Trop guindé ?

— C'est très bien, lui avait dit Dell un peu plus tôt.

Bien sûr, *tout* était très bien pour lui. Il était parti en avance avec Quinn pour préparer le déjeuner à la maison de la plantation. De son côté, elle était toujours indécise, et maintenant, elle devait absolument y aller.

— Hé, lança soudain une voix amicale.

Elle leva la tête pour découvrir Jenna, qui lui faisait signe de l'autre côté du ruisseau en compagnie de Hailey.

— On est passées te chercher. Tu es prête ?

Anjali afficha un sourire, espérant masquer sa nervosité, mais avant qu'elle puisse leur répondre, Hailey intervint :

— Crois-moi, on sait ce que c'est. Les mecs *adorent* ces réunions, dit-elle en levant les yeux au ciel. C'est quelque chose qu'ils faisaient dans l'armée et qui leur manque, je crois. Heureusement qu'ils nous épargnent le réveil au clairon.

Jenna gloussa.

— Si on avait ce genre de réveil, je serais déjà partie. Mais pour revenir à ce qu'on disait, je crois qu'ils ne savent pas à quel point ils peuvent être intimidants.

Anjali esquissa un sourire reconnaissant, oubliant momentanément que Jenna pouvait se changer en dragon et Hailey en grizzly.

Un jour, nous nous transformerons aussi, grogna une voix dans son esprit. *Mais ce sera encore mieux. Nous serons un lion.*

— Enfin bref, ne fais pas attention à eux, dit Hailey avec une accolade chaleureuse une fois qu'Anjali eut traversé le ruisseau. Intérieurement, ce sont de petits chiots.

Il lui avait fallu un certain temps, mais Anjali avait enfin compris pourquoi Hailey lui semblait si familière. Elle avait posé pour la campagne du parfum *Boundless*, supervisée par sa société. D'après Dell, elle avait aussi été prise pour cible par Moira quelque temps plus tôt. Voilà qui expliquait peut-être pourquoi Hailey lui donnait l'impression d'être comme une sœur qu'elle aurait perdue de vue et retrouvée, un peu comme Jenna. Anjali avait hâte d'apprendre à mieux les connaître toutes les deux.

Jenna sourit en la prenant dans ses bras.

— Je suis si contente que tu sois là. J'étais seule avec Hailey ici...

— Jusqu'à présent, ajouta-t-elle avec un clin d'œil. Maintenant, on travaille sur Chase.

Anjali se rappelait la timidité avec laquelle le loup métamorphe et la jeune femme du food truck de smoothies s'étaient tourné autour, enfouissant leurs sentiments réciproques. Ce serait vraiment formidable de les réunir.

— Et crois-moi, plus l'influence féminine que nous pouvons exercer sur ces types sera forte, mieux ça vaudra, conclut Jenna. Enfin, il y a Cynthia, mais elle a besoin de se détendre un peu, et ça prendra beaucoup de temps.

— Ce sera notre prochain projet, soupira Hailey, nettement moins optimiste.

Elle n'avait pas à lui expliquer pourquoi. Même Anjali savait que Cynthia serait plus coriace que les autres. Il y avait quelque chose de rigide et d'un peu triste chez Cynthia, même si elle cachait bien son jeu.

— Bon, ne t'inquiète pas. Tout ira bien, lui dit Jenna en ouvrant la marche.

Anjali avait l'impression d'être une nouvelle à l'école qui aurait enfin trouvé de formidables camarades. Peut-être que la réunion ne serait pas si difficile, après tout.

— Attends de voir Dell.

Jenna gloussa en approchant de la maison principale.

— Et Quinn.

Anjali inclina la tête, cependant Jenna ne laissa rien paraître. Prudemment, Anjali monta les marches et jeta un coup d'œil dans la cuisine. Elle faillit éclater de rire un instant plus tard, mais elle se ressaisit, les mains sur ses hanches.

— Qu'est-ce que tu fais ?

Devant le fourneau, Dell se retourna. Joey était sur une chaise à côté de lui, affublé d'un masque et d'une cape, avec une moustache dessinée au-dessus de la lèvre.

— Ha ! Notre prochaine victime… je veux dire, prochaine cliente, déclara Dell. Capitaine Spectaculaire, inspectez cet imposteur.

Joey sauta au bas de la chaise et se mit à courir autour d'Anjali, comme s'il volait à tire-d'aile, en demandant :

— Tu es une gentille, toi ?

Aussitôt, elle leva les mains.

— Euh, oui, je crois. Princesse Anjali, tu te souviens ?

— Je ne sais pas, lança Dell. C'est peut-être un piège. Qu'en pense notre lieutenant ?

Joey fondit sur le porte-bébé dans lequel Quinn était assise, sur le parquet. De là, elle avait une vue imprenable sur les environs. Elle aussi portait une cape et une moustache, et Anjali s'esclaffa :

— Dell !

— Quoi ? rétorqua-t-il en souriant. Tous les superhéros ont besoin d'une cape, non ?

— Lieutenant, est-ce que c'est vraiment la princesse ? demanda Joey, accroupi à côté de Quinn.

Il lui chatouilla la joue comme un grand frère pétri de fierté.

Quinn gazouilla en agitant les bras.

— Je pense qu'elle nous donne le feu vert, annonça Dell. Laissez passer l'impostrice.

Joey rejeta sa cape par-dessus son épaule.

— C'est bon, tu peux passer.

— Merci, dit Anjali en s'approchant pour embrasser Dell, encore... et encore...

— Beurk, gémit Joey.

Aussitôt, ils se séparèrent.

— Désolé, mon grand. Je me suis laissé déconcentrer, dit-il avec un clin d'œil à Anjali. Plus tard, tu pourras me déconcentrer autant que tu voudras. Pour l'instant...

Elle hocha la tête et se retira sous l'auvent en comprenant son sous-entendu. Dell avait passé la semaine à se concentrer sur Quinn, et maintenant, il voulait montrer à Joey que leur amitié n'était pas terminée simplement parce qu'il était occupé avec sa nouvelle compagne et son bébé.

Un par un, les autres hommes arrivèrent. Tous serrèrent la main d'Anjali ou l'embrassèrent sur la joue, la saluant par des paroles gentilles comme « content de te revoir » ou encore « bienvenue ». Connor, le plus intimidant, se montra particulièrement prévenant, comme si Jenna l'avait sermonné pour qu'il mette la pédale douce sur ses ondes de gros dragon effrayant. Tim était aussi gentil et poli qu'à son habitude, même si son attention restait fixée sur Hailey. Chase arriva à son tour, toujours si réservé. Quand il se pencha pour serrer la main d'Anjali et lui souhaiter la bienvenue, Jenna lui lança un clin d'œil dans son dos.

Anjali hocha la tête. Oui, elle aiderait leur ami à trouver sa compagne. Il n'avait pas hésité à se lancer dans le combat des métamorphes, et en dépit de sa frayeur initiale, elle ne pouvait ignorer son dévouement envers sa famille.

Enfin, Cynthia descendit de ses quartiers à l'étage pour saluer Anjali avec chaleur, ou du moins avec autant de chaleur qu'elle pouvait, avant d'aller surveiller les jeux de son fils dans la cuisine.

— Capitaine *qui* ? demanda-t-elle comme si elle désapprouvait leurs pitreries, même si la lueur joyeuse dans son regard la trahissait.

— Capitaine Spectaculaire, rugit Dell. Maintenant, recule et laisse au maître son espace, Cynth.

— Cynthia.

Elle soupira et rejoignit les autres de sa démarche altière, s'asseyant en bout de table.

— *Et voilà,* annonça Dell peu après. Le déjeuner est servi.

Le curry était délicieux, le poulet masala une véritable œuvre d'art, et quant au chutney à la mangue, Anjali n'avait jamais rien goûté d'aussi bon.

— Oh, mon Dieu, c'est succulent, fit Jenna en se léchant les doigts.

— Tu l'as dit !

Hailey accepta une deuxième portion de Tim.

Dans son coin, Quinn remuait les bras tout en suçotant la queue de son lion en peluche.

— Je dois dire que ta cuisine n'a rien à envier à celle de ma mère, reconnut Anjali. Mais ne lui dis pas que j'ai dit ça.

Elle avait hâte de présenter Dell et Quinn à sa famille. La bonne nouvelle, c'était que ses parents et l'un de ses frères avaient prévu de leur rendre visite à Maui. Tant mieux, car Anjali n'était pas pressée de retourner à Chicago.

Dans un geste élégant, Cynthia se tamponna les lèvres avec sa serviette de table avant de se tourner vers Dell :

— Monsieur O'Roarke, vous vous êtes surpassé. À plus d'un titre.

Dell haussa un sourcil arrogant.

— C'est un compliment, Cynth ?

— Ça pourrait l'être si tu ne gâches pas tout, lâcha-t-elle.

Anjali se taisait, sans trop savoir si elle devait intervenir. Dell allait sûrement trop loin. Après tout, Cynthia était l'alpha de la tribu avec Connor.

Jenna dissimula un sourire, rappelant à Anjali ce qu'elle avait dit pendant le trajet.

« Ils aiment se taquiner. Et tu sais quoi ? Je pense que Cynthia en a besoin. »

« Ça oui, elle en a bien besoin », avait confirmé Hailey.

Anjali resta donc assise en silence, regardant les piques fuser entre Dell et Cynthia, tournant la tête à droite et à gauche comme si elle assistait à un match de tennis.

— Bon, très bien, continue les compliments, dit-il en souriant.

— J'ai peut-être changé d'avis, répliqua Cynthia, visiblement contrariée.

— Allez, qu'est-ce que tu voulais dire par « *à plus d'un titre* » ?

Les lèvres si pincées qu'elles en étaient réduites à une ligne droite, Cynthia hocha enfin la tête.

— Comme d'habitude, ta cuisine est grandiose.

Anjali décocha un coup de coude à Dell pour éviter qu'il ne gâche son initiative par un commentaire. Miraculeusement, il tint sa langue.

Cynthia adressa à Anjali un regard approbateur, comme pour dire : « Je ne comprends pas comment tu le supportes, mais je vois que tu as une bonne influence. Dieu sait qu'il en a besoin. »

Dell battit des cils en observant Cynthia.

— Et quoi d'autre ?

Le dragon métamorphe passa un long moment à soupeser ses mots avant de reprendre la parole :

— Quinn. Tu es très bien avec elle. Presque responsable, pourrait-on dire.

Dell se fendit d'un grand sourire et porta une main à son oreille.

— Qu'est-ce que j'ai entendu ?

Cette fois, Anjali leva les yeux au ciel.

— Responsable ? *Presque*, intervint-elle. Mais, Dell ?

Son ton contenait une note d'avertissement, et il la regarda, dans l'attente.

— Comme l'a dit Cynthia... ne gâche pas tout.

La mère de Joey hocha la tête, visiblement satisfaite, tandis que Dell soupirait.

— Mais quel intérêt, alors ?

Connor y alla de son petit commentaire :

— Je pense que tu as trouvé la bonne, mon vieux.

Cynthia acquiesça.

— Je le pense aussi.

En réaction, Dell passa un bras autour des épaules de sa compagne.

— Oh oui, je le sais.

Anjali se surprit à sourire béatement. Elle avait sans conteste trouvé l'homme idéal. Un homme qui lui rappelait ce qui était important dans la vie et qui l'aidait à profiter de chaque jour.

Connor regardait Dell d'un œil intrigué.

— Alors, plus de sorties le soir. Plus de bêtises. Tu penses vraiment pouvoir t'occuper de la fille de Quentin ?

— *Ma* fille, gronda Dell.

Connor garda le silence pendant un moment, le dévisageant attentivement. Puis, il hocha gravement la tête et porta deux doigts à sa tempe en signe de salut.

— Je ne pensais pas connaître ce jour de mon vivant, mais il faut croire que j'avais tort. Je te tire mon chapeau.

Tim afficha un grand sourire.

— Ça veut dire qu'on sera ses oncles ?

Il se tourna vers Joey et ébouriffa les cheveux roux du garçon.

— Les oncles d'un petit bébé minuscule, ça nous changera de ce grand bonhomme.

Dell regarda Joey.

— Je ne sais pas. Crois-tu qu'ils sont assez responsables pour être des oncles, Capitaine Spectaculaire ?

Le garçon haussa les épaules.

— La plupart du temps.

— La plupart du temps ? protesta Connor.

Jenna sourit et posa une main sur l'épaule de son compagnon.

— Oui, la plupart du temps.

Anjali serra Quinn un peu plus fort dans ses bras. Elle aimait déjà cette nouvelle famille. La chaleur bourrue des hommes, l'authenticité et la confiance des femmes, la douceur de Joey. Tout le monde l'intégrait spontanément.

Hailey leva son verre.

— Bon, portons un toast. Au jour que Connor n'avait pas vu venir.

Tout le monde éclata de rire et Tim ajouta :

— À Dell et à Anjali. Qu'elle garde un œil sur lui à notre place.

Les convives levèrent leurs verres et Cynthia termina le discours sur un ton plus posé et sérieux :

— Aux amis. À l'amour. Au destin.

Sa voix était teintée de chagrin, mais elle restait forte, bien que ses yeux soient perdus dans le vague. Anjali jeta un œil aux autres femmes. Y avait-il un espoir pour que Cynthia trouve l'amour un jour ?

— Au destin, murmura chacun avant de siroter son verre.

Le silence retomba sur le groupe et tout le monde se laissa happer par ses propres pensées. Soudain, les yeux de Connor glissèrent vers ceux de Cynthia, et ils hochèrent tous deux la tête en même temps.

— Bon, alors ça, c'est fait. Mais il y a autre chose, déclara-t-il.

Anjali agrippa la main de Dell, soudain anxieuse.

— Quoi ? fit ce dernier en croisant le regard de Cynthia.

De la tête, elle désigna le collier d'Anjali.

— La perle, dit-elle.

Tout le monde se tut, même Quinn, qui resserra sa petite main autour du doigt d'Anjali.

— La perle, murmura-t-elle en la touchant autour de son cou.

Chapitre 21

Dell prit une grande inspiration lorsqu'Anjali tendit la perle au bout de son collier.

Le destin, fit une voix caverneuse au fond de son esprit.

Autrefois, il aurait pu se moquer ou hausser les épaules, mais plus maintenant.

Le destin, pensa-t-il en touchant la main d'Anjali.

Elle répondit avec un sourire :

— Je t'avais dit que c'était bien réel.

— Clairement, acquiesça-t-il. Nous devons absolument retrouver les dames de la Fondation pour les enfants de Maui.

Il se tourna ensuite vers Connor. Il lui avait fourni un maximum d'explications sur le chemin du retour, après le combat contre les métamorphes, mais il y avait encore de nombreuses zones d'ombre.

Il regarda son ami pendant une seconde de plus, laissant ses pensées dériver. Il était infiniment redevable envers ses amis pour l'avoir forcé à relever le défi de sa vie. Sans eux, il ne serait peut-être pas devenu un homme meilleur, un père digne de ce nom, ni même le compagnon que méritait Anjali.

Connor désigna enfin la perle.

— Nous avons cherché à connaître sa provenance. Aucune des dames qui préparent les récompenses ne se souvient d'une telle perle. Elles ne semblaient pas savoir qu'elles avaient quelque chose de précieux dans leur stock. Seulement de petits bibelots, d'après ce qu'elles ont dit.

— Des bibelots ? s'exclama Dell. Va expliquer ça au loup qu'Anjali a combattu.

Puis il fit la grimace face à ce mauvais souvenir. Malgré tout, il était très fier de sa compagne, qui ce jour-là avait tenu tête à Brody et à sa meute.

Une vraie lionne protectrice envers son petit, ronronna sa bête intérieure.

— Ce n'est clairement pas un bibelot. C'est l'une des perles du désir, déclara Cynthia.

Anjali était songeuse.

— Dell l'a évoqué, mais je n'arrive toujours pas à m'y faire.

Hailey sortit alors sa propre perle teintée de rose.

— Crois-moi, j'étais aussi incrédule que toi.

— Tout remonte à une légende hawaïenne, expliqua Jenna. Enfin, peut-être plus qu'une légende.

Elle contempla sa propre perle noire.

— C'est l'histoire de Nanalani, la fille solitaire du roi des requins. Elle cherchait un moyen de rendre visite à son amoureux sans causer de ravages parmi les humains. Avec l'esprit de la mer, elle a ensorcelé les perles.

Le regard de Dell se perdit au loin. Il avait entendu cette histoire à plusieurs reprises... mais il n'aurait jamais cru qu'elle puisse avoir un quelconque lien avec lui.

Hailey reprit là où Jenna s'était arrêtée.

— C'est un récit un peu triste. Nanalani a eu beaucoup d'amants, mais elle n'a jamais trouvé son véritable compagnon. Au fil des ans, ses nombreux amoureux sont morts, et une par une, elle a jeté les perles à la mer en disant... C'était quoi, cette phrase, déjà ?

Cynthia compléta à sa place :

— « Je suis désormais seule à nouveau, soupira-t-elle à l'intention du dieu de la mer. Je vous confie mes perles, non pas pour que vous les utilisiez, mais pour que vous les gardiez pour d'autres amants qui en seraient dignes et qui pourraient, un jour, avoir besoin de leurs pouvoirs magiques. »

Jenna hocha gravement la tête en désignant Anjali.

— Ça parle de toi.

Elle écarquilla les yeux en s'écriant :

— De moi ?

Dell ne put s'empêcher de l'embrasser sur la joue en murmurant :

— De toi.

Il n'en était peut-être pas digne, cependant Anjali l'était complètement, et il allait passer le reste de sa vie à le lui faire savoir.

— Est-ce que la perle est devenue chaude ? s'enquit Jenna.

— Elle a brillé ? fit Hailey.

Anjali acquiesça à chaque question, abasourdie.

— Oui, j'ai senti son... énergie. Son pouvoir. Bien plus que je n'en aurais eu par moi-même.

Tim sourit en déposant un baiser sur la main de sa compagne.

— Crois-moi, ce pouvoir était bel et bien en toi. Les perles ne font que sublimer ce qui existe déjà.

Aussitôt, Dell approuva :

— Comme la force. La détermination. Le courage.

Il aurait pu continuer indéfiniment, mais Anjali rougissait déjà et il préféra s'arrêter là.

Elle jeta un coup d'œil à Quinn.

— Eh bien, si c'était en moi, c'est uniquement grâce à cette petite.

Cynthia secoua la tête.

— Les enfants peuvent faire ressortir le meilleur, ou le pire, chez leurs parents, mais comme l'a dit Tim, il faut une base. Au fond de ton cœur, c'était déjà là.

La gorge d'Anjali se noua et Dell lui caressa la main. Il pouvait comprendre le choc que représentait la découverte d'une facette cachée de sa propre personne. Il embrassa Anjali, puis Quinn, et ferma les yeux. C'était un autre après-midi parfait à Maui, dans l'ombre sereine et fraîche du porche. Presque tous les êtres chers à son cœur étaient réunis, et tout le monde était en sécurité. Surtout Anjali et Quinn. Comment avait-il pu vivre sans elles pendant si longtemps ? Il les gardait entre ses bras, respirant leurs parfums mêlés.

Ma compagne, gronda son lion. *Mon enfant.*

Il inspira à pleins poumons. Était-ce vraiment possible de se sentir aussi heureux ?

Le chagrin le frappa tout à coup comme une lame violente, néanmoins il le relégua aussitôt à la partie de son âme réservée à Quentin. Son frère ne verrait peut-être pas Quinn grandir, mais Dell le rendrait fier. Il ferait honneur à Lourdes aussi, en élevant leur fille du mieux possible.

Quand il rouvrit les paupières, Anjali lui souriait tendrement.

*Notre fille, souffla-t-elle, se*s pensées flottant jusque dans son esprit.

Il aurait pu s'évanouir sur un autre nuage de bonheur si Jenna ne l'avait pas interrompu.

— Ta perle est d'une si belle couleur chocolat. Je n'en ai jamais vu de pareille.

Anjali la regarda, cependant ce fut Cynthia qui répondit :

— Une perle rare de Tahiti, je crois. Savez-vous ce qu'elle symbolise, monsieur O'Roarke ? ajouta-t-elle avec un sourire.

— Quoi donc, Cynth ?

Elle soupira, comme toujours, avant de lui rappeler son prénom complet :

— Cyn-thi-a. Et les perles brunes, monsieur O'Roarke, signifient que l'on peut compter sur elles. C'est un signe de fiabilité.

Avec un autre soupir exagéré, elle ajouta :

— Même si ça me dépasse que tu puisses être associé à une telle notion.

Il éclata de rire à ces mots.

— Moi aussi, ça me dépasse, mais tu sais quoi ?

Cynthia attendait la chute, pourtant, cette fois, il était très sérieux.

— C'est le destin, déclara-t-il.

Anjali sourit et la tension dans ses épaules se relâcha pour la première fois depuis que la réunion avait pris un ton plus grave. Quinn attrapa la perle et Anjali la mit soigneusement hors de sa portée, offrant au bébé sa serviette pour qu'elle puisse jouer avec.

Il n'avait jamais autant ressemblé à son frère, un homme responsable et fiable. Aussitôt, Dell corrigea cette pensée. Ce n'était pas tant qu'il était devenu plus semblable à Quentin.

Il était seulement devenu une meilleure version de lui-même. Peut-être était-ce pour cela qu'il se sentait si bien.

— Une perle du désir... murmura Anjali.

Il sentait une plaisanterie poindre au bout de sa langue, du genre : *Oui, le désir, bébé. Laisse-moi t'emmener à la maison et te le montrer.* Il ravala néanmoins son trait d'humour, préférant câliner Anjali en répondant :

— Le mot « *désir* » peut avoir beaucoup de sens différents.

Des dizaines, à vrai dire, et son cœur se gonfla de joie à cette idée.

Jenna gloussa.

— Il a raison. Et ce n'est pas forcément torride.

Dell hocha la tête.

— Comme dans le bouddhisme, par exemple. Il y a le *kama tanha*, c'est-à-dire vouloir quelque chose qui vous fait du bien.

Il marqua une pause en regardant Anjali. Oui, la compagnie de cette femme lui faisait du bien, beaucoup de bien.

— Et puis, il y a le *bhava tanha* : vouloir devenir quelque chose.

Une fois de plus, il s'interrompit. Putain, c'était une description parfaite aussi. Le désir qu'il avait toujours eu de s'élever au-dessus de lui-même, sans jamais avoir réussi jusqu'à présent.

— Et le *vibhava tanha* : vouloir se débarrasser de quelque chose.

Anjali répondit :

— Je comprends cette notion.

Il se demandait si elle parlait de Brody ou des chaînes du monde des affaires. Quoi qu'il en soit, la définition était pertinente.

— Le désir peut signifier beaucoup de choses, commenta Jenna en regardant Connor dans les yeux. Comme l'amour, par exemple.

— Le dévouement, proposa Hailey, sa tête sur l'épaule de Tim.

— Le sacrifice, chuchota Cynthia en regardant Joey.

Dell réfléchit à cette question. Oui, l'amour s'accompagnait parfois de sacrifices, toutefois la récompense était meilleure que tout ce dont il avait pu rêver. Il sourit en regardant Quinn, puis jeta un coup d'œil autour de lui pour voir Chase, qui s'était tourné spontanément en direction de la ville.

— L'envie, ajouta Dell, apportant sa pierre à l'édifice.

Il se demandait si son ami pensait à Sophie. Il allait vraiment devoir prendre le taureau par les cornes, un de ces jours. Mais Connor prit la parole au même moment et tout le monde se tut.

— La cupidité. Une autre forme de désir, dit ce dernier.

Une seconde s'écoula avant que Dell ne murmure ce que tout le monde devait penser :

— Moira.

Seigneur, il détestait l'amertume qui transparaissait dans sa voix. Il suffit d'une caresse d'Anjali pour apaiser son âme, mais tout de même. Cette affreuse dragonne ne les laisserait-elle jamais en paix ?

Cynthia rougit alors que les autres faisaient grise mine.

— Quoi ? demanda Connor en remarquant les sourcils froncés de Dell.

Jenna dut percevoir le coup d'œil qu'il venait de lancer à Joey, car elle se leva d'un bond pour aller poser sa main sur l'épaule du garçon.

— Hé, Joey. Et si on construisait un super château dans ton bac à sable ?

Le garçon se leva avec enthousiasme.

— Youpi ! Un château de dragon.

Anjali écarquilla les yeux en les suivant du regard. Dell lui toucha tendrement la main. Il lui avait longuement parlé de tout le monde à Koakea ; il lui avait expliqué entre autres choses que Joey était un dragon, mais qu'il ne se transformerait qu'à l'adolescence, ou encore que Jenna était moitié sirène, moitié dragon. Toutefois il reconnaissait que ça faisait beaucoup à encaisser d'un seul coup.

— Qu'y a-t-il ? gronda Connor une fois Joey hors de portée de voix.

Dell pinça les lèvres en se demandant s'il devait mentionner ce que Moira avait révélé.

« *J'en sais plus sur ta petite communauté de métamorphes que tu ne le penses. Par exemple, je sais que ma chère cousine s'y cache.* »

Il regarda Cynthia, puis les autres, pesant soigneusement ses mots.

— Comme je vous l'ai dit, Moira a admis avoir essayé d'acheter Quentin. Elle a tenté la même chose avec moi, et ensuite, elle a envoyé Brody et ses voyous après Anjali et Quinn.

Sa compagne se renfrogna.

— Qu'est-ce que Brody a à voir avec Moira, et comment Lourdes s'est-elle retrouvée impliquée ?

Dell se tourna vers Connor, qui avait mené l'enquête ces derniers jours.

— D'après ce que nous avons pu reconstituer, ils n'avaient rien à voir l'un avec l'autre au début, dit Connor. Mais Quentin est arrivé, il a rencontré Lourdes et il a chassé Brody.

Dell baissa les yeux, caressant tranquillement la joue de Quinn. Les doigts d'Anjali effleurèrent les siens, atténuant toute la colère qu'il aurait pu éprouver. Or, rien ne pouvait apaiser le chagrin qu'il ressentirait à jamais. Non seulement la mort de son frère, mais aussi le fait de savoir que Quentin ne connaîtrait jamais le bonheur de rencontrer sa compagne prédestinée. Lourdes avait manifestement beaucoup compté pour lui, néanmoins il ne l'aurait pas quittée s'ils avaient été plus unis.

— Après l'arrivée de Quentin, Brody devait trouver un nouveau travail, poursuivit Connor. Il est tombé sur Moira, qui l'a engagé pour quelques petits boulots. Mais ensuite, Quentin est mort et Brody s'est remis à la recherche de Lourdes. Elle s'est enfuie à Chicago, où tout s'est dégradé.

— Même du côté de Moira ? demanda Hailey.

Connor acquiesça.

— Moira a reconstruit son pouvoir dans le monde des métamorphes et dans celui des affaires. Elle a acheté une énorme part dans la société de marketing pour laquelle Anjali travaillait. Apparemment, ça correspond au portefeuille d'affaires qu'elle a développé.

Tim souffla à voix basse :

— Les intérêts commerciaux...

Hailey fronça les sourcils.

— Je n'en reviens pas que Moira ait racheté la société qui a diffusé ces photos de moi.

Anjali secoua la tête, tout comme Dell. C'était incroyable de constater comment le destin les avait réunis, non seulement lui et Anjali, mais aussi toute leur communauté.

— D'après ce que j'ai compris, reprit Connor, Moira et Brody voulaient tous les deux se venger de Quentin. Brody parce qu'il lui avait pris sa femme, et Moira parce qu'il l'avait rejetée.

Anjali attira Quinn un peu plus près et Dell tendit au bébé son lion en peluche. Il ne voulait pas imaginer ce que Brody ou Moira auraient pu faire en mettant la main sur sa petite fille.

Anjali tapotait des doigts sur la nappe.

— C'est une coïncidence?

— Non, le destin, répondit Cynthia.

— Même avec Moira qui débarque à mon boulot? demanda-t-elle.

Cynthia haussa les épaules.

— Difficile de dire où le destin commence et où il finit, dit-elle avec un sourire crispé. Mais une fois que la balle est lancée, alors là... Qu'est-ce que je peux dire? Le destin se montre cruel envers certains tandis qu'il sourit à d'autres.

Dell se laissa songer à ce que cela pouvait signifier pour Cynthia, qui avait perdu son compagnon, puis pour Quentin et enfin pour lui-même. Il avait beau penser au destin, au karma ou à la chance, il n'arrivait pas à y voir clair. Tout ce qu'il savait, c'était ce qu'il devait faire... profiter au mieux de tout ce qu'il avait gagné. Il allait aimer Anjali comme aucun homme n'avait jamais aimé une femme et il serait le meilleur père possible pour Quinn.

— Reste à savoir ce que Moira mijote exactement, avança Tim.

Cynthia regarda Dell.

— Qu'est-ce qu'elle a dit d'autre?

Dell prit une grande inspiration. Était-ce judicieux de lui répéter ce que Moira avait raconté? Il était évident que Cynthia et elle étaient très hostiles l'une envers l'autre. Jusqu'où cette animosité allait-elle?

— Elle a mentionné une de ses cousines... dit-il.

Cynthia n'avait révélé à personne que c'était elle, et il se refusait à l'annoncer à sa place.

Elle blêmit, reposant ses mains sur ses genoux pour les triturer tout en clignant des paupières.

— Quelle cousine? se récria Connor.

Les yeux de Cynthia croisèrent ceux de Dell et il attendit, la laissant décider si elle souhaitait leur dire toute la vérité.

— Je ne sais pas si c'est très important, dit-il pour gagner du temps devant le mutisme de Cynthia.

Cette dernière agita une main tremblante.

— Non, certainement pas.

Dell hocha la tête. Bien, le message était passé. Son secret était en sécurité avec lui. Toutefois le reste de ce que Moira avait dit s'appliquait à tout le monde, et il devait partager cette information.

— L'ennui, c'est qu'elle sait que nous sommes à Koakea, tout comme elle est au courant pour nos voisins.

Cynthia se renfrogna en se tournant vers l'endroit où son fils avait disparu.

Anjali ne put retenir le même regard nerveux, tout comme Hailey. Connor, Tim et Chase se hérissèrent à leur tour comme si Moira pouvait se cacher dans les fourrés, prête à bondir.

Comme personne ne semblait prêt à formuler tout haut sa pensée, Dell se racla la gorge et prit le relais. Connor et Cynthia étaient peut-être les alphas de cette puissante tribu de métamorphes, mais il pouvait aussi diriger les opérations.

— Oui, Moira sait que nous sommes ici. Et oui, tout indique qu'elle s'efforce de nous espionner. Mais va-t-elle frapper?

Il regarda les terres paisibles de la plantation. Ses amis et lui avaient travaillé dur pour rénover cet endroit, et ça lui fendait le cœur d'imaginer que la dragonne vengeresse puisse venir tout gâcher. Il frappa brusquement du poing sur la table, assez fort pour faire sauter la vaisselle.

— Non. Elle n'oserait pas. Elle se contente de nous envoyer ses sous-fifres.

Il leva les mains sous le regard perçant de Tim.

— Je sais, je sais. C'est déjà assez grave, mais nous les avons vaincus à chaque fois. Je doute que Moira ose un jour venir ici en personne. Il lui faudrait une sacrée soif de vengeance pour ça.

— C'est vrai, acquiesça Connor. Moi aussi, ça m'étonnerait.

Dell observa attentivement Cynthia, cependant son visage demeurait impénétrable.

— On ne sait jamais, murmura-t-elle enfin.

Les autres ne l'avaient certainement pas entendue. Anjali susurrait en regardant la petite Quinn tandis que ses camarades pestaient en silence en songeant à Moira.

Pendant un bref instant, les yeux de Cynthia croisèrent ceux de Dell. Il crut y déceler... du respect ?

Il lui répondit avec un petit sourire arrogant, auquel elle grimaça.

Ne gâchez pas ce moment, monsieur O'Roarke, lui lança-t-elle par la pensée.

Dell réprima un sourire. Non, en effet, il ne gâcherait rien. Ce moment s'ajouterait à sa collection des plus beaux cadeaux de la vie.

— Quoi qu'il en soit, reprit-il avant que les autres ne se doutent de quelque chose, il est plus facile pour nous de surveiller Moira que l'inverse. Tant que ses espions ne sont pas à Maui et qu'on la tient à l'œil...

— Silas se charge de ça, intervint Connor. Crois-moi, il gère.

Dell acquiesça, satisfait. On pouvait toujours compter sur Silas.

— Quant à nous, mieux vaut rester vigilants et poursuivre la mission qui nous amène ici, décréta-t-il, c'est-à-dire continuer à assurer la sécurité la plus stricte possible. On rénove la plantation et on s'y installe au mieux. On prend soin les uns des autres comme toute bonne troupe.

— Clan, corrigea Connor.

— Meute, souffla Chase.

— *Weyr*, proposa Cynthia.

— Peu importe, convint Dell en souriant.

C'était agréable de retrouver une note plus légère.

— Chacun vit sa vie du mieux possible. Et si Moira ose venir ici...

À ces mots, tout le monde se crispa et un silence pesant retomba sous l'auvent.

— On lui réglera son compte, conclut Dell d'un ton sinistre.

Et il le pensait. À la prochaine occasion de tuer Moira, il ne s'en priverait pas. Bien sûr, il ne voulait pas terminer une belle journée sur une note aussi grave. Se tournant vers des pensées plus joyeuses, il regarda sa compagne dans les yeux.

— Comme je l'ai dit, continuons ce que nous sommes venus faire ici. Vivons nos vies de notre mieux.

Les yeux d'Anjali pétillèrent et son cœur s'embrasa.

Hailey prit son verre.

— Ça, ça vaut le coup de porter un toast !

Les autres sourirent à leur tour.

— À ces sages paroles, lança Tim.

Après quoi, ils entrechoquèrent leurs verres.

Connor arqua un sourcil. Que Dell le veuille ou non, il allait avoir droit à une pique de son cru.

— Alors, tu vas vraiment rester dans cette maison au bord du ruisseau ? Avec le bébé et tout ?

Dell regarda Anjali, qui hocha résolument la tête. Ils avaient eu une longue conversation à ce sujet.

— Ça va demander un peu de travail, mais on peut sécuriser la maison.

— Sérieusement ? fit Connor.

Dell tendit le doigt vers son ami en s'écriant :

— Hé, c'est toi qui habites sur une falaise !

— Je n'ai pas d'enfants.

Dell éclata de rire.

— N'empêche...

Connor ouvrit la bouche pour protester, mais la referma en captant le clin d'œil sensuel de Jenna.

— Peut-être pas encore, mais un jour, lui dit-elle.

Tout en riant, Dell se laissa aller dans sa chaise, son bras toujours autour d'Anjali. Il se pencha vers elle, savourant son parfum.

— Et oui, mon vieux, dit-il à Connor. Tu viendras me voir pour des leçons de paternité. Attends et tu verras.

— Connor qui change les couches d'un bébé. Ça, je demande à voir ! plaisanta Tim.

Tout le monde rit aux éclats et la conversation dériva vers d'autres sujets plus anodins. Dell resta assis près d'Anjali, son menton sur son épaule, lui caressant le bras tout en regrettant de ne pas pouvoir en caresser davantage. Il ne lui fallut pas longtemps pour que le désir se change en besoin ardent, puis irrépressible. Enfin, il se leva en prenant la main d'Anjali.

— Bon, c'était sympa, mais je pense que Quinn a besoin d'un biberon.

— Pas avant une heure ou deux, protesta Anjali sans comprendre son allusion.

Décidément, il allait vraiment devoir lui apprendre à lire dans ses pensées.

— Dans ce cas, il faut lui changer la couche, insista-t-il en l'aidant à se lever.

— Vraiment ?

Elle avait l'air perplexe.

— Je n'en ai pas l'impression.

Dell leva les yeux au ciel, puis il envoya une série d'images torrides dans son esprit ; toutes les choses folles qu'ils pourraient faire dans l'intimité de leur propre maison. Anjali finit par comprendre et son visage vira au cramoisi.

— Oh, c'est vrai ! s'exclama-t-elle. Elle a clairement besoin d'une nouvelle couche.

— Parfait. Et puisque Cynth s'est portée volontaire pour débarrasser...

— Je n'ai jamais dit ça !

Dell prit un air de chien battu pour supplier :

— Oh, allez, Cynth.

La dragonne métamorphe fit la moue.

— Bon, ça passe pour cette fois. Puisque vous avez tant de *responsabilités* à remplir.

— Oh, ça, oui !

Il emporta les affaires de Quinn.

— À plus, les amis...

Joey et Jenna venaient tout juste de revenir. Le garçon avait l'air déçu que Dell s'en aille si tôt, néanmoins ce dernier lui tapa dans la main en lui soufflant d'un air théâtral :

— Réunion du club Super-Secret à dix-huit heures, d'accord ? Ne le dis à personne.

— D'accord, chuchota Joey, assez fort pour que tout le monde l'entende. À plus tard, au club.

— N'oublie pas le plutonium ! ajouta Dell juste pour voir la réaction de Cynthia.

Comme il s'y attendait, elle se récria :

— Le *quoi* ?

Dell dissimula un petit rire tandis qu'Anjali lui murmurait à l'oreille.

— Tu es vraiment sans pitié, toi.

Il lui passa une main sur les fesses en répondant :

— Pas toujours. Pas toujours.

Derrière eux, Jenna gloussa, et lorsque Connor protesta, elle lui assena une tape sur le bras.

— Je me souviens d'une certaine personne qui était exactement comme ça quand on s'est rencontrés.

Dell se retourna pour sourire à Quinn... juste à temps pour voir Connor glisser une main dans le dos de Jenna.

— Je ne m'en souviens pas du tout. Mais je crois qu'on devrait aller, euh... vérifier cette falaise. Pour des questions de sécurité, bien sûr.

Dell sourit tout en descendant les marches avec Anjali. D'après les derniers éclats de voix, les autres couples étaient sur le point de s'en aller à leur tour. Il comprenait enfin ce qu'il avait toujours refusé de comprendre. L'envie brûlante et incontrôlable pour sa belle compagne l'avait frappé de nulle part, et son lion intérieur ne s'arrêterait jamais avant qu'elle se sente bien... *vraiment* bien.

— Oh, fit Anjali avec un murmure enjôleur. Ça, ça me plaît.

Il marqua un temps d'arrêt. Alors, comme ça, elle lisait dans ses pensées maintenant ?

Elle lui fit un clin d'œil.

— Ça pourrait être utile, tu sais.

Sans rien ajouter, elle lui transmit ses propres suggestions quant à tout ce qu'ils pourraient essayer. Il le visualisait déjà ! Quinn en train de babiller joyeusement en jouant avec le mobile qu'ils avaient installé au-dessus de son berceau, dans la pièce adjacente. Le ruisseau qui grondait paisiblement. L'air frais passant par les portes grandes ouvertes, faisant frémir paresseusement les rideaux. Anjali et lui, dénudés et enchevêtrés dans le lit...

Elle lui envoya ensuite une autre image. Dans celle-ci, elle était dessus, entièrement nue, ne portant que la perle.

Il l'attira contre lui tout en marchant.

Oui, ma compagne. À moi aussi, ça me plaît beaucoup.

Chapitre 22

Un mois plus tard...

Anjali se détourna de la maison de la plantation avec un pincement au cœur, pas encore décidée à quitter Quinn. Elle faillit faire demi-tour, mais Cynthia insista :

— Allez, vas-y. Joey, Quinn et moi, nous sommes prêts.

— On fait des puzzles, annonça son fils tout en chatouillant le pied de Quinn.

Il adorait jouer les grands frères et avait depuis longtemps apaisé les craintes de Dell, qui appréhendait une certaine jalousie de sa part.

Cynthia acquiesça.

— On adore les puzzles. N'est-ce pas, ma chérie ? dit-elle en souriant au bébé.

Quinn gazouilla, et en dépit de son intonation joyeuse, Anjali en eut le cœur serré. Faisait-elle vraiment le bon choix en confiant sa fille à quelqu'un d'autre ? Au début, elle avait été ravie de son idée de surprendre Dell pendant sa patrouille. Mais maintenant qu'elle devait vraiment lui dire au revoir...

Cynthia éclata de rire.

— Je connais ce sentiment. Mais je te garantis que tout va bien se passer.

Anjali prit une profonde inspiration en admirant le paysage. Le soleil déclinait au-dessus de l'océan, zébrant le ciel de couleurs chatoyantes. Malgré tout, elle ne voyait que sa fille, sous la garde de quelqu'un d'autre. Elle se sentait un brin coupable, néanmoins elle sourit. Quand elle avait rencontré Cynthia pour la première fois, la métamorphe s'était d'abord montrée glaciale. Tant mieux, en un sens, car Dell avait eu besoin de ce coup de pouce pour relever les défis auxquels il avait été confronté. Mais plus récemment, Cynthia avait révélé une facette plus douce de sa personnalité.

— Tu plaisantes ? Elle n'en a pas, avait grommelé Dell, un jour.

C'était une blague, et ils le savaient tous les deux. Cynthia était incroyable, à la fois en tant que chef qu'en tant que mère aimante... ce qui s'étendait aussi à Quinn, si bien qu'Anjali se disait que la dragonne aurait peut-être aimé avoir plus d'enfants. Mais Dell lui avait raconté sa triste histoire, ou du moins, ce qu'il en connaissait. Elle avait perdu son compagnon, et allait rester seule jusqu'à la fin de ses jours.

— Pour toujours ? s'était écriée Anjali.

Le visage de Dell s'était assombri à ce moment-là.

— Pour toujours. Les métamorphes n'ont qu'une seule chance de connaître le grand amour.

Anjali n'avait rien dit, néanmoins elle avait remarqué la façon dont Cynthia contemplait le coucher de soleil et soupirait, ou encore ses joues qui rougissaient lorsque les autres couples flirtaient ou s'embrassaient. Sans compter que, chaque fois qu'une moto passait sur la route au loin, elle tournait la tête avec espoir. Anjali ne pouvait s'empêcher d'y penser. Et si Cynthia avait été en couple, mais pas avec son véritable amour ? Cette femme était stricte, avec un sens aigu du devoir, et elle venait d'une famille noble, de race pure. Était-ce impossible que son compagnon soit toujours quelque part, dans le vaste monde ?

Dell s'était esclaffé à l'idée que Cynthia puisse fréquenter un motard, cependant Anjali n'en était pas si sûre. Évidemment, elle n'avait aucune idée de ce qu'elle pouvait y faire... sauf, peut-être, garder espoir. Et si un jour, un bel inconnu ténébreux venait réclamer Cynthia...

Elle sortit de sa rêverie. Ce n'était sûrement pas au programme de ce soir, et elle ferait mieux de se dépêcher si elle voulait surprendre Dell. Mais un jour...

Elle lança à Cynthia :

— Merci beaucoup. Ça ne prendra qu'une heure environ.

Ou deux, susurra sa lionne intérieure d'une voix suave.

Depuis que Dell l'avait mordue pour leur union, cette voix intérieure était devenue plus forte, plus insistante. Quand elle s'était transformée pour la première fois, la bête avait poussé un rugissement tonitruant. Heureusement qu'il n'y avait pas de voisins humains assez proches pour l'entendre. Mais, bon sang, c'était vraiment difficile de garder cette bête sous contrôle.

Une heure, maximum, s'ordonna-t-elle.

Même son doux compagnon avait insisté pour qu'elle maintienne un contrôle absolu sur son côté animal.

« Tu dois lui montrer qui dirige », lui avait dit Dell la première fois qu'elle s'était transformée. « Garde cet instinct animal sous contrôle. » Il lui avait ensuite fait un clin d'œil avant de se frotter contre ses côtes. « Bien sûr, certains instincts en valent la peine... »

Son corps se réchauffa à ce souvenir. Le Dell humain était une tentation ambulante, mais le Dell lion... Elle s'éventa le visage en s'éloignant de la plantation. Il était tout en muscles, et son corps ondulait quand il bougeait. Ses moustaches étaient longues et rigides, et chaque fois qu'il la caressait, il venait à sa lionne toutes sortes de mauvaises idées. Il avait une crinière de rêve et elle adorait se glisser sous son menton pour se frotter contre sa peau. Il était aussi énorme... une tête de plus qu'elle à quatre pattes. Et si un soupçon de sa nature décontractée transparaissait lorsqu'il était cette forme, il y avait également quelque chose de royal chez lui.

— Intéressant, avait murmuré Tim, une fois. Il n'était pas comme ça avant.

— Avant quoi ? avait demandé Anjali, perplexe.

Tim avait souri.

— Avant toi.

Elle rougit à ce souvenir. C'était agréable de savoir qu'elle exerçait une bonne influence sur Dell. Et il exerçait une bonne influence sur elle aussi. Elle avait cessé de se réveiller aux premières heures du jour en craignant d'être en retard au travail. Le nombre de notes dans son agenda s'était réduit comme peau de chagrin... et se répartissait sur les semaines, pas les jours. Elle avait appris à passer des heures à la plage ou au bord du ruisseau avec Quinn, sans se forcer à faire autre chose.

Quoi, par exemple ? avait demandé Dell avec une innocence absolue.

Elle avait éclaté de rire. Oui, il exerçait une bonne influence, sans le moindre doute. Comme Quinn. Son nouveau rôle de mère avait aidé Anjali à ralentir la cadence pour prendre le temps de humer les roses, et Dieu sait qu'il y en avait beaucoup à Maui, en plus des magnifiques oiseaux de paradis orange et violets, des frangipaniers doux comme de la soie et des bougainvilliers magenta qu'elle adorait.

Prends le temps de sentir le lion, grogna sa bête intérieure. *Allez, viens. Nous avons un compagnon à suivre.*

Elle marchait très lentement dans l'obscurité grandissante, en dépit de son envie de se transformer, histoire de rappeler à son côté animal qui dirigeait. Une fois à la maison, elle se déshabilla. Là, en plein air, sur la terrasse près du ruisseau. Au début, elle s'était sentie terriblement gênée, cependant l'air frais du soir était tellement agréable sur sa peau nue, et elle n'avait aucune envie de déchirer ses vêtements.

Elle prit ensuite une grande inspiration et ferma les yeux. Elle s'était déjà transformée une bonne dizaine de fois, mais jamais sans la présence de Dell.

On peut arranger ça, lui dit sa lionne. *Transforme-toi et allons le chercher.*

Elle remua les orteils sur les dalles, visualisant des griffes s'enfonçant dans le sol. Tout en faisant rouler ses épaules, elle s'imagina en train de marcher à quatre pattes. Puis elle renifla à pleins poumons, s'imprégnant de l'air nocturne aux accents iodés.

Oui, gronda sa lionne. *Libère-moi.*

Elle se voyait déjà sauter et bondir comme elle n'aurait jamais pu le faire sous sa forme humaine. C'était la liberté à l'état pur, accompagnée d'un élan de puissance assorti à son corps de félin. Elle s'imagina alors en train de caresser la crinière de Dell et...

Inconsciemment, elle se mit à quatre pattes et se cambra, commençant à se balancer comme Dell le lui avait appris.

C'est comme le yoga. Reste détendue, relaxée. Laisse venir ta lionne.

La première fois qu'elle s'était transformée, elle avait redouté la douleur, toutefois Dell avait raison. Plus elle était détendue, plus la métamorphose s'opérait naturellement.

Sa peau se hérissait et ses mollets s'étiraient, comme si elle faisait une fente. Ses épaules se tendaient et ses oreilles s'allongeaient ; elle avait l'impression de les tirer par les coins supérieurs. Puis elle ouvrit la bouche dans un énorme bâillement silencieux, laissant ses crocs s'étendre. Et enfin...

Anjali cligna des paupières à plusieurs reprises en regardant ses pattes. Une fois de plus, son tour était terminé avant qu'elle n'ait le temps d'y réfléchir. Elle était devenue une lionne. Elle secoua sa fourrure et renifla timidement l'atmosphère. Et si elle ne trouvait pas Dell ? Il était en train de patrouiller, et le domaine était immense.

Sa lionne recula, levant sa croupe tout en baissant la tête pour s'étirer.

Comme si je pouvais rater mon propre compagnon.

La bête donna un coup de queue, faisant sursauter Anjali, avant de s'enfuir dans les broussailles. Son épaisse fourrure l'immunisait contre les griffures des branches, et ses pattes nues étaient assez solides pour affronter les terrains les plus accidentés.

Il est juste là... là, l'avertit la bête en prenant sa direction.

Anjali hocha la tête. Non seulement son odeur de lion pouvait se propager alentour, mais elle pouvait aussi le sentir, comme elle le sentait depuis... eh bien, depuis le tout début. Peut-être même depuis le jour de leur rencontre. Tout ce qui précédait leur union était un peu flou pour elle maintenant, parce que sa vie était devenue beaucoup plus riche.

Plus très loin, ronronna sa lionne en ralentissant.

Ses yeux se plissèrent et tous ses nerfs se mirent à vibrer au rythme de la chasse. Quand Dell avait essayé de lui expliquer ce sentiment, elle n'avait pas compris. Mais à présent qu'elle pouvait se transformer et expérimenter la chasse par elle-même... waouh ! Quelle excitation. Son cœur battait la chamade. Son souffle resta court et ses pas se firent plus silencieux, prudents. L'obscurité tombait rapidement, toutefois ses moustaches frémissaient, lui indiquant que Dell n'était pas loin.

Attends, souffla sa lionne en se recroquevillant sur elle-même.

Ce n'était qu'un jeu, néanmoins l'excitation qu'elle ressentait en se faufilant dans le noir était hors du commun. Ce soupçon de danger activait tous ses instincts, et elle se sentait incroyablement vivante.

Une brindille craqua sur sa gauche et elle se retourna, heureuse de sa vue perçante. Ses yeux d'humaine n'auraient pu distinguer qu'une tache plus claire dans le manteau de la nuit, en revanche sa vision aiguë de lionne détecta le contour d'une silhouette basse, longue et gracieuse.

Elle faillit de l'appeler : heureusement, elle avait appris à lui cacher ses pensées, sinon il se serait moqué de son manque de discrétion.

Mais il était concentré sur le périmètre extérieur de la propriété, pas sur l'intérieur, et c'était bien compréhensible. Le monde regorgeait de dangers et d'intrigues susceptibles d'envahir à tout moment leur coin de paradis. Il y avait des métamorphes douteux, comme Brody. De vieux ennemis, comme Moira. Et de nouveaux qu'elle ne voulait même pas encore imaginer. Tout était possible.

Pourtant, c'était difficile de ne pas se sentir invincible par une nuit pareille. Dell était en patrouille, tout comme Tim et Hailey, sous leur forme de grizzly. Plus tard, Connor et Jenna prendraient le relais, ainsi que les métamorphes de Koa Point : ours, loups, tigres et autres dragons. Par ailleurs, la lueur chaude dans son âme lui disait que ce soir, l'heure n'était pas à la crainte, mais au plaisir.

C'est sûr, ronronna sa lionne, prête à bondir.

Anjali sourit. Elle aimerait bien le prendre par surprise, pour une fois. Elle avait essayé sans jamais réussir... jusqu'à présent. Après tout, elle n'était métamorphe que depuis quelques semaines. Dell l'était depuis toujours. En plus, il avait toute une formation militaire derrière lui.

Cette fois, nous l'aurons, jura sa lionne en attendant qu'il passe juste devant elle.

Son ventre frôlait le sol et ses muscles étaient tendus comme des ressorts sur le point de jaillir. Comptant les battements de son cœur, elle attendit.

Un... Deux... Trois!

Elle poussa un rugissement et bondit, fendant les airs. C'était un autre avantage de sa nature de lionne, pouvoir défier la gravité, du moins sur de courtes périodes. Et puis, elle n'avait plus peur de tomber quand elle était un animal.

Sa lionne sourit.

Les chats retombent toujours sur leurs pattes.

Anjali s'était toujours dit que Dell ne faisait que se vanter, mais c'était vrai, comme si les lions avaient une cavité supplémentaire dans leur oreille interne leur permettant de transformer chaque chute en atterrissage en douceur parfaitement exécuté... ou en tacle, en l'occurrence, même si elle gardait soigneusement ses griffes rentrées.

Dell rugit et se retourna un peu trop tard. Elle s'écrasa sur son dos. Si c'était lui qui l'avait plaquée au sol, elle n'aurait eu aucune chance, mais il tituba à peine sous son poids. Elle se redressa pour bondir à nouveau et le faire rouler sur le côté. Un moment plus tard, elle prenait le dessus et poussait un grondement triomphant.

Waouh! gémit Dell. *Tu m'as eu.*

Elle grogna fièrement. *Eh oui!*

En même temps, je ne savais pas que tu allais venir.

Il leva les pattes avant en signe de capitulation.

Pendant un moment, Anjali se contenta de sourire à belles dents, puis elle plissa les yeux. Un instant... Serait-ce un mensonge qu'elle décelait?

Dell, grogna-t-elle.

Il leva un peu plus les pattes, exposant son cou.

Tu peux penser que c'est un mensonge. Mais je ne mentirais jamais à ma compagne.

Il parlait dans son esprit tout en grognant tout haut en langage de lion, faisant en sorte que sa voix ne porte pas trop loin.

Elle roula sur le côté et s'assit, le regard fixe. Et merde. Mais alors, qu'est-ce qui l'avait trahie? Elle s'était montrée si prudente, se faufilant discrètement.

Tu as été formidable, lui assura Dell. *Incroyable. J'ai vraiment eu la frousse.*

Elle fit la grimace.

Je ne suis pas Joey, tu sais.

Elle voyait bien qu'il faisait des efforts pour ne pas rire.

Sérieusement, tu as été fantastique, reprit-il en la réconfortant. *Seulement, il y a eu un petit froissement de feuilles. Un infime bruit de patte. Bon, et peut-être aussi que ta queue a heurté un buisson. Mais à part ça...*

Elle se décomposa.

À part ça? Je suis vraiment une lionne minable.

À ces mots, il ricana.

Tu plaisantes? Si j'étais un humain... ou un misérable loup...

Tout à coup, un grognement canin retentit sur leur droite et Anjali faillit sursauter. Merde. Elle en avait oublié la présence de Chase.

Je veux dire, même un loup puissant serait terrifié, s'empressa de corriger Dell. *Il suffit de te regarder. Tu as vu tes crocs?*

Il était si sincère qu'elle esquissa un sourire. Impossible de se sentir abattue avec lui.

Tu vois? Tu es vraiment redoutable.

Elle retroussa les babines pour plus d'effet et il hocha fièrement la tête. *Et regarde ces griffes meurtrières.*

Elle finit par soupirer.

Elles ne sont pas sorties, Dell.

Et heureusement. Je serais à l'article de la mort si tu les avais sorties.

C'était exagéré, bien sûr, mais tout de même. Anjali leva une patte et examina ses griffes.

À l'article de la mort?

Tout à fait. J'implorerais le pardon. Attends une minute. Regarde-moi. J'implore ta pitié.

Il roula sur le dos.

Elle éclata de rire. Il pouvait passer du roi de la jungle au chaton sans défense en un clin d'œil. Et même s'il jouait la comédie, elle se sentait mieux.

Sérieusement. Tu as été incroyable. Tu t'es transformée toute seule ?

Elle hocha la tête, bombant un peu le torse. Elle n'avait peut-être pas une crinière comme lui, mais la sienne ne faisait pas pitié.

Et tu m'as trouvé ici...

Elle battit des paupières. Eh bien, oui ! Comme une grande. Il y avait de quoi être fière, n'est-ce pas ?

Et tu as bien failli me tuer avec ce plaquage au sol. Alors, oui. Tu es incroyable.

Elle sourit de plus belle. Dell serait parfait avec Quinn quand elle grandirait et connaîtrait le genre de doutes qu'Anjali avait connus, elle aussi. Surtout à l'adolescence.

Bon, j'ai encore un long chemin à parcourir, soupira-t-elle en lui rendant ses caresses.

Pas de précipitation.

Elle avait envie de se moquer d'elle-même. Peut-être n'avait-elle pas perdu autant d'énergie, tout compte fait. Elle avait probablement troqué son besoin d'exceller dans le travail par le besoin d'exceller dans son rôle de lionne. Sans compter qu'elle souhaitait désespérément être une bonne mère. Elle jeta un œil autour d'elle, soudain morose.

Je devrais peut-être y aller...

Dell se campa devant elle, lui barrant le passage.

Hors de question. Quinn est avec Cynthia, non ?

Anjali le dévisagea.

Tu as donc tout compris de mon plan pour la soirée ?

Il rit à ces mots.

Non, mais j'ai vu comment Cynthia regarde Quinn. Elle adore les bébés. Je pense que c'est la seule chose qu'elle et moi avons en commun.

Il sourit, attendri.

De toute façon, Quinn est entre de bonnes mains. Tant mieux. Tu peux m'aider à finir ma patrouille. Tu sais, histoire de t'exercer un peu.

Elle renifla en direction de la maison de la plantation, où tout semblait calme. Peut-être que Dell avait raison.

Bien sûr que j'ai raison. Allons-y en douceur.

Il se mit en marche.

Elle lui emboîta le pas, imitant ses mouvements amples et discrets. La terre était douce et meuble sous ses pattes. La lumière du croissant de lune filtrait à travers les branches d'arbres, projetant des ombres sur le sol. Elle gardait tous ses sens en alerte, imaginant Brody et sa bande.

Bien.

Dell lui distillait des conseils à mesure qu'ils avançaient.

De longues enjambées là où le sol est plus mou, courtes quand il est dur. Plus vite sur les rochers. Et fais attention à ta queue.

Elle poussa un juron en regardant en arrière. Comment faisait Dell pour que la sienne ne batte pas les buissons en permanence ?

Alors qu'il progressait, elle suivait son exemple, s'accroupissant ou remuant ses moustaches en même temps que lui. Peu à peu, elle gagna en confiance. Ses épaules se balançaient à chaque pas souple et feutré, et son allure était rapide. Le monde qui l'entourait était silencieux, donnant à la nuit un aspect magique. Elle n'avait jamais passé beaucoup de temps à se promener de nuit sous forme humaine. En tant que citadine, elle n'en avait jamais pris l'habitude. Mais en tant que lionne... Elle sourit, faisant jouer ses griffes dans la terre. En tant que lionne, elle pouvait jouer selon des règles différentes.

Bon, revenons en arrière, ordonna Dell en faisant brusquement volte-face. *Il ne faut pas que nos patrouilles soient trop prévisibles.*

Anjali fronça les sourcils à ce rappel de la dure réalité du monde des métamorphes. Mais rien ne pouvait altérer sa bonne humeur, surtout quand elle voyait l'ombre gigantesque qui se profilait au-dessus de sa tête. Jenna était en patrouille, elle aussi, ce qui la réjouissait à double titre. D'abord parce que le territoire de Koakea était protégé par une grande et féroce dragonne, et ensuite, parce que si Jenna pouvait apprendre à conduire, même si en volant, une patrouille efficace, Anjali aussi en était capable.

Je n'en doute pas, dit Dell en lisant dans ses pensées. *Mais pour l'instant...*

Tandis qu'il parlait, deux ombres se détachèrent des arbres et il les salua par un léger bruit de gorge.

Cruz. Jody.

Anjali adressa un signe de tête aux deux tigres métamorphes en essayant de ne pas laisser transparaître son admiration.

Ce sont peut-être d'énormes tigres à dents de sabre, mais nous sommes de puissants lions. Ne l'oublie pas, précisa sa lionne en remuant fièrement la queue.

C'est notre tour de patrouiller, annonça Jody avec sa nonchalance habituelle. *Vous deux, vous pouvez rentrer.*

Cruz agita la queue pour faire écho à ses paroles, et ils entamèrent leur propre tour de ronde.

Dell sourit.

Rentrer. Ça me plaît.

Le corps d'Anjali se réchauffa à l'allusion à peine voilée dans sa voix. Cynthia lui avait dit de prendre tout son temps...

Ils se mirent en route à grandes foulées, laissant les feuilles leur chatouiller le dos. Le vent murmurait sur les pentes du bord de mer et le léger grondement des vagues s'élevait en fond. Ils traversèrent le ruisseau d'un seul bond, sans le moindre effort, et Anjali prit une profonde inspiration pour s'imprégner de l'atmosphère. Maui. Dell. Quinn. Elle avait vraiment tout ce qu'il fallait pour être heureuse !

Dell frotta son museau contre son flanc.

Je pense exactement la même chose. Mais il y a encore un point sur lequel nous manquons de pratique.

Elle se retourna en se demandant ce dont il s'agissait. Se déplacer plus furtivement ? Utiliser le ruisseau pour masquer leurs traces ?

Dell recula en souriant.

Tu pourrais te faire attaquer, tu sais.

Sans autre avertissement, il se jeta sur elle.

Elle para son attaque en le repoussant et ils finirent par se battre sur la terrasse. C'était un combat inégal, avec son poids plus massif, néanmoins elle fit de son mieux, parvenant même à lui échapper à deux reprises. Finalement, Dell la plaqua au sol sous son corps de lion imposant.

Et maintenant, qu'est-ce que tu comptes faire ? demanda-t-il en rapprochant son museau.

Quelques semaines plus tôt, se retrouver nez à nez avec un lion l'aurait terrifiée. Mais tout ce qu'elle ressentait maintenant, c'était de l'excitation. Sa queue fouettant l'air, elle tourna la tête en réclamant des caresses. Puis elle ferma les yeux, imaginant ses doigts dans l'épaisse chevelure de Dell et ses lèvres sur les siennes. Quelques instants plus tard, elle avait repris sa forme humaine. Il se transforma pile au même moment sans se relever pour autant.

— Oh, je ne sais pas.

La voix rauque d'Anjali portait encore les traces de sa lionne intérieure. Elle était couchée sur le dos, ses bras sur les larges épaules de Dell et ses jambes... presque enroulées autour de sa taille. Levant le pied, elle passa son talon derrière sa cuisse.

— Je vais devoir essayer une autre tactique.

Les yeux de Dell étincelèrent en se posant sur son corps nu.

— Ce ne serait pas très équitable.

Elle accrocha sa jambe autour de la sienne, rapprochant encore plus leurs corps.

— Oh, bien sûr que si.

Il glissa les doigts dans ses cheveux, la regardant avec amour et émerveillement.

— Dans ce cas, je vais devoir me soumettre aux actes ignobles que tu as prévus.

Elle s'approcha pour l'embrasser, mais il la devança par son propre baiser. Un baiser profond et avide qui éveilla tous les nerfs de son corps.

— Hmm, fit-elle en inclinant la tête.

Techniquement, elle était censée se soumettre, mais tant pis ! Elle adorait ce moment. Refermant les deux jambes autour des siennes, elle décolla les hanches pour plus de friction.

— Mon Dieu, tu es vraiment magnifique, chuchota Dell en se concentrant sur sa peau si sensible.

Elle sourit, puis tressaillit lorsqu'il la pénétra lentement. Son corps s'embrasa délicieusement, et en quelques secondes, elle oscillait contre lui, allant et venant en haletant, criant son nom. Dell redoubla de vigueur, serrant les dents sous l'effet du plaisir.

Elle voyait déjà le reste de la nuit, comment il allait la faire jouir, là, sous la lune. Elle serait toute rouge et alanguie après les caresses qu'il ne manquerait pas de lui prodiguer. Ensuite ils se rhabilleraient, iraient chercher Quinn, et ramèneraient leur fille à la maison. Ils resteraient tous les deux debout au-dessus de son berceau pendant un moment, à contempler le sommeil miraculeux de leur bébé, avant de se retirer dans leur propre chambre, où ils feraient à nouveau l'amour. Encore, et encore...

Tu es magnifique, ma belle compagne, chuchota Dell, dans son esprit cette fois.

Anjali ne pouvait pas exprimer sa joie, trop engourdie par le plaisir, toutefois elle parvint à murmurer par la pensée avant de succomber à l'extase :

Et toi, mon compagnon, tu m'appartiens.

Aperçu: Loup rebelle

Sophie Wilkins, rat de bibliothèque et cheffe cuisinière de talent, a déménagé à Maui pour se rappeler toute la beauté et l'amour qu'on pouvait trouver dans le monde. Et l'amour, c'est bien ce qu'elle rencontre avec cet homme timide, effacé et absolument magnifique qu'est Chase : il est tout ce que son cœur a toujours rêvé d'avoir. Il est également mystérieux, avec une intensité brute et animale qui réveille une facette sauvage de sa propre personnalité, une facette qu'elle ne pensait pas avoir.

Chase Hoving est un métamorphe loup né et élevé dans la nature ; un secret qu'il doit protéger à tout prix. Après avoir passé dix ans dans une unité d'élite des forces spéciales, il est tenté de tourner le dos au monde humain et de reprendre cette vie plus calme et plus simple. C'est alors que le destin lui amène Sophie, qui emplit son âme d'espoir et de lumière.

Mais le danger se tapit partout, que ce soit sur le domaine privé que Chase protège ou sur les terres sauvages de sa naissance... et même au parc en bord de mer où Sophie travaille. Pire, les forces du mal qui polluent le passé de la jeune femme la traquent aujourd'hui sans relâche. Chase en a-t-il assez appris sur les mœurs humaines pour gagner le cœur de sa compagne prédestinée... et la protéger d'un destin funeste ?

Aloha Shifters : Les Joyaux du cœur

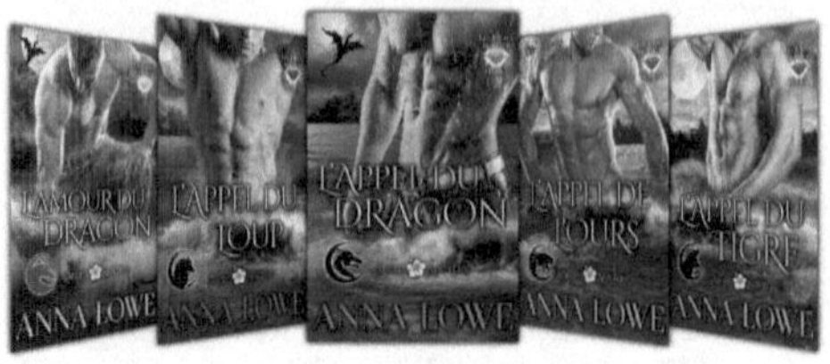

L'appel du dragon (Tome 1)

L'appel du loup (Tome 2)

L'appel de l'ours (Tome 3)

L'appel du tigre (Tome 4)

L'amour du dragon (Tome 5)

L'appel du renard (Tome 6)

Les Veilleuses du feu : Milliardaires et Gardiens

Les Veilleuses du feu : Paris (Tome 1)

Les Veilleuses du feu : Londres (Tome 2)

Les Veilleuses du feu : Rome (Tome 3)

Les Veilleuses du feu : Portugal (Tome 4)

Les Veilleuses du feu : Irlande (Tome 5)

Les Veilleuses du feu : Écosse (Tome 6)

Les Veilleuses du feu : Venise (Tome 7)

Les Veilleuses du feu : Grèce (Tome 8)

Les Veilleuses du feu : Suisse (Tome 9)

Les Loups de Twin Moon Ranch

Desert Hunt (Tome 1)

Desert Moon (Tome 2)

Desert Blood (Tome 3)

Desert Fate (Tome 4)

Desert Yule (Tome 5)

Desert Heart (Tome 6)

Desert Rose (Tome 7)

Desert Roots (Tome 8)

Sasquatch Surprise (Tome 9)

Blue Moon Saloon

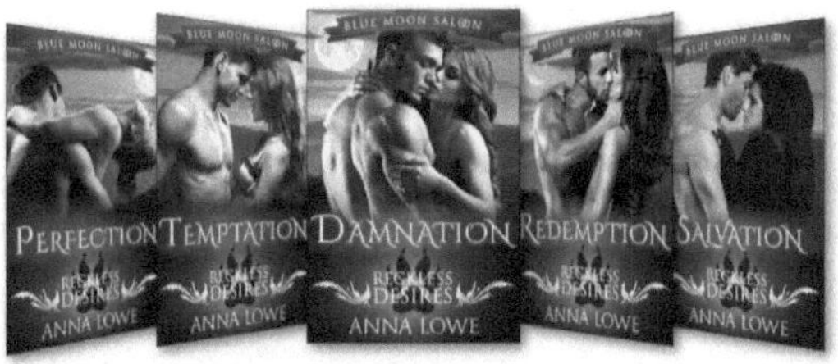

Perfection (Tome 0)

Damnation (Tome 1)

Temptation (Tome 2)

Redemption (Tome 3)

Salvation (Tome 4)

Deception (Tome 5)

Celebration (Tome 6)

Shifters in Vegas

Paranormal romance with a zany twist

Gambling on Trouble

Gambling on Her Dragon

Gambling on Her Bear

Gambling on Her Panther

Serendipity Adventure Romance

Off the Charts

Uncharted

Entangled

Windswept

Adrift

Travel Romance

Veiled Fantasies

Island Fantasies

www.annalowe.fr

À propos d'Anna Lowe

Anna Lowe, auteure de best-sellers aux classements USA Today et Amazon, adore rappeler que les héroïnes sont des héros au féminin et faire naître des histoires d'amour passionnées dans des décors enchanteurs. Elle aime les chiens, le sport et les voyages – où elle puise ses inspirations. Si elle n'est pas concentrée sur son ordinateur, à travailler sur sa toute dernière histoire, vous la trouverez en randonnée dans les montagnes ou à vélo sur les routes de campagne. Et sa journée se terminera toujours par un carré de chocolat noir et une bonne lecture.

Visitez **www.annalowe.fr.**